唐诗百日谈

徐子曰　徐子岳　编著

江西教育出版社
JIANGXI EDUCATION PUBLISHING HOUSE
·南昌·

赣版权登字-02-2024-202

图书在版编目（CIP）数据

唐诗百日谈 / 徐子曰, 徐子岳编著. -- 南昌 : 江西教育出版社，2024.7

ISBN 978-7-5705-4347-2

Ⅰ. ①唐… Ⅱ. ①徐… ②徐… Ⅲ. ①唐诗－少儿读物 Ⅳ. ①I222.742

中国国家版本馆CIP数据核字（2024）第099588号

唐诗百日谈

TANGSHI BAI RI TAN

徐子曰　徐子岳 编著

江西教育出版社出版

（南昌市学府大道299号　邮编：330038）

出 品 人：熊　炽
策划编辑：黄　帆　程传超
项目统筹：王俊琴
责任编辑：黄梦媛　吴晓琼
封面设计：WONDERLAND Book design 仙境 QQ:344581934

各地新华书店经销
江西新华印刷发展集团有限公司
787毫米×1092毫米　16开本　20印张　260千字
2024年7月第1版　2024年7月第1次印刷

ISBN 978-7-5705-4347-2
定价：68.00元

赣教版图书如有印装质量问题，请向我社调换　电话：0791-86710427
总编室电话：0791-86705643　编辑部电话：0791-86706170
投稿邮箱：JXJYCBS@163.com　网址：http://www.jxeph.com

目录

王绩篇

第一日

树树皆秋色，山山唯落晖

咱们都知道初唐四杰之一的王勃是个天才级的人物，是个著名的诗人。但是，很少有人知道，王勃他们家族其实都是响当当的人物。远的不说，王勃的爷爷王通就是一位著名的思想家、教育家，被称为“文中子”。如果你读《三字经》，里面有一句话是“五子者，有荀、扬。文中子，及老、庄”，其中的“文中子”，就是王通。王通有个弟弟，叫王绩，字无功，号东皋子，是初唐时期的著名诗人。王绩的诗近而不浅，质而不俗，疏放真率，旷怀高致，直追魏晋高风，被后世公认为是五言律诗的奠基人。王绩十五岁入京游历，被称为“神童仙子”。但因为当时正是隋末唐初，天下大乱，成年后的王绩仕途不顺，唐高祖时期，王绩以秘书省正字待诏门下省，唐太宗时期曾担任太乐丞，不久辞职回乡，隐居在东皋山。在隐居期间，面对山中的景物，他写下了这首《野望》。

野望

东皋薄暮望，徙倚欲何依。
树树皆秋色，山山唯落晖。
牧人驱犊返，猎马带禽归。
相顾无相识，长歌怀采薇。

东皋薄暮望，徙倚欲何依。“东皋”是诗人隐居的地方，皋的本义是水边地，这里点明了地点。“薄暮”是傍晚，“薄”的意思是接近、迫近，如成语“日薄西山”的意思就是太阳快要落山。这里的“薄暮”点明了时间。“望”字点题，同时领起下文。“徙倚”的意思是徘徊。“欲何依”化用了曹操《短歌行》中的诗句“月明星稀，乌鹊南飞。绕树三匝，何枝可依”，没有依靠，所以彷徨无措。这两句的意思是傍晚时分，我站在东皋纵目远望，徘徊不定不知该归依何方。这一句表现出诗人的忧伤之情，为全诗奠定了感情基调，也表现了诗人在现实中找不到知音、得不到赏识的苦闷和怅惘的心情。

树树皆秋色，山山唯落晖。牧人驱犊返，猎马带禽归。这两联写景，是诗人“望”到的景物。层层树林都染上秋天的色彩，重重山岭都披覆着落日的余晖。牧人驱赶着牛群返回家里，猎人带着许多猎物回归家园。“落晖”是指落日的余光，“晖”的意思是阳光。孟郊有“报得三春晖”，温庭筠有“斜晖脉脉水悠悠”，其中的“晖”也是这个意思。“犊”本义是小牛，这里指牛群。“禽”指捕获的鸟兽，这里指猎物。“树树皆秋色，山山唯落晖”是静景，四处一片秋色，夕阳也将落下，这

种秋天的景色，给人一种萧瑟之感，景中寄寓了诗人孤独、落寞的情怀。后面“牧人驱犊返，猎马带禽归”是动景，牧人驱赶着牛群回家，猎人满载而归，描绘出了牧歌式的田园气氛。这两联动静结合，远景与近景结合，巧妙地互相搭配，可以说是一幅“山家秋晚图”，或者叫“山林晚秋图”。

相顾无相识，长歌怀采薇。“顾”是看的意思。大家相看无言，彼此互不相识，我只好放声高歌，真想隐居在这山上了！“薇”是一种植物。《史记》记载，周武王灭商后，孤竹君的儿子伯夷、叔齐不愿做周的臣子，不食周粟，隐居在首阳山上，采薇而食，最后饿死。于是“采薇”后来被用来比喻隐居不仕。在这里无人相识，表现出诗人现实生活中孤独无依，只好借景抒情，追怀古代的贤人伯夷、叔齐，抒发了诗人孤独无依的彷徨之感和隐逸山林之志。

这首诗是现存唐诗中最早的格律完整的五言律诗，语言自然流畅，风格朴素清新，诗人描绘了薄暮时分在东皋所见的田园秋色，抒发了内心的彷徨、孤寂，最终他追怀古代的贤人伯夷、叔齐，表达了对隐士的赞颂和对隐居生活的向往。同时，诗人对田园牧歌式的山野生活的描绘，也从侧面表现了诗人对大自然的热爱之情。

练 习

1.首句“东皋薄暮望”领起下文，交代了诗歌的时间是______，地点是______，事件是______。

2.“树树皆秋色，山山唯落晖。牧人驱犊返，猎马带禽归”这两联描绘了一幅怎样的画面？请简要描述。

3.“相顾无相识，长歌怀采薇”表达了诗人怎样的思想感情？

骆宾王篇

第二日

无人信高洁，谁为表予心

初唐四杰中，咱们最开始熟悉的，想必是骆宾王。咱们熟悉他，是从这首诗开始的：

咏　鹅

鹅，鹅，鹅，
曲项向天歌。
白毛浮绿水，
红掌拨清波。

骆宾王

据说这是骆宾王七岁的时候写的，当时的人们都称他为神童。但是这位神童命运不怎么好。他曾经担任过侍御史，这个官的职责就是给朝廷和官员们提建议、指出问题甚至弹劾官员。可是，骆宾王不知道为什么总是跟武则天过不去，他竟然多次上书讽刺武则天，这种老虎嘴里拔牙的行为给他带来了灾难。很快，武则天就派人把他抓了起来。

说到武则天，咱们有必要了解一下这位中国历史上唯一的女皇帝。

武则天

武则天，自名武曌，“曌”这个字，据说是她自己创造出来的。她在十四岁的时候进入皇宫，做了唐太宗李世民的才人（即唐太宗的老婆之一），赐号“武媚”。唐太宗死后，她又嫁给了唐高宗李治。经过一番努力，后来当上了皇后。唐高宗身体不是很好，所以，武则天就经常帮他处理一些朝廷大事，慢慢地，就掌握了实权。朝廷给她上尊号“天后”，她和唐高宗一起被称为“二圣”。又过了些年，唐高宗也死了，武则天就废掉了太子，自己当了皇上，成了中国历史上唯一的女皇帝。

咱们中国历史上对武则天的评价，一向是褒贬不一。一方面，在她实际上的统治期间，唐朝（武周）的政治、经济都有了很大的发展，为之后开元盛世的出现打下了坚实的基础。但是另一方面，武则天为人很残酷，也喜欢任用酷吏，关于她残酷的传说，一直流传至今。

宾王就生活在武则天时期，所以，他上书反对武则天，和武则天作对，被抓起来，简直就是最普通不过的事情了。

在监狱里，他写下了这首著名的《在狱咏蝉》：

在狱咏蝉

西陆蝉声唱，南冠客思深。
不堪玄鬓影，来对白头吟。
露重飞难进，风多响易沉。
无人信高洁，谁为表予心？

蝉

西陆蝉声唱，南冠客思深。“西陆”指秋天。“南冠”跟《左传》中记载的一个典故有关。晋侯在军府中看到钟仪，这时候的钟仪戴着楚国流行的帽子，被关押在那里。晋侯就问：“那个戴着南方的帽子（南冠）被关押起来的人是谁？”旁边的官员回答说：“是郑国送来的楚国囚犯。”后来人们就用“南冠”来指囚犯、囚徒。骆宾王是浙江人，也属于南方人，而且这时候正在坐牢，所以他这里就用“南冠”指自己。“客思”是客居他乡的思乡之情。这句诗的意思是：秋天的蝉儿在树上唱个不停，让我这身处异乡的囚犯对家乡的思念之情更加浓厚。

不堪玄鬓影，来对白头吟。“堪”的意思是能承受，能忍受。“玄鬓”这里指蝉，因为蝉的头是黑色的，所以这样说。另外，“蝉鬓”也是古代女子梳的一种发型，据说是魏文帝曹丕时期的一位宫女创造的，看起来像蝉的翅膀一样。“白头”，骆宾王这时虽正值壮年，但锒铛入狱不免愁出了白头发，所以用“白头”来哀叹自己已经衰老了。这句诗的意思是我难以忍受如黑色“鬓发”的蝉儿，对着我这个衰老的白发之人高声吟唱。

露重飞难进，风多响易沉。露水浓重，即使有翅膀也难以奋飞前进，秋风之中唱得再响，声音也被淹没（不能传到远方）。这里表面上是写蝉有翅难飞、有声难响，实际上是比喻自己面对险恶的世道，处境艰难，冤情难辩。

无人信高洁，谁为表予心？“高洁”，指蝉。古人认为蝉居住在树上，靠喝纯净的露水为生，所以品德高尚，志趣高洁。当然这里骆宾王其实是在说自己：没有人相信我像蝉儿那样清高洁白，又有谁能来为我表明这颗纯洁的心呢？

骆宾王觉得自己对朝廷忠心耿耿，是像蝉一样高尚纯洁的，但没有人帮助他，相信他。这首诗，骆宾王以蝉自比，抒发了自己含冤入狱的悲愤，表明自己的无辜和高洁。

后来，骆宾王总算是活着出来了。可是对武则天的仇恨，估计是深深地印在了他的脑海里。过了几年，他参加了徐敬业反对武则天的战争，而且写了一篇著名的战斗檄文：《代李敬业（即徐敬业）讨武瞾檄》（又名《代李敬业传檄天下文》）。在文章中，他充分展示了自己的才华，数落武则天的种种不是，可以说把武则天骂得狗血喷头。

据说武则天看到这篇文章后，不但没有生气，还问是谁写的，还说这样的人才成了叛乱者，这真是宰相的错误啊！武则天能说出这样的话，可以看出她能成为咱们中国历史上唯一的女皇帝，还是很有道理的。

练　习

1. 诗中“南冠”指的是 ______，“玄鬓”指的是 ______。

2. 尾联“无人信高洁，谁为表予心”表达了诗人怎样的思想感情？

第三日

海内存知己，天涯若比邻

唐代大诗人杜甫曾经写过组诗《戏为六绝句》，其中一首说：

戏为六绝句（其二）

王杨卢骆当时体，轻薄为文哂(shěn)未休。

尔曹身与名俱灭，不废江河万古流。

意思是说王、杨、卢、骆四人开创了一代诗歌的风格和体裁，当时浅薄的守旧文人对他们的讥笑无止无休。等到守旧文人的一切都化为灰土之后，也丝毫无伤于四杰如同滔滔江河万古奔流的芳名。这里所说的王、杨、卢、骆，就是指王勃、杨炯、卢照邻、骆宾王四个人，也就是初唐四杰。这四位先生有个共同的特点，就是都才华横溢，但一生坎坷，命运悲催。

王勃

初唐四杰里，王勃是最为人熟知的，被称为四杰之首。

王勃出生在绛州龙门，按现在来说，是山西河津人。他是个天才级的人物，六岁就能写诗作文，九岁的时候，他读了当时著名学者颜师古注的《汉书》，发现了其中的很多错误，就写了《指瑕》十卷来指正。十六岁的时候，王勃举幽素科及第，当上了朝散郎。不得不说，王勃年少成名，真的很厉害。

现代作家张爱玲说“出名要趁早”。但是，年少成名真的好吗？

有时候也不是什么好事，你说是年少无知也好，年少轻狂也罢，反正王勃这时候有点飘飘然。他做了两件事情，这两件事情，毁掉了他的大好前程。

当时的沛王很器重王勃，让王勃在沛王府担任修撰。那时候，王爷们中间流行一种游戏，就是斗鸡。一天，沛王与英王斗鸡，王勃为了助兴，写了一篇声讨敌人时才会用到的檄文《檄英王鸡》，来讨伐英王的鸡。他自己觉得是玩笑，没有在意，但是这篇文章被皇上给看到了，皇上觉得王勃太过分了，不务正业，就把他赶出了王府。这是第一件事。

后来，王勃到外地去当了个参军的小官，本来他安分守己，也许还有出头之日，但是王勃这家伙觉得自己很有才华，总是话里话外地看不起那些同事，结果大家就都不喜欢他。这时候，有个叫曹达的官奴犯了罪，来到王勃这里，王勃就收留了他。按照现在的说法，王勃犯了包庇罪。这罪在当时也不算什么大罪，可是王勃后来又因为怕事情败露，把这个官奴给杀了。这可就是故意杀人罪了！按照唐朝的法律，是应该判死刑，被杀头的。幸好老天爷帮他，王勃正好赶上了天下大赦，算是保住了一条命，但也被削职为民了。他的父亲也因为这件事受到了牵连，被贬到交趾去做官。在当时，那属于边疆地区，又是蛮荒之地。王勃对此感到十分内疚和自责。这是第二件事。

后来，王勃去交趾探访自己的父亲，在乘船过海的时候，不知道为什么，竟然掉进了海里，虽然救上来的时候还有气，但是因为受到了惊吓，没多久就死了。这一年，他只有二十八岁。

王勃的一生虽然是短暂的，但也是辉煌的。他的文学成就很高，他的代表作，一个是诗歌《送杜少府之任蜀州》，还有一个就是文章《滕王阁序》。

咱们先看下《送杜少府之任蜀州》这首诗：

送杜少府之任蜀州

城阙 (què) 辅三秦，风烟望五津。
与君离别意，同是宦 (huàn) 游人。
海内存知己，天涯若比邻。
无为在歧 (qí) 路，儿女共沾巾。

在唐朝之前，宫体诗盛行，辞藻靡丽，内容多是宫廷生活及男女之情。王勃这首诗，就不一样了。送别诗本来应该是哀伤的、悲凉的，但是他却写出了豪放的感觉，他认为作为男子汉，应该像个大丈夫，不应哭哭啼啼地感伤于儿女之情。这首诗表现出了王勃不平凡的抱负，其中的“海内存知己，天涯若比邻”更是千古名句，尽人皆知，家喻户晓。

城阙辅三秦，风烟望五津。“城阙”指城郭、宫阙，这里指都城长安。“阙”，是古代的一种建筑物，一般在城门和宫殿大门的两边，可以用来瞭望远方。“三秦”指陕西一带，项羽灭掉秦国之后，自称西楚霸王，把秦国的关中地区分成雍、塞、翟三地，分封给其他人，所以叫“三秦”。“辅三秦”的意思是三秦之地护卫着都城长安。“五津”是五个渡口，古人说是白华津、万里津、江首津、涉头津、江南津。这句诗的意思是三秦之地护卫着都城长安，遥望五津，只见一片迷蒙烟云。

与君离别意，同是宦游人。这两句诗的意思是和您离别，心中怀着无限情谊，我们都是因为做官而奔走他乡的人。“宦游人”指的是离开家乡在外做官的人。

海内存知己，天涯若比邻。这是这首诗中的名句，也是自古以来描写友情的名句。它的意思是说四海之内只要有了知心朋友，哪怕是远在天涯，也像是朝夕相处的邻居。“海内”的意思是四海之内，指整个天下。“知己”是指彼此了解、情谊深厚、关系密切的朋友。有人说“人生得一知己足矣”，可以看出人的一生中，能够有个真正的朋友，是非常不容易的。“比邻”就是近邻。“比”本来的意思是紧靠、挨着、并列。

无为在歧路，儿女共沾巾。“无为”在这里的意思是不要。“歧路”是岔路，这里指分手的地方。“沾巾”是说眼泪沾湿了佩巾，也就是流泪、哭泣的意思。这两句诗的意思是说不要在岔路口分别之时，像小儿女那样悲伤哭泣，泪湿衣巾。

这首诗最大的特点就是改变了过去离别诗的悲酸之态，不再是哭哭啼啼、悲伤凄凉的，而是告诫朋友不要悲伤，只要我们有深厚的友情，即使天各一方也如同比邻而居，体现出诗人高远的志向、豁达的胸怀和乐观的性格。

值得一提的是，王勃有一篇极其出名的文章，就是《滕王阁序》。当年他要去遥远的交趾探望受自己牵连而被贬官的父亲，路过现在的江西南昌的时候，正好碰到当时的都督阎伯屿在滕王阁大宴宾客。本来阎伯屿想趁此机会，让自己已经准备好文章的女婿表现一下，别的宾客也都知道这里面的潜规则，都不说自己要写文章，可是王勃年轻气盛，才不管这一套，拿起笔就写了。

正是他的年轻气盛，才给我们留下了这宝贵的精神财富。其中的“落霞与孤鹜齐飞，秋水共长天一色”，也成了千古名句。

练　习

1. 初唐四杰是指：______________________。

2. 本诗点明送别地点和友人去处的句子是：______________________。

3. “城阙辅三秦，风烟望五津”中“辅”和“望”两个字运用得十分巧妙，请简要赏析。

4. 试从修辞手法和思想感情方面分析“海内存知己，天涯若比邻”成为千古名句的原因。

陈子昂篇

第四日

前不见古人，后不见来者

话说当年燕昭王登上王位之后，一直想着有什么办法可以让燕国强大起来，于是就去拜访一个叫郭隗 (wěi) 的人，郭隗说想要让燕国强大，就需要广揽人才，还给燕昭王举了个例子：

古代有个君王，要花千金买千里马，花了三年的时间都没有买到。宫中有个近侍对他说："您让我去吧。"君王答应了，三个月后，千里马就找到了，不过是一匹死马，这人就花了五百金把马头买了回来。君王看到这种情况，气得差点背过气去："我要的是活的，你弄个死马来，还浪费了我五百金！"这人说："大王啊，死马都值五百金，更何况是活马呢？天下的人这次都知道大王要买千里马了，很快就会送千里马来的。"果真，在不到一年的时间里，就有人送来了三匹千里马。

郭隗对燕昭王说："您要是想天下的人才都到燕国来，就从我这里

开始吧。我这样的人都能够得到您的重用，更何况是那些比我强的人呢？他们肯定会不远千里来投奔您的啊！”

燕昭王一听有道理，于是就给郭隗筑造了宫殿让他居住，据说还建造了一座高台，在台上放置了很多的黄金，表示自己会不惜一切代价招揽各种人才。人们把这座高台叫作黄金台，后人也称作幽州台。于是，乐毅从魏国来到了燕国，驺衍从齐国来到了燕国，剧辛从赵国来到了燕国，从此以后，燕国就逐步强大了起来，还打败了齐国。

这座黄金台虽然随着时间的流逝逐渐荒废了，但是，它的故事却一直流传，它背后的意义人们也一直没有忘记。

到了唐朝的时候，一个叫作陈子昂的诗人来到了这里，他想到了自己的遭遇，又想到了那位爱惜人才的燕昭王，感慨万千，就写下了一首诗，叫作《登幽州台歌》。

陈子昂是谁呢？他又为什么会来到这里呢？

陈子昂，字伯玉，唐朝著名诗人。按照史书记载，他出生于富豪之家。据说有一次闹饥荒，他们家拿出万石粮食来赈济灾民。万石是多少呢？一石大约是一百二十斤，万石差不多就是一百二十万斤，你说他家有没有钱？正因为他们家有钱，所以，在十八岁之前，陈子昂不喜欢读书，像李白一样，喜欢像侠客一样行侠仗义。据说，后来陈子昂到当地的学校里去玩，看到别人在认真读书，忽然就醒悟了，开始努力读书，一努力，就成了才子。陈子昂觉得自己书读得差不多了，就去京城参加考试。可是，现实却给他上了残酷的一课，他没有考中，于是陈子昂就想，得找个机会让自己火起来，要“红”，要让自己成为一个名人。

陈子昂

有一天陈子昂在街上闲逛，看到街头有人在卖胡琴，要价百万。当时很多人都在围观，觉得一把胡琴这么高的价钱怎么卖得出去呢？就在大家议论纷纷的时候，陈子昂走过去，也不还价，就叫手下人拿钱把琴买了下来。围观的群众问他为什么要花大价钱买把琴？陈子昂表示他擅长弹奏这个。围观的群众就说既然如此不如当众演奏一下，让大家开开眼吧。陈子昂顺势说：“我居住在宣阳里，明天你们来，我给大家准备美酒，到时候给你们演奏一曲。”果然，到了第二天，就有一百多位当时的名人前来观看，普通百姓来凑热闹的更多，大家都想一睹陈子昂弹琴的风采。陈子昂准备了美酒佳肴，请大家尽情吃喝，然后拿出了那把琴，对大家说：“我是来自梓州（今在四川）的陈子昂，写了很多的诗文，却没有人了解我。而弹琴这种事，是乐工们做的，大家却这么在意。”说完，就把琴给砸了。陈子昂拿出了自己的诗文，给前来围观的人们看，大家一看陈子昂的诗文，果然不同凡响。从此，陈子昂的名声不胫而走，陈子昂一夜之间名动京师。从这件事来看，陈子昂不但是诗文大家，还是个营销高手啊！

之后，陈子昂考中了进士。当时的女皇武则天很喜欢陈子昂，认为他很有才华，授予他麟台正字的官职，后来又让他当右拾遗。他在建安王武攸宜幕府担任参谋时，随同武攸宜一起出征北伐。陈子昂给武攸宜提了很多的建议，但是人家都没有接受，这让陈子昂很生气，觉得自己是怀才不遇，又想起了燕昭王的事情，就写下了这首《登幽州台歌》。

歌是古体诗的一种形式。以后咱们还会学到《长恨歌》《白雪歌送武判官归京》等。

登幽州台歌

前不见古人，后不见来者。

念天地之悠悠，独怆然而涕下。

前不见古人，后不见来者。“前”，过去。古人，这里指古代像燕昭王那样能够礼贤下士的君主。“后”，未来。“来者”，指后世重视人才的贤明君主。这两句诗的意思是：回首过去，看不到古代的贤主，展望未来，看不到当世的明君。

念天地之悠悠，独怆然而涕下。“念”，想，想到。“悠悠”，形容时间的久远和空间的广大。诗人在这里把个人放置到无边宇宙的背景中，使人显得渺小，从而产生一种苍茫孤独感。“独”，独自，诗中有孤独之意。纵观古今，寻遍天地，报国无门，怀才不遇，体现了诗人理想破灭、孤寂郁闷的心情。“怆然”，悲伤的样子。“涕”的意思是眼泪。这两句诗的意思是：一想到天地无穷无尽，我倍感凄凉独自落泪。

这首诗语言苍劲奔放，富有感染力，表现了诗人生不逢时、怀才不遇、不能实现远大政治理想的悲凉感、压抑感和孤独感。

练　习

1. 请翻译“前不见古人，后不见来者”这两句诗。

2. 请从艺术特色方面分析《登幽州台歌》的抒情方式和语言风格。

贺知章篇

第五日

儿童相见不相识，笑问客从何处来

家乡的意义是什么?

对于一个没有长时间远离家乡的经历的人来说，是很难理解的。

诗人余光中在离开家乡二十多年后，写下了著名的《乡愁》，阅读这首现代诗，或许可以帮助我们理解家乡对于游子的意义。

乡　愁

小时候，
乡愁是一枚小小的邮票，
我在这头，
母亲在那头。

长大后，
乡愁是一张窄窄的船票，
我在这头，
新娘在那头。

后来啊，
乡愁是一方矮矮的坟墓，
我在外头，
母亲在里头。

而现在，
乡愁是一湾浅浅的海峡，
我在这头，
大陆在那头。

我们可以从诗中感受到余光中浓浓的思乡之情。对于很多远离家乡的人来说，家乡就是自己的根，就是精神上最后的依托和归宿。叶落归根，是无数中国人最后的愿望。现代人是这样，古人也是这样。比如唐朝诗人贺知章，他在八十多岁的时候，回到了阔别五十多年的家乡，写下了著名的《回乡偶书》。我们先了解一下跟贺知章相关的知识。

贺知章，字季真，号四明狂客，是唐朝著名的诗人，也是个书法家。他的草隶在当时是非常出名的。

贺知章胸怀宽广，喜欢推荐后辈人才。当年大诗人李白能够到皇帝那里去做翰林学士，也跟贺知章的推荐有一定的关系，就是他说李白是“谪仙人”的。他们两个人不仅是诗友，还是酒友，唐朝时候著名的“酒中八仙人（饮中八仙）”，贺知章、李白都名列其中（另外六个人是李适之、李琎、崔宗之、苏晋、张旭、焦遂）。大诗人杜甫专门写了一首诗叫《饮中八仙歌》，就是讲他们的。

贺知章是个长寿的人，他八十多岁的时候，终于辞官退休，回到了离别五十多年的家乡。五十多年啊，这半个世纪的时间也够漫长的了，所以，当他回到家乡的时候，很多人，尤其是小孩子，都不认识他，都把他当作了客人。此情此景，让贺老先生感慨万千，不经意间，就写了这首《回乡偶书》。“偶书”的意思，就是不经意间，随手写下来的。

回乡偶书

少小离家老大回，乡音无改鬓毛衰。

儿童相见不相识，笑问客从何处来。

少小离家老大回。“少”是年少，年轻的意思。另外，古代称三十岁以下为少。“老大”就是年龄大了，老了。这句诗的意思是：我年轻时离开家乡，到现在老了才回来。

乡音无改鬓毛衰。“乡音”是故乡的口音，按现在说法就是家乡话，也可以叫作方言。这是每个人跟家乡联系的纽带。只可惜，随着社会经济的发展，现在很多地方的方言都被普通话代替了。“鬓毛”，就是两个鬓角的头发。“衰”有凋落的意思，在这里，要读作“cuī”，意思是人老了鬓角的头发疏落变白。咱们经常说某人“两鬓斑白”实际上也是这个意思。当然，古人有时候不会直接说头发白了，像苏轼就说“鬓微霜”，霜也是白色的。这句诗的意思是说：家乡的口音一点也没有改变，两鬓的头发已经斑白。在前两句里，“少小”和“老大”形成了鲜明的对比，“无改”的乡音和“衰”的鬓毛也形成对比，诗人在这里强化了“回乡”的感

受：家乡还是记忆中的家乡，但是，人已经发生了很大的改变，这就是所谓的“物是人非”吧！

儿童相见不相识，笑问客从何处来。孩子们看见了我却不认识我，笑着问客人从哪里来？孩子们的“笑问”充满了童真童趣。来了一位老先生，说着和自己一样口音的话却不认识，只好问问，这是哪里来的客人呢？本来，诗人心里还有回到家乡的喜悦，可是，当孩子们把他当成客人的时候，他的心里肯定生出了悲，这一喜一悲，对贺老先生确实是一种打击，那种世事沧桑、人生易老的无限感慨，就在这最后一句中表现出来了。

练　习

1.《回乡偶书》中通过对比手法，表达物是人非的句子是：______________________________。

2.《回乡偶书》表达了诗人怎样的情感？产生这些情感的原因是什么？

张九龄篇

第六日

草木有本心，何求美人折

人们现在逢年过节，为了不上火，都会选择凉茶作为饮料降火，可是你知道吗，凉茶文化的兴起还与唐朝的一位诗人有关，这个人的名字，叫张九龄。据说，张九龄有段时间事业不顺，就回到家乡广东韶关（唐朝的时候叫曲江）。那时候的广东，植被茂密，气候潮湿，环境恶劣，所以很多人都因为高温湿热得了病。张九龄运气也不是很好，回家乡没多久，就得了病。于是，他就每天喝两碗用金银花、淡竹叶、罗汉果、甘草等药用植物熬制的凉茶，没过多久，病就好了。张九龄把这个方法告诉了别人，治好了很多人的病。于是，后来人们就把这种茶，叫作“张九龄凉茶”。

其实咱们很多人知道张九龄这个人，不是因为凉茶，而是因为他的两句诗：**海上生明月，天涯共此时**。今天咱们就简单地认识一下他。

张九龄，唐朝著名的丞相，也是诗人、文学家。因为他的家乡是曲江，所以后来人们也叫他“张曲江”。他作为丞相，尽忠职守，直言敢谏，选贤任能，不徇私枉法，不趋炎附势，敢和恶势力作斗争，为唐玄宗“开元盛世”的出现作出了积极的贡献。据说唐玄宗早期一直把他作为选拔人才的标杆，这可是极大的荣耀啊。他在当时的文坛也很有影响力，王维、孟浩然等人都受到过他的提携，对他很敬仰。下面咱们就来读一读他的一首诗：

感 遇

兰叶春葳蕤，桂华秋皎洁。
欣欣此生意，自尔为佳节。
谁知林栖者，闻风坐相悦。
草木有本心，何求美人折？

兰叶春葳(wēi)蕤(ruí)。“葳蕤”是形容草木枝叶茂盛的样子。这句诗是说兰花的叶子在春天生长得繁荣茂盛。

桂华秋皎洁。“华”在古代很多时候是“花”的通假字，这里的“桂华”就是桂花。“皎洁”本来的意思是明亮洁白，大多数情况下都是形容月光的，不过诗人在这里用来形容桂花晶莹、明亮。这句诗的意思是桂花在秋天里开放得芬芳、皎洁。

欣欣此生意，自尔为佳节。兰花和桂花都生长得欣欣向荣、生机勃勃，使春天和秋天自然而然地成了美好的季节。

兰花自古就被称为“花中四君子”之一，人们把它看作高洁、典雅的象征，在屈原的诗歌里，兰花也是君子的象征。桂花在咱们古代，也是坚贞、美好的象征，古代科举考试考取进士，也被称为“折桂”。

谁知林栖者，闻风坐相悦。“林栖者”，指的是生活在山林中的人，这里指隐士。“坐”的意思是因为、因而。杜牧《山行》里“停车坐爱枫林晚”

的“坐”也是这个意思。这两句诗的意思是谁能想到那些山林中的隐士啊，因为闻到了它们的芳香就喜爱上了它们。

草木有本心，何求美人折？“本心”，本来指草木的根和中心（就是茎干），这里是双关，指本性。“美人”在这里不是指真的美人，而是指隐士，就是上面所说的“林栖者”。这两句诗的意思是说兰花也好，桂花也好，散发芳香是它们的本性，并非为了让隐士们来采摘它们。

这首诗中的兰花、桂花实际上就是诗人的自喻，诗人在诗中表达了对于不慕名利、追求自我价值的高尚情操的追求和坚守，表明自己会像兰花、桂花一样坚守本心。

练　习

1.（2020 湖南长沙中考）对本诗的理解与赏析正确的一项是（　　）

A. 本诗实写了“兰叶”“桂华”等意象，虚写了“春”“秋”“林栖者”“风”等意象。

B. 本诗所描写的几个意象的共同特点是不畏强暴，生机勃勃。

C. 本诗物人合一，情由物生，物为情困，共同表达了诗人遭贬之后的郁闷与超脱。

D. 本诗借物寓意，诗人将人生志趣寄寓在对“兰叶”“桂华”等草木的赞美中。

2.（2020 湖南长沙中考）诗人借“草木有本心，何求美人折？”表达了怎样的志趣？

第七日

海上生明月，天涯共此时

月亮经常出现在中国古诗词中，它一出现，往往就和思念有关，可能是思念朋友、亲人，也可能是思念家乡……

比如李白在《静夜思》中说“举头望明月，低头思故乡”；比如杜甫在《月夜》中说“今夜鄜州月，闺中只独看”；比如苏轼在《水调歌头》中说“但愿人长久，千里共婵娟”。

总之有很多很多，细心的你可以自己平时多多注意总结。

今天咱们来读的这首，是张九龄写的《望月怀远》。这是一首怀念远方亲人的诗。

望月怀远

海上生明月，天涯共此时。
情人怨遥夜，竟夕起相思。
灭烛怜光满，披衣觉露滋。
不堪盈手赠，还寝 (qǐn) 梦佳期。

海上生明月，天涯共此时。“生”在这里就是升起、出现的意思。“天涯”指遥远的地方。“涯”的意思是边际。“共此时”指诗人想象亲人这个时候和自己一同欣赏一样的月光。这两句诗的意思是：一轮皎洁的明月

在海上升起，远在天边的你此时正在和我一起欣赏这美丽的月色。

情人怨遥夜，竟夕起相思。“情人”在这里指诗人自己，他说自己是个多情的人、有情的人。“遥夜”就是漫长的夜。“竟夕”的意思是整晚、通宵。这两句诗的意思是有情的人总是抱怨黑夜漫长，整晚睡不着，因为心中涌起了深深的思念。

灭烛怜光满，披衣觉露滋。“怜”在这里的意思是喜爱。“露滋”指露水多，露水浓。这两句诗的意思是：吹灭蜡烛，月光照满了屋子让人喜爱，披上衣服走到外面，感觉露水浓重打湿了衣衫。

不堪盈手赠，还寝梦佳期。“堪”的意思是能够、可以。“盈”是满的意思。“还寝”意思是重返睡眠。这两句诗的意思是：我不能手捧满满的月光赠送给你，只好回到梦中感受相见的好时光。

在这首诗中，诗人面对着一轮明月，想起远方的亲人。月色美好，但他彻夜难眠，既然不能将月色送给对方，就只好到梦中与他相会。这首诗满含对远方亲人的思念之情，被清朝的姚鼐称为五言律诗中的《离骚》。

练 习

1. 诗人想象亲人和自己在同一时刻一同欣赏一样的月光，表明对远方亲人的思念之情的句子是：____________________。

2. 本诗表达了诗人怎样的思想感情？

李隆基篇

第八日

叹凤嗟身否，伤麟怨道穷

李隆基

今天咱们读的这首诗，诗人是唐玄宗李隆基。这位皇帝，在咱们中国历史上可以说是鼎鼎有名，因为他既有好的一面，也有坏的一面。好的一面是李隆基在做皇帝的早期，任用姚崇、宋璟等贤相，励精图治，开创了唐朝的极盛之世——开元盛世。这是唐朝最繁荣的时期，杜甫曾经在诗歌中说："忆昔开元全盛日，小邑犹藏万家室。稻米流脂粟米白，公私仓廪俱丰实。"可是面对这样的成就，李隆基也许是骄傲自满了，他开始对朝政懈怠、宠信奸臣李林甫、杨国忠等人，再加上试图用重用安禄山等外族人的手段来稳定唐王朝的边疆，结果导致了后来长达八年之久的安史之乱，致使唐朝由盛转衰。唐玄宗除了是皇帝之外，也是个出色的音乐家，著名的《霓裳羽衣曲》，就是他创作的。当然了，诗词方面，他也有涉猎，我们今天要读的，就是他的《经鲁祭孔子而叹之》。

经鲁祭孔子而叹之

夫子何为者，栖栖一代中。
地犹鄹 (zōu) 氏邑，宅即鲁王宫。
叹凤嗟身否，伤麟怨道穷。
今看两楹奠，当与梦时同。

这首诗，是唐玄宗到山东去祭祀孔子的时候写的。咱们应该知道，皇帝在古代的时候可是至高无上的，他除了祭天，祭地，祭自己的祖宗，剩下的就只祭孔子了，除了孔子，就没有其他的人可以享受到这种荣耀了。为什么孔子可以有这么高的地位呢？

你要知道，孔子是咱们中国古代的大教育家、大思想家。他开创了儒家学派，在诸子百家中影响很大。尤其到了西汉的时候，汉武帝按照董仲舒的建议，实行“罢黜百家，独尊儒术”的政策，这让儒家思想成了咱们中国两千多年来的正统思想。孔子也被奉为“万世师表”，被封为“大成至圣文宣王”，被尊为圣人。儒家思想是天下所有读书人都要学习的，就连皇帝也不能例外。一直到现在，我国某些地区还有举行“祭孔大典”的习惯。

一千三百年前的唐玄宗来到孔子的家乡曲阜，对孔子进行祭祀，并写下了这首诗。

夫子何为者，栖栖一代中。“夫子”本来是对年长而且有学问的人的尊称，不过有的时候可以专门指孔子，这里就是这样。“栖栖”本来的意思是忙碌不堪的样子。孔子活着的时候，为了宣传自己的思想，曾经历经苦难，周游列国，甚至差点饿死。所以唐玄宗就用了这个词。这两句诗的意思是说：孔老夫子是为什么呢？一辈子不停地四处奔走，忙忙碌碌。

地犹鄹氏邑，宅即鲁王宫。“鄹”是孔子的家乡，现在有时候写成“邹”。孔子的父亲曾经在这里当官。“鲁王宫”这句有个故事，说汉朝的时候，鲁恭王想把孔子的故居给强拆了，把这个地方用于扩大自己的宫殿。没想到，他升堂的时候，竟然听到了金石丝竹之声，也就是听到了有人奏乐。古人还是很相信神啊，鬼啊的这一套的，所以鲁恭王就吓得不敢拆了。这两句诗的意思是：我面前的土地，还是孔子老先生的故乡鄹邑，当年鲁恭王曾经想拆掉孔子的旧宅，扩建自己的王宫。

叹凤嗟身否，伤麟怨道穷。在中国的传说里，如果凤凰来了，就代表着圣人会出现，这是一种祥瑞，是好现象。孔子曾经说，凤凰不出现，我这辈子估计是见不到圣人了啊。“否”在这里读作 pǐ，是闭塞不通、不幸的意思。“身否”，就是说自己不幸运，生不逢时。咱们中国古代传说中还有一种叫麒麟的动物。麒麟如果出现了，也代表着太平盛世。据说在孔子生活的时代，有一天有人抓到了一只麒麟，孔子见了之后就哭了，为什么呢？因为孔子认为“麟出而死，吾道穷矣”。就是说麒麟被抓住，也许就死了，那么我的理想，也就不能实现了。这两句诗的意思是说：孔子老先生曾经感叹凤凰不出现，自己生不逢时（没法实现自己的理想），麒麟被抓住受到伤害，自己的理想也实现不了了。

今看两楹奠，当与梦时同。“楹”是廊柱的意思，就是走廊上的立柱。孔子生前曾经感叹没有人尊敬他，夜里做梦的时候梦见自己坐在两个柱子中间接受别人的祭奠。古时人死之后，棺材灵位就摆在两楹之间接受祭拜。所以这两句诗是说：现在我看到楹柱间祭祀孔子的香火，这应该和他生前在梦中梦到的一样吧。

这首诗里，唐玄宗虽然写了孔子活着的时候生不逢时，怀才不遇，但是从整体上看，还是充满了对圣人的敬仰之情。

练　习

1.“今看两楹奠，当与梦时同”表达了诗人怎样的情感？

2.本诗塑造了一个怎样的孔子形象？

王翰篇

第九日

醉卧沙场君莫笑，古来征战几人回

唐玄宗李隆基时期的“开元盛世”让唐朝的强盛达到了巅峰。这种强盛不仅是经济上的和文化上的，也是军事上的。应该说，军事战争贯穿了唐朝的始终，前期是开疆拓土，中期是安史之乱，到了后期是藩镇割据，打来打去一刻也没有休息过。因为这个，在唐朝的诗歌里，跟战争有关的诗歌数量非常多，今天咱们就来读这首王翰写的《凉州词》。

凉 州 词

葡萄美酒夜光杯，欲饮琵琶马上催。

醉卧沙场君莫笑，古来征战几人回？

葡萄美酒夜光杯。葡萄和胡萝卜、玉米、番茄等一样，都是从国外传到咱们中国的。番茄又叫西红柿，从名字上可以看出这是外来的东西，胡萝卜也一样。

夜光杯

夜光杯是个宝贝，据《十洲记》记载，周穆王的时候，西方献给他一个夜光常满杯，这东西是用玉雕刻成的，据说在夜晚会自己发出光来，就像夜明珠一样。当然了，这里的夜光杯就是一种在月光下能闪闪发光的白玉雕琢成的酒杯。

这句诗是说：美味的葡萄酒装在珍贵的夜光杯里。

欲饮琵琶马上催。除了琵琶，咱古诗里面，还有很多乐器是经常会被提到的，比如说羌笛、玉笛、箜篌、箫、瑟、筝、琴等。这句诗是说：我们这将士刚要喝这些美酒，马上的琵琶声就催促我们出发了。还有一种说法是，“催”是唐朝时的口语，意思是饮酒时奏乐助兴。

箜篌

醉卧沙场君莫笑。我们这些将士，喝醉了躺在战场上，你们不要嘲笑我们啊！“沙场”，本来是指空旷的土地，后来就指战场了。像辛弃疾的词里不是说过“沙场秋点兵”吗？我们在战争片里也经常听到“战死沙场”的话。

古来征战几人回？自古以来，出征作战的人有几个能够回来呢？事实确实如此，自古以来的将士们，为国也好为民也罢，抛头颅洒热血的精神真的值得我们敬仰。

这首诗，和别的描写战争的边塞诗不同的是，它开始就渲染了一种欢乐的气氛：战士们有美酒相伴，大摆筵席，开怀畅饮。但后面两句转变了画风，表现了将士们置生死于度外的豪迈气概，在视死如归的精神之下，实际上还隐藏了点点悲凉，让人读了之后，久久回味。

练　习

1. 描写将士们欢快宴饮场面的句子是：____。

2. “醉卧沙场君莫笑，古来征战几人回？”表现了将士们怎样的情感？

王之涣篇

第十日

欲穷千里目，更上一层楼

鹳雀楼在现在的山西省永济市，最初建立于隋朝之前的北周。这座楼位于黄河边上，很雄伟壮丽，因为当时经常有鹳雀在上面栖息，所以古人就给它起了个名字叫鹳雀楼。唐朝的时候，这里是名胜古迹，很多文人都到这里来游览观光，并且在这里留下了很多著名的诗句。只可惜，后来因为战争，鹳雀楼被毁掉了，现在看到的，是后人重新建的，已经不是古代的鹳雀楼了。

有一天，唐朝诗人王之涣登上了鹳雀楼，看着眼前的美景，就写下了《登鹳雀楼》这首千古绝唱。说到王之涣，他是盛唐时期边塞诗派的著名诗人。当时，他的诗歌被歌手们制作成歌曲广为传唱，可以说是名动一时，他与岑参、高适、王昌龄一同被世人称为唐代“四大边塞诗人”。

登鹳雀楼

白日依山尽，黄河入海流。

欲穷千里目，更上一层楼。

王之涣这首诗，属于古诗中的五言绝句。一共只有四句，二十个字。不过，就是这短短的二十个字，却表达了一个伟大的道理，千百年来，一直被人们传颂。

白日依山尽。“白日”就是太阳，这里指快要落山的太阳。“依”的意思是靠着，挨着。“尽”的意思是沉没，消失。这句诗的意思是说：太阳挨着群山渐渐地要消失了。

黄河入海流。黄河是咱们的母亲河，也是中国第二长河，世界第五长河。因为它的水中泥沙含量很高，水很黄，所以叫作黄河。在咱们中国，有“黄河九曲十八弯，一碗河水半碗沙”的说法，你从中就可以知道黄河的水为什么是黄的了吧？黄河最终从山东流入了大海。这句诗的意思是说：黄河日夜不息，波涛滚滚地向东而去，流入了大海。

欲穷千里目，更上一层楼。“欲”是想要的意思。“穷”是尽的意思。“千里目”指的是眼界开阔，看得很远很远。这两句诗的意思是：如果想要看到很远很远的地方的美丽景色，就要再登上一层高楼。这跟咱们现在说的“站得高，看得远”是一个道理。

这首诗虽然短，但是仔细品味的话，可以感受到诗人不凡的胸襟和抱负，也可以看出诗人表现的盛

唐时期的人们积极向上的进取精神。尤其是最后一句“欲穷千里目，更上一层楼”，告诉我们一个道理：要想看得更远，就要站得更高。无论你做什么工作，干什么事业，想要成功，就要更加努力！

练 习

1.“欲穷千里目，更上一层楼”蕴含着怎样的人生道理？

2.试用自己的语言描述“白日依山尽，黄河入海流”所展现的画面。

第十一日

羌笛何须怨杨柳，春风不度玉门关

今天先讲个故事，说在唐朝开元盛世的时候，有三个大诗人：王之涣、王昌龄、高适，这三个人当时名气都很大，而且说实话，文人一般情况下都有个毛病，就是看不起其他文人，古人管这个叫“文人相轻”。话说有一天，这三个哥们儿凑到了一起，来到酒馆里喝酒。正无聊呢，进来一群梨园的歌舞演员，其中四个当红的歌星和他们相识。这些歌星们也来酒馆聚会，而且喝着喝着就开始唱歌了。这时候王昌龄就提议说：“咱打个赌吧！如果一会儿他们唱谁的诗，谁今后就是老大，怎么样？”另外两个人说赌就赌，谁怕谁啊！这时候，第一个歌女开始唱了，唱的是王昌龄那首“洛阳亲友如相问，一片冰心在玉壶”。王昌龄很高兴。接着第二个歌星唱了一首高适的，第三个歌星又唱了一首王昌龄的。王昌龄这时候就开始嘚瑟了，因为不管怎么着自己都领先了。没想到王之涣是一脸的不服气，说:“你俩看前面那三个歌星，一看就俗得很，下里巴人，不值一提。就最后这个看外貌看气质都是女神级别的啊。这样吧，如果她唱的是我的诗，你俩就甘拜下风，如果唱的不是我的，我拜你们为师，怎么样？”两人一听这话，行！就等着瞧呗！这时候那女神开口了，唱的什么呢？正是王之涣的《凉州词》。三个诗人听到这个不禁仰头大笑。

今天咱们读的，就是这首诗。

凉州词

黄河远上白云间，一片孤城万仞山。
羌笛何须怨杨柳，春风不度玉门关。

黄河远上白云间，一片孤城万仞山。“仞”，是长度单位。在古代，八尺是一仞。也有说是七尺的。换算下呢，一仞大约是现在的 1.8 米。万仞山的话是一种夸张的说法，珠穆朗玛峰才八千八百多米啊。类似的还有陆游的诗“三万里河东入海，五千仞岳上摩天”，也是一种夸张的表现形式。

这两句诗的意思是：往西看去，黄河的水好像直上白云之间，到了天上。有一片孤城，在这连绵的高山之间。“孤城”就是指后面的玉门关。

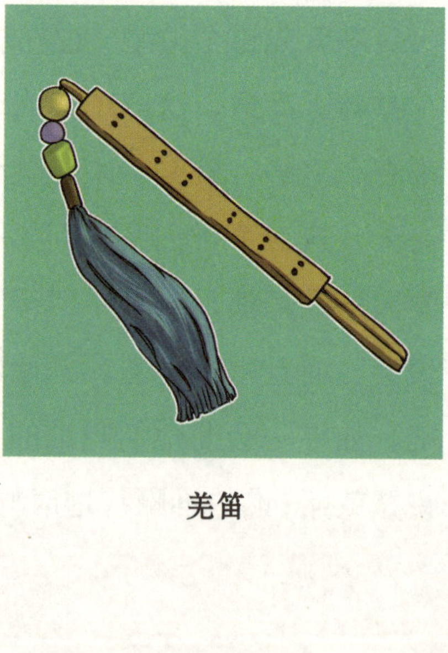
羌笛

羌笛何须怨杨柳。“羌笛”，是羌族人吹的笛子。“杨柳”在这里可以有两种解释。一种是“柳”和“留”是谐音，古代送别时送柳枝是希望对方留下来。另外一个意思是有一首曲子，叫《折杨柳》，曲调比较悲凉。后一种意思更为恰当，那么，这句诗就可以理解为：何必要用羌笛吹奏《折杨柳》这样哀怨的曲子呢？

春风不度玉门关。温暖的春风是不会吹过玉门关的。玉门关在现在甘肃的敦煌，只可惜随着时间的流逝，已经荒废掉了，我们再也没有办法看到它的雄姿了。

这首诗是唐朝边塞诗的代表作品之一，王之涣在这首诗里描写了广袤壮阔的边塞风光，描写了守卫边疆的将士们的处境和他们浓浓的思乡之情。诗中的“春风不度玉门关”，其实还有一层深意，他用“春风”指皇恩、朝廷的恩泽，含蓄地写出了朝廷的恩泽到不了边塞这里。

练 习

1.（2021 山东青岛中考）诗中的“春风”除了指自然现象之外，还指的是________________________。

2. 分析“一片孤城万仞山”所表现的意境和情感。

孟浩然篇

第十二日

夜来风雨声，花落知多少

在古代，有很多的诗人都喜欢大自然，喜欢游山玩水甚至是隐居在僻静、美丽的山里。面对这些美丽的自然风光，他们写下了很多诗歌。这些描写自然风光、农村景物以及安逸恬(tián)淡的隐居生活的诗歌，就叫作“山水田园诗”。其中著名的人物，有东晋时期的陶渊明，南北朝时期的谢灵运，到了唐朝，则有王维和孟浩然。今天咱们读的这首诗，就是孟浩然写的。

孟浩然这个人，大部分时候在山里过着隐居的生活。他是湖北襄阳人，就在家乡的鹿门山隐居，所以人们后来叫他“孟襄阳”，也叫他“孟山人”。其实，他不是不想当官。他曾经到过京城，因为诗写得好，在文人墨客中引起了很大的轰动，大诗人王维也成了他的朋友，并且，私自把他带到了皇宫里自己上班的地方。正巧，皇上突然来了，躲也躲不及，孟浩然就躲在了“床”下。王维趁着这个机会，就把孟浩然介绍给了皇上，皇上说：“听说你诗写得好，就拿些给我看看吧！”孟浩然说：“我也没有准备，没带诗集，我给您背几句我的作品吧！”于是就开始背，其中有两句诗是“不才明主弃，多病故人疏”，皇上一听，就不高兴了！他说：“你什么意思啊，朕不好吗？朕什么时候抛弃过你？是你自己不来考试不来求官还怪朕喽？你哪凉快哪待着去吧！”于是，孟浩然就失去了做官的机会，继续回去隐居了。

前面咱们说了，孟浩然隐居的地方叫鹿门山。这地方风景优美，在汉朝的时候就有个叫庞德公的人曾在这里隐居。在一个春天的早上，孟浩然早早起来，突然灵感爆发，就写下了这首诗。

春 晓

春眠不觉晓，处处闻啼鸟。

夜来风雨声，花落知多少。

上面这首诗，叫作《春晓》。“晓”的意思就是天亮，早上的意思。题目《春晓》就可以理解为春天的早晨。

春眠不觉晓。咱们中国有句俗话叫“春困秋乏”，春天的时候，人们都喜欢睡觉。这句诗的意思是说：春天的晚上人们都睡得很好，不知不觉间天就亮了。

处处闻啼鸟。“闻”这个字，是“听到，听见”的意思。这句诗的意思是：醒来之后，到处都可以听到小鸟们的鸣叫声。孟浩然隐居在山里，自然环境很好，所以这种景象很常见。

夜来风雨声，花落知多少。诗人这时候突然想起了昨天晚上的情景，昨天晚上传来了风声、雨声，在这风雨之中，得有多少美丽的花儿被风雨打落了啊！

孟浩然一开始睡醒了听到鸟儿们欢快的叫声，想着春天的生机勃勃，自己也很开心，很高兴，可是，当他联想到昨天晚上的风雨不知道让多少花儿凋谢，又不禁产生了一点惋惜之情。虽然诗中的情况都是他听到的、想到的而不是见到的，但是诗人对春光的喜悦和叹惋之情还是完美地表现了出来。

练 习

1. 写诗人因春宵梦酣，醒来听到屋外处处鸟啼的诗句是：______________________________。

2.《春晓》表达了诗人怎样的思想感情？

第十三日

绿树村边合，青山郭外斜

今天咱们来读孟浩然的另一首诗，叫《过故人庄》。

过故人庄

故人具鸡黍 (shǔ)，邀我至田家。
绿树村边合，青山郭外斜。
开轩面场圃，把酒话桑麻。
待到重阳日，还来就菊花。

诗歌题目中的“过”，在这里是拜访的意思。“故人”就是旧交、老朋友。题目的意思是拜访老朋友的庄园。

黍

故人具鸡黍，邀我至田家。老朋友准备了美味的鸡肉和黄米饭，邀请我到他的农庄里去做客。“具”是准备的意思。“黍”，是黄米，古代人认为它是上好的粮食。这些看似简朴却又丰盛的美食，表现出了故人邀客的热诚。

绿树村边合，青山郭外斜。茂密青翠的树林围绕着村庄，苍青的山峦在城外围绕，远远看去像是斜躺在那里。“合”是环绕的意思。“郭”，外城。古代城墙有内外两重，内为城，外为郭。这里指村庄的外墙。

开轩面场圃，把酒话桑麻。打开窗户面对谷场菜园，手持酒杯闲谈桑树和麻等庄稼的种植情况。“轩”是窗户。“场圃”是农村收打作物、种植果菜的地方。桑和麻都是古代重要的农作物，古人把桑麻放在一起，用来指农业。所以，“话桑麻”就是闲谈农事。

待到重阳日，还来就菊花。等到九九重阳节到来的时候，再回来这里观赏菊花，喝菊花酒。重阳节是每年农历的九月九日，是咱们的传统节日。过节时人们会有出游赏秋、登高远眺(tiào)、观赏菊花、遍插茱(zhū)萸(yú)、吃重阳糕、饮菊花酒等活动。“就”是接近、靠近的意思。

这首诗中，诗人用朴实平淡的语言，写了访友的原因（邀）、所见的景物（绿树、青山、场圃）、闲聊的话题（桑麻）、主人和客人的约定（重阳赏菊花）。这些细节一一道来，轻松自然，充分体现了山水田园诗的特点。全诗初看似乎平淡如水，细细品味就像是一幅画着田园风光的中国画，将景、事、情完美地结合在一起，具有强烈的艺术感染力。抒发了诗人和朋友之间真挚的友情，也流露出诗人对田园生活的向往。

练习

1.“绿树村边合，青山郭外斜”历来为人们所称赞，请从语言文字和表现手法方面对诗句作简要赏析。

2. 诗人在诗中展现了田园生活的种种乐趣，请具体说说诗人感受到了哪些乐趣。

第十四日

野旷天低树，江清月近人

孟浩然是唐代著名的山水田园派诗人，他的诗歌多写山水田园、隐居逸兴以及羁旅行役的心情，后人把孟浩然与唐朝另一山水诗人王维并称为“王孟”。其实孟浩然也并非不想做官，他在公元730年的时候，就曾经到洛阳寻求做官，只可惜没有成功，于是就再次漫游吴越。当他路过建德江时，天已经黑了，他把小船停靠在烟雾迷蒙的江边，想起了以往的事情，就写下了《宿建德江》这首诗。

宿建德江

移舟泊烟渚(zhǔ)，日暮客愁新。

野旷天低树，江清月近人。

移舟泊烟渚。“移舟”，划动小船。“泊”，停船靠岸。“渚”是水中小块陆地。这句诗的意思是：把小船停靠在烟雾迷蒙的小洲旁。

日暮客愁新。“日暮”是太阳快落山的时候，傍晚。“客”指诗人自己，孟浩然这时候是路过，算是客居他乡了。他为什么愁呢？是因为思乡而忧思不堪。这句诗的意思是：太阳快落山了，客居他乡，思乡之情涌上心头。

野旷天低树。“野”，原野。“旷”，空阔远大。“天低树”，天幕

低垂，好像和树木相连。他是说，旷野无边无际，远处的天比近处的树还低。

江清月近人。“月近人”的意思是倒映在水中的月亮好像在靠近人。这句诗的意思是，江水清清，明月来和人相亲相近。

在这首诗里，孟浩然以舟泊暮宿作为自己抒发感情的归宿，写出了羁旅之思，借以排遣仕途失意的悲愤。

练　习

1. 用自己的语言，说说“野旷天低树，江清月近人”所展现的画面。

2. “日暮客愁新”一句中的“愁”字点明了诗歌的主题，说说诗人在“愁”什么。

李颀篇

第十五日

行人刁斗风沙暗，公主琵琶幽怨多

咱们有个成语叫借古讽今，意思是借描写和评论古代的人和事来评论当今的现实。为什么不直说而要借助古代的事情来说呢？那我要问你一个问题了：如果你的面前是皇上，他整天花天酒地不务正业，你怎么办？直接斥责他是个昏君，再不改马上就要亡国了吗？如果这样说了，结果会怎么样呢？别说是皇上了，就是咱们自己，如果别人直接说咱们的缺点，绝大多数情况下还会不高兴不开心呢，更何况是手握生杀予夺大权的皇上这类的大人物呢？所以啊，咱们中国人的聪明才智就体现出来了，我不直接说你，我说以前的人，拿以前的事情做例子，委婉地影射现在的事情。这就是借古讽今的来源。这种写作手法，在唐代的诗歌里出现得很多，唐诗里提到的汉朝、汉帝绝大多数情况下就是指唐朝的皇帝，诗人不敢明说而已。咱们今天读一下李颀的《古从军行》，来体会一下上面说的借古讽今。

古从军行

白日登山望烽火，黄昏饮（yìn）马傍交河。
行人刁斗风沙暗，公主琵琶幽怨多。
野云万里无城郭，雨雪纷纷连大漠。
胡雁哀鸣夜夜飞，胡儿眼泪双双落。
闻道玉门犹被遮，应将性命逐轻车。
年年战骨埋荒外，空见蒲桃入汉家。

白日登山望烽火，黄昏饮马傍交河。古代的时候，在边塞地区都会有烽火台，一旦敌人进攻，就点燃烟火，人们就知道敌人来了，这就是烽火。“饮马”就是给马喝水。“傍”在这里是靠近的意思。“交河”是地名，在汉代的时候，它是车师国的首都，在现在的新疆吐鲁番附近。这两句诗的意思是说：白天的时候登上高山瞭望烽火，晚上的时候在靠近交河的地方给马喝水。

烽火台

行人刁斗风沙暗，公主琵琶幽怨多。这里的“行人”的意思跟咱们现在不同，指的是出征的战士。“刁斗”是古代军队中的一种器具，铜做的，白天可以做饭，晚上可以用来打更。“公主琵琶”是汉代的一个故事。汉武帝的时候，西域地区的乌孙国国王派人来到汉朝，说要像匈奴一样，也娶个汉朝的公主做妻子，双方做亲戚，不打仗了。汉武帝就把一个王爷的女儿封为公主，嫁给了他。为了安慰公主的思乡之情，乌孙国王叫人在马上为她弹奏琵琶。历史上有很多和少数民族和亲的事情，表面上出嫁的是公主，实际上几乎没有哪个是皇帝自己的女儿，都是他们家族里其他人的女儿，挂个名罢了。这两句诗的意思是：战士们敲击的刁斗声随着昏暗的风沙传得很远，公主的琵琶声里充满着思念家乡的幽怨。

野云万里无城郭，雨雪纷纷连大漠。“城郭”在这里指城池。在古诗文里，“城郭”是指内城和外城。“城”指内城的墙，“郭”指外城的墙。孟子在《得道多助，失道寡助》里有“三里之城，七里之郭，环而攻之而不胜”，《木兰诗》里有“爷娘闻女来，出郭相扶将”，里面的城、郭都是这个意思。“雨雪”指下雪，“雨”作动词用。这两句诗是说：荒野里的云朵飘到很远的地方（万里之外），看不见城市，大雪纷纷覆盖着无边的沙漠。

胡雁哀鸣夜夜飞，胡儿眼泪双双落。“胡”，是咱们古代对北方少数民族的称呼，像岳飞的《满江红》里就说“壮志饥餐胡虏肉”。这两句诗说：胡地的大雁发出哀鸣，每天夜里都从这里飞过，连胡儿听了之后也流下了眼泪。

闻道玉门犹被遮，应将性命逐轻车。这里又有一个故事：汉武帝命令将军李广利进军大宛国，想要夺取那里的汗血宝马，但是战争进行了两年，伤亡很大，也没有成功。李广利就给汉武帝写奏章，请求结束战争，带兵回国。汉武帝看到这个奏章后非常生气，派使者到玉门关这个地方，阻挡军队回来，说谁要是敢进入玉门关，就立即砍头。“遮”在这里就是阻拦、阻挡的意思。“轻车”，汉朝有个官职叫轻车将军，这里指军队的将帅。这两句诗是说：听说通过玉门关回去的路已经被阻挡了，只好追随自己的将领拼命作战了。

年年战骨埋荒外，空见蒲桃入汉家。“蒲桃”就是咱们现在吃的葡萄。据说是张骞出使西域的时候带回来的。同时带回来的，还有苜蓿、石榴等植物。这两句诗是说：每年有多少士兵因为战争而死，埋尸荒郊野外啊，换来的只是葡萄进入汉朝供皇帝品尝享乐！

这首诗里，表面上写的内容都是汉朝汉武帝时期的事情，但实际上，在诗人生活的时期，也同样连年和北方的少数民族作战，死伤无数。诗人在这里就是借古讽今，借汉朝的事情，来抨击唐朝皇帝穷兵黩武、连年对外用兵、不顾将士死活的行为。

练　习

1.“野云万里无城郭，雨雪纷纷连大漠”这两句在全诗中有什么作用？请简要赏析。

2.“年年战骨埋荒外，空见蒲桃入汉家”运用了什么表现手法，表达了诗人怎样的思想感情？

王湾篇

第十六日

海日生残夜，江春入旧年

“何如海日生残夜，一句能令万古传”这句话，是古人用来夸赞唐朝诗人王湾的。王湾，号为德，洛阳（今河南洛阳）人，曾担任洛阳尉。虽然说他不是非常出名，但是一首《次北固山下》，足以让他名垂青史了。

标题中的“次”是停宿的意思。北固山在江苏镇江的长江边上。三国时“甘露寺刘备招亲”的故事就发生在这里，这里还有一座祭江亭，相传孙权的妹妹孙尚香听说刘备去世了，就在这里祭祀刘备，然后跳江自杀了。当然，祭江亭出名是因为它的另一个名字——北固亭，南宋词人辛弃疾曾在此写下《南乡子·登京口北固亭有怀》及《永遇乐·京口北固亭怀古》两首词。

次北固北下

客路青山外，行舟绿水前。
潮平两岸阔，风正一帆悬。
海日生残夜，江春入旧年。
乡书何处达？归雁洛阳边。

客路青山外，行舟绿水前。“客路”是旅人前行的路，说明诗人此时是离乡远游。“青山”指的就是题目中的北固山，“绿水”是长江。一个“客”字，说明了诗人漂泊在外，那种人在异地，思念家乡的羁旅之愁就体现出来了，正好和尾联遥相呼应。这两句诗的意思是：我离乡漂泊，路过青山之外，船行进在绿水之间。

这时候，诗人看到的是什么样的景色呢？**潮平两岸阔**。潮水上涨，两边的堤岸都和江水齐平了，整个江面十分开阔。“阔”字，可以让我们想象出江水浩渺、一望无际的情景，使得境界一下子就恢宏壮阔了。**风正一帆悬**。在这浩渺的江面上，一艘小船顺风而来，白帆高悬。和前面的阔大相比，这里的一帆就显得小了，这帆、这船显得越小，就越体现出江面的阔大，也就是古人所说的“以小景传大景之神”。“正”是指风顺而不猛，“悬”是端端正正地高挂着的样子。“风正一帆悬”，只有既是顺风，又是和风的情况下，帆才能够“悬”，写出了小船在江面上顺风前行的样子。这两句诗的意思是：潮水上涨，两岸与江水齐平，非常开阔，（船）顺风而来，一条白帆正好高悬。

海日生残夜，江春入旧年。这一联点明了时间。“残夜”是夜将尽未尽之时。这时候夜色还没有消尽，红日已经从海上升起了。江春入旧年，“入”是到的意思，新春来了，旧年还没有过去。“海日”“江春”在这里都代表着新生的事物，美好的事物。“残夜”“旧年”则代表着旧事物。这蕴含着新生事物必须从陈旧的母体中脱胎而出，旧事物中孕育着新的生机的哲理。“生”“入”又运用了拟人的手法，让人感觉形象生动，给人以乐观、积极向上的精神鼓舞。这两句诗的意思是：夜色将尽，海上旭日东升；新年未至，江中春意已现。

面对此景，诗人就要抒发感情了。**乡书何处达？归雁洛阳边**。“乡书”的意思是家信、家书。这两句诗的意思是：家书应该寄往哪里呢？希望北归的大雁，能够把它带到洛阳。王湾是洛阳人，洛阳是他的家乡，所以，这里很明显地就体现出了诗人深深的思乡之情。

总之，这首诗描写了冬末春初时诗人在北固山下停泊时所见到的青山绿水、潮平岸阔等壮丽之景，抒发了诗人深深的思乡之情、羁旅之愁。

练　习

1. 诗中表达时序变迁，表示新事物将会取代旧事物的句子是：________________________________。

2. 说说“海日生残夜，江春入旧年”一联所蕴含的哲理。

王昌龄篇

第十七日

忽见陌头杨柳色，悔教夫婿觅封侯

唐诗从内容上来分的话，可以分为边塞诗、送别诗、田园诗等。这些大家都比较熟悉，其实还有一种大家不太熟悉的，就是闺怨诗。什么是闺怨诗呢？就是主要抒写民间弃妇和思妇（包括征妇、商妇、游子妇等）的思念、忧伤的一种诗。这种诗歌的主人公是女子，但是诗人可不一定是女子，绝大多数都是男人写的。比如唐朝著名的诗人王昌龄，就写过一首《闺怨》。

闺　怨

闺中少妇不知愁，春日凝妆上翠楼。

忽见陌头杨柳色，悔教夫婿觅封侯。

有人说王昌龄不是写边塞诗的吗？怎么还写闺怨诗呢？其实在唐朝前

期，国家实力强大，边疆地区开疆拓边的战争不断，很多男人都参军远征，希望能够在战争中建功立业、封侯拜相。这在当时也是人们获取“成功”的重要途径。李贺不也说过“男儿何不带吴钩，收取关山五十州”吗？男人们去打仗了，留在家里的夫人们，自然就会担心、思念丈夫。王昌龄和这些将士们有接触，了解他们的生活，写和将士们有关的闺怨诗也就顺理成章了。

闺中少妇不知愁，春日凝妆上翠楼。“闺”本是女子的卧室，可以用来借指女子，尤其是少女或少妇。“凝妆”的意思是盛装打扮。“翠楼”是涂饰绿漆的高楼，指贵妇居住的地方。在古代，帝王居住的地方或者富有的人家，楼房经常用青色（绿色）装饰，所以也叫作青楼。这两句诗的意思是：闺房中的少妇不知道什么叫作忧愁，在春光明媚的日子里，她盛装打扮登上了翠楼。

忽见陌头杨柳色，悔教夫婿觅封侯。“陌”指田间小路。田间南北方向的小路叫阡，东西方向的小路叫陌，“阡陌”泛指田间小路。比如陶渊明的《桃花源记》中有“阡陌交通”，商鞅变法时有“废井田，开阡陌”。“陌头”的意思是田边路旁。“杨柳色”，杨柳的绿色。柳因为它和“留”是谐音，所以诗歌中出现杨柳，往往有希望对方留下来的意思。“悔教”可以理解为后悔让。“觅封侯”指参军打仗，以求立功后可以获取侯爵之位，得到荣华富贵。这两句诗的意思是：忽然看见路边杨柳碧绿的颜色，想到春光美好，青春易逝，丈夫却不在身边，后悔让他从军远征，去建功立业求封侯了。

这首诗里，一开始出现在咱们眼前的是一个家境优越、无忧无虑的年轻女子，她梳洗打扮之后，登上高楼，想欣赏一下春天的美景。可是当她看到远处的杨柳之后，突然触景生情，大概是感觉到这大好春光会很快消逝吧，又让她想到了自己的青春年华也会很快消逝，要是丈夫在家的话，两个人能够一起度过这大好时光该多好啊！于是她后悔了，真不该让丈夫去从军打仗啊，两情相悦长相厮守不是比立功封侯更重要吗？尤其是最后一句中的“悔”字，更是把少妇思念丈夫、渴望朝夕相伴的强烈感情表现得淋漓尽致。

练　习

1. 分析“忽见陌头杨柳色”一句在诗中的作用。

2. 诗中的“悔教夫婿觅封侯”反映了当时社会怎样的现象？

第十八日

但使龙城飞将在，不教胡马度阴山

王昌龄擅长用七言古体写边塞生活，是以边塞诗著称的诗人。那么什么是边塞诗呢？

边塞诗是以祖国边疆地区汉族军民生活和边塞地区的自然风光为题材

的诗歌。它主要描写的内容是：

1. 写边疆地区即塞外地区的风光；

2. 写守卫边疆的将士们生活的艰苦，他们对家乡和亲人的思念之情；

3. 写他们希望自己能杀敌报国、建功立业的雄心壮志等。

今天咱们就读一首边塞诗，叫作《出塞》，作者是王昌龄。

出　塞

秦时明月汉时关，万里长征人未还。

但使龙城飞将在，不教胡马度阴山。

古代的时候，因为战争防守的需要，在边境地区设置了很多要塞，比较出名有玉门关、阳关、山海关、嘉峪关、雁门关、大散关等。朝廷在这里驻扎军队，守卫边疆。

秦时明月汉时关。现在的月亮还是秦朝和汉朝时的月亮，关塞也还是秦朝、汉朝时的关塞。

万里长征人未还。不过那些走出关塞去远征的战士们，却再也没有回来。

但使龙城飞将在。如果保卫龙城的飞将军李广还在。李广是汉代著名的将军，因为作战勇猛，他在古代文学作品中被提到的次数很多。李广在边疆的时候，跟当时彪悍的匈奴人多次作战，多次打败匈奴人，匈奴人给他起了个外号，叫“飞将军”。李广在的时候，匈奴人好几年都不敢攻打汉朝。可惜啊，就是这样一个将军，却没有得到皇帝的认可。跟他差不多年纪的人，战功也相差不多的，基本上都被封了侯爵，只有李广到老了都没有得到封赏。所以王勃才在《滕王阁序》里写“冯唐易老，李广难封”。

不教胡马度阴山。就不会让胡人的军队跨过边界——阴山了。“胡马”，指侵扰中原的北方游牧民族骑兵。“阴山”在现在的内蒙古中部及河北北部，当时是汉族和胡人地盘交界的地方。

这首诗被明朝人李攀龙称为唐朝七绝的压卷之作。诗人王昌龄看到了月光之下的关塞，想到了汉朝时期与匈奴作战屡屡取胜的卫青、李广那样的将军，他想，如果有这样的名将镇守边关，敌人还敢侵犯唐朝吗？是唐朝没有这样的人才吗？不一定，更多的是因为皇帝昏庸，是因为没有任用正确的人。所以，这里就有了对朝廷的批判，也饱含着对祖国的热爱之情。

练　习

1.“但使龙城飞将在”中“但使”的意思是__________，“龙城飞将”是指__________。

2.“秦时明月汉时关”的意思是什么？它使用了什么修辞手法？

3.这首诗表达了诗人怎样的思想感情？

第十九日

洛阳亲友如相问，一片冰心在玉壶

今天咱们读的《芙蓉楼送辛渐》是一首送别诗，是王昌龄在送朋友辛渐回洛阳时写给他的。

芙蓉楼送辛渐

寒雨连江夜入吴，平明送客楚山孤。

洛阳亲友如相问，一片冰心在玉壶。

写这首诗的时候，诗人王昌龄在江宁（南京）做官，他的朋友辛渐要回洛阳去，王昌龄就在芙蓉楼请他吃饭，给他送行。

寒雨连江夜入吴，平明送客楚山孤。“寒雨”指秋雨。古人说“一阵秋雨一阵凉，一场白露一地霜”，秋天的雨会让人感到寒意，所以可以叫寒雨。“连江”，意思是满江。我来到吴地的夜里，寒雨铺满了江面。第二天一大早我送朋友离开，想想他这一走，楚山也会变得孤独，何况是我呢？南京一带春秋时期属于吴国，后来又属于楚国，所以诗人说“楚山”。

洛阳亲友如相问，一片冰心在玉壶。你回到洛阳后，如果亲友们问起我，你就说我的心就像是一块纯净的冰放在玉壶中那样清明透彻。“冰心”

用来比喻纯洁如玉壶里的冰。值得一提的是，现代著名作家谢婉莹，就因为这句诗，给自己起了个笔名叫作冰心。

玉壶

王昌龄呢，他多次被贬官，但这并不是因为他是贪官，是坏人，而是因为受到小人的陷害，他这里说自己是“冰心”，是想告诉亲友们自己是纯洁的、清白的。

这首诗写的是送别，开始两句，表现了诗人心中的惆怅，最后两句，表达了诗人对功名利禄的藐视，表现了自己不愿意向排挤陷害他的人屈服的气节。

练习

1. 以冰心玉壶自喻，表达诗人高洁志向的句子是：________________________________。

2. 简要分析“寒雨连江夜入吴”一句所渲染的气氛及其在诗中的作用。

3. 请赏析“一片冰心在玉壶”这句诗。

王维篇

第二十日

独在异乡为异客，每逢佳节倍思亲

每年的农历九月九日，是咱们中国的重阳节。为什么把这一天叫作重阳节呢？因为“九”在咱们的《易经》里是“阳数”，两个“九”就是重阳了。

王维十七岁的时候，来到京城长安。在这年的重阳节，王维登上了高山，想起了自己远在家乡的兄弟们，就写下了这首《九月九日忆山东兄弟》。

九月九日忆山东兄弟

独在异乡为异客，每逢佳节倍思亲。
遥知兄弟登高处，遍插茱萸少一人。

说到山东呢，古代跟咱们现在的意思是不一样的，现在指的是山东省，古代的山东有多种说法，一种是崤山以东，一种是华山以东。王维这时候在京城，他的老家在山西，从地理上来讲，是在华山的东面，所以这里的山东就是指华山以东。

独在异乡为异客。“异乡”就是外地，他乡。“异客”就是生活在外地的人，也可以叫游子。这句诗的意思是：独自一个人生活在他乡，成为漂泊在外的人。

每逢佳节倍思亲。“逢”，遇到的意思。“倍”，是更加的意思。每次到了美好的节日，就更加思念家乡的亲人。这句诗后来成了千古名句，在过节的时候，很多人都会引用。

遥知兄弟登高处。“遥知”是什么意思呢？因为王维在外地，重阳节大家都要登高，所以，王维就设想自己的兄弟们这时候正在登高。也就是说，王维是运用了想象，并不是真的看到了。这句诗的意思就是：我在这遥远的地方想兄弟们一定都登上了高处。

遍插茱萸少一人。“茱萸”是一种有浓烈的香气的植物，按照传统的习俗，重阳节的时候要佩戴这种植物，据说可以辟邪消灾。这句诗的意思是：当他们身插茱萸的时候，发现少了一个人。这个人是谁呢？就是王维。

王维通过这首诗，表现出了对家人强烈的思念之情。

茱萸

练习

1. 请分析诗歌首句“独在异乡为异客”所表达的情感。

2. 请从语言和情感方面简要赏析这首诗的艺术特色。

第二十一日

大漠孤烟直，长河落日圆

公元737年春天，河西节度副大使崔希逸大破吐蕃军，取得了重大胜利。唐玄宗命令王维以监察御史的身份出使凉州，出塞宣慰，察访军情，并任河西节度使判官，这表面看起来是对王维的重用，实际上是把王维排挤出朝廷。正是在这次出塞途中，王维写下了著名的《使至塞上》。

“使”是出使的意思，是以使节的身份去某个地方。“塞上”指边境地区，也指北方长城内外。

使至塞上

单车欲问边，属国过居延。
征蓬出汉塞，归雁入胡天。
大漠孤烟直，长河落日圆。
萧关逢候骑，都护在燕然。

单车欲问边，属国过居延。“单车”指一辆车，表明这次出使随从不多。“问边”是慰问边关守军。“属国”在这里是诗人借此代指自己出使边塞的使者身份。秦汉时有一种官职叫典属国，负责少数民族事务。曾经在匈奴牧羊十九年的苏武回到汉朝后就被授予典属国一职。唐朝人有时以“属国”代称出使边陲的使臣。“居延”本是地名，这里指辽远的边塞地区。

这两句诗的意思是说：我带着很少的随从想要去慰问边关的守军，经过边塞地区。“单车”表明虽然诗人这时候是使者，但是规格不高，暗示他是被排挤出朝廷。

征蓬出汉塞，归雁入胡天。“征蓬”是飘飞的蓬草，古诗中常用来比喻远行之人。蓬草是古诗中常见的意象，它的特点是枯萎后根断，随风飘飞，且漂泊无依，所以当诗人孤身在外的时候，送别友人的时候，感叹自己或友人身世飘零的时候，思乡念友的时候，便用蓬草来寄托心曲。比如李白的“此地一为别，孤蓬万里征”就使用了蓬草这个意象。这两句诗的意思是：千里飞蓬也飘出汉塞，北归大雁正翱翔云天。诗人运用了比喻的修辞手法，以“蓬”“雁”自比，大雁北归旧地，诗人迎着风沙像蓬草一样飘向塞外，暗写诗人被排挤出朝廷的孤寂飘零之感。

大漠孤烟直，长河落日圆。“孤烟”这里指烽烟。古代边关都有烽火台，发生敌情的时候，会点燃烽火报警，烽火的烟轻直且不易被风吹散。“长河”在这里指黄河。这两句诗是王维的代表诗句，历来受到人们的称赞。它充分体现了苏轼评价王维时所说的诗中有画，画中有诗。这两句诗的意思是：烽火台上燃起的一道孤烟在广阔的沙漠上冲天而起，蜿蜒曲折的黄河上一轮圆日即将落山。“直”字写出了孤烟的形态，侧面写出了大漠无风的状态；“圆”字写出了落日的形态，写出了落日之低，落日之大，落日之美。一“直”一“圆”，交相辉映，描绘了塞外雄奇壮观的独特风景，境界阔大，雄浑壮美。

萧关逢候骑，都护在燕然。“萧关”是古代的一座关口。“候骑”是

负责侦查、通信的骑兵。“都护”本来是官名，唐朝时在西北设立的都护府的长官叫大都护，这里指前线的统帅。这两句诗的意思是到萧关的时候遇到了侦查的骑兵，他告诉我都护已经在燕然山了。说到燕然山，有一个典故，东汉时期，窦宪率军打败了匈奴，登上了燕然山，刻石记功传为佳话。诗人用这个典故，暗指战争取得胜利，照应了诗题和开头。

这首诗叙述了诗人出使塞上的艰难行程，通过描写塞外奇特壮丽的风光，表达了诗人由于被排挤而产生的抑郁、孤寂、不得志的愤懑之情，以及在大漠的雄浑景色中情感得到熏陶、净化、升华后产生的慷慨悲壮之情，显露出一种豁达情怀。同时，也能看出诗人对以身许国的守边将士的爱国精神的赞美。

练 习

1.“大漠孤烟直，长河落日圆”两句诗中有画，画中有诗，请用自己的语言简单描述这两句诗描绘了一幅什么样的画面。

2.（2023 北京中考）列出第二联（征蓬出汉塞，归雁入胡天）构成对偶的词语，简要分析这一联运用对偶的表达效果。

3.“大漠孤烟直，长河落日圆”被王国维誉为“千古壮观”的名句，试从炼字的角度分析其妙处。

第二十二日

空山不见人，但闻人语响

在咱们中国的文学史上，从春秋时期到初唐时期，能够称为大诗人、大文学家的人不少，但是，能够称为全才的，却不多，王维就是其中之一。王维九岁就能够写诗作文，算是个天才儿童。长大后，通过自己的努力，王维成了一个全才。

他是书法家。他写的草书、隶书在当时和后世都非常有名。

王维《江干雪霁图》

他是个音乐家。自己能够作曲，相传他曾经作了一首《郁轮袍》演奏给当时的公主听，加上他的诗也很好，九公主很喜欢他。更厉害的是，他曾经看着一张叫《按乐图》的画，就说出了画里面的人演奏的是什么曲子，正在弹的是曲子里的哪个音符，简直是太神奇了！

他是个画家。他是南宗画派的始祖。王维自己也说，自己的前身应该是个画师，这就可以看出他对自己的画还是很满意的。

他更是个大诗人。他的边塞诗，古人评价说景色雄伟，气象豪迈。对于山水田园诗，王维更是这一流派的杰出代表。宋代的苏轼评价王维的诗，诗中有画，画中有诗。

所以说，王维在诗、书、画、音乐等方面都有杰出的成就，是个全方面发展的人。

除此之外，王维还是个虔诚的佛教徒。就连他的名字都跟佛经——《维摩诘经》有关。史书上记载，王维的妻子去世之后，王维三十年没有娶媳妇儿，自己一个人生活，就连他家的辋川别墅，在他死后，都捐出来做了寺庙。再加上王维诗歌里透露出来的禅意，后来的人们都称他为“诗佛”。

说到辋川别墅，这可不是咱们现在看到的一般的别墅，就是个两层或者三层的小楼加个院子，王维的别墅可是很大的。据说王维曾经画过一张《辋川图》，在画里描绘了文杏馆、斤竹岭、鹿柴、木兰柴、临湖亭、柳浪、金屑泉、白石滩、竹里馆、漆园、椒园等二十个景点，咱们今天读的这首《鹿柴》，就是其中的一个景点。

鹿　柴

空山不见人，但闻人语响。

返景入深林，复照青苔上。

鹿柴的“柴”字咱们要注意它的读音，读“zhài”，通山寨的“寨”，是通假字，意思是有篱笆的乡间别墅。

空山不见人。空旷寂静的山里面看不到人的踪影。说明这里人迹罕至，很少有人到这里来，也就是说这里很安静。

但闻人语响。只是偶尔能够听到一两声人说话的声音。“但”是只的意思。人的声音一出现，整个画面就活了起来。

返景入深林。这里的“景”字，同“影”。“返景”的意思就是将要下山的太阳通过云彩反射的阳光，就是夕阳返照。这句诗的意思是说：落日的余晖反射到密林的深处。

复照青苔上。又映照在一片片青苔上面。“复”的意思是又。“青苔”是长在潮湿的地面或者石头上的绿色的苔藓。

这首诗写了鹿柴幽静的景色：天快黑的时候，一座人迹罕至的空山，偶尔有几声人声，一片古木参天的树林，一缕缕幽暗的阳光，照在青苔上面。王维在诗中创造了一个空寂幽深的境界，读来耐人寻味。

练 习

1. 这首诗描绘了鹿柴怎样的景色，请简要描述。

2. “空山不见人，但闻人语响”是如何营造“空”的氛围的？

第二十三日

深林人不知，明月来相照

前面读了王维写的《鹿柴》，今天来读一下他的《竹里馆》。

竹里馆也是王维的辋川别墅中的一处建筑，据说房屋周围有竹林围绕，所以就起了这么个名字。

竹 里 馆

独坐幽篁里，弹琴复长啸。

深林人不知，明月来相照。

独坐幽篁里。“幽篁”是幽静的竹林。这时候的诗人，一个人独自坐在一片清幽的竹林之中。

弹琴复长啸。在这里干什么呢？一边悠闲地弹琴，一边发出长啸。“啸”，是撮口发出悠长而清亮的声音。在古代的很长一段时间里，长啸在文人雅士中非常流行，《世说新语》中有这样一个故事：话说竹林七贤中的阮籍擅长长啸，声音能传出几百米远。这可是很高的水平了！有一天，阮籍听砍柴的人说苏门山里来了个得道的真人，就决定去看看。阮籍从远处看见那个人抱膝坐在山上，就爬上山去见他。见面之后，两人伸开腿对坐着，阮籍觉得应该好好地表现一下自己，于是就开始滔滔不绝地讲起来，上至黄帝、神农时代玄妙虚无的主张，下到夏、商、周三代深厚的美德。讲到得意的时候，还问对方一两个问题，那人仰着个头，也不回答。阮籍又另外说到儒家的德教主张、道家凝神导气的方法，来看真人的反应，真人还是像原先那样，目不转睛地凝视着。阮籍便对着他发出一声长啸。过了好一会儿，那个人才笑着说："可以再来一次。"阮籍又来了一次。后来阮籍自己觉得没意思了，就决定离开，往山下走，大约走到半山腰的时候，听到山顶上众音齐鸣，好像几部器乐合奏，树林山谷都传来回声。阮籍回头一看，原来是刚才那个人在长啸。这就是著名的"苏门长啸"的典故。

深林人不知，明月来相照。没人知道我在竹林深处，只有天上的明月（似乎理解人意）前来陪伴我，静静地照着我。

这首小诗让我们看到一幅优美的图画：幽篁独坐、弹琴长啸、明月相照。里面似乎有内心的寂寞，但更多的是王维晚年那种悠然自得之情。

练　习

1. 诗人写自己在深林之中无人知晓，只有明月相伴的句子是：
________________________________。

2.（2019贵州中考）"幽篁""深林""明月"这些景物描绘出了一幅什么图景？

3."深林人不知，明月来相照"这两句诗表达了诗人怎样的思想感情？

第二十四日

贱日岂殊众，贵来方悟稀

顾洛《西施浣纱》

一提到形容美女的词语，咱们总会想到这两个：沉鱼落雁、闭月羞花。为什么要用这两个词语来形容美女呢？因为它们和咱们中国古代的四大美女有关。

沉鱼说的是西施，话说西施本是浣纱女，在河边浣纱，水里的鱼看到她，被她的美貌惊呆了，直接晕了过去，就沉到了水底。

落雁说的是王昭君。王昭君当年被汉朝皇帝送到匈奴和亲，被迫嫁给了匈奴的单于。那时候的匈奴在北方的大漠里生活，每当秋天大雁南飞的时候，王昭君就会想起自己的家乡，于是就会弹思念家乡的曲子。没想到，大雁们看到了弹琴的王昭君之后，不知道是被她的琴曲感动到了呢，还是被这个弹琴的美女的美貌和气质惊呆了，竟然忘记了拍动翅膀，直接从天上掉了下来。

闭月说的是貂蝉。貂蝉是东汉末年的美女。她可以算是四大美女中最可悲的一个，因为从一开始，她就是一个工具。《三国演义》里说，貂蝉的养父

叶曼叔《貂蝉拜月》

王允利用美丽的貂蝉，设置了个连环计，先把她许配给当时的大坏蛋董卓，然后又把她许配给有勇无谋被称为三姓家奴的人品极差的吕布，目的就是挑起他们之间的争端，让吕布把董卓给干掉。据说吕布有一次晚上去偷看貂蝉，当时明月当空，没想到等貂蝉一出来，这美丽的月亮就赶紧躲到了云朵的后面，不敢现身。什么原因呢？就是貂蝉太美了，月亮也自愧不如。

羞花说的是杨贵妃。杨贵妃又叫杨玉环，也被称为杨太真。据说有天杨贵妃在花园里玩，那里盛开着牡丹花。牡丹花是花中之王，国色天香，可惜杨贵妃一到，这些牡丹花一看，我的天哪，这才叫美啊，咱们什么花中之王啊，根本没法跟人家相比！于是，牡丹花纷纷不再开放了！

为什么今天先说这么多美女的故事呢？因为今天咱们读的这首诗，跟美女西施有关，是唐代大诗人王维写的《西施咏》。

西施咏

艳色天下重，西施宁久微？
朝为越溪女，暮作吴宫妃。
贱日岂殊众，贵来方悟稀。
邀人傅脂粉，不自着罗衣。
君宠益娇态，君怜无是非。
当时浣纱伴，莫得同车归。
持谢邻家子，效颦安可希？

西施是春秋时期的越国人，名字叫作施，因为住在西村，所以叫西施。据说她是个砍柴人的女儿，主要的工作就是浣纱，把织好的布或者衣服放在水里洗，说白了，西施就是个清洗女工。但是西施长得特别漂亮，当时越国的大夫范蠡发现了她的美貌，于是就把她带回家，教给她琴、棋、书、画及各种礼仪技巧。为什么呢？因为这时候越国被吴国打败了，甚至连国王越王勾践都被抓到了吴国，受尽侮辱。越国要报仇，范蠡就想起了美人计！后来，范蠡把西施送给了吴王夫差，让她用自己的美貌迷惑夫差，让他整天不理朝政不干正经事，这吴王还真上当了，整天和西施一起花天酒地，成了个昏君。后来，越国重新强大起来，越王勾践带兵打败了吴国，成为诸侯中的一个霸主。不过西施却从此不知所终。关于西施的结局有两种说法，一种是说西施被杀了；还有一种是说西施跟着范蠡一起走了，成为神仙眷侣。我倒是宁愿相信后面的，一方面，西施在政治斗争中活了下来；另一方面，这个范蠡可不得了，他特别会做生意，是当时甚至是整个中国几千年历史上都可以排得上号的富豪，后来人们称他为“陶朱公”，被商人们供奉为生意人的祖宗——“商圣”。西施跟他结为夫妻，从此两个人过着幸福的生活，这就是童话的完美结局啊！

看完了上面的故事，这首诗也就好理解了。

艳色天下重，西施宁久微。整个天下的人们都看重美色，像西施这样的美女怎么可能长时间处于卑微的地位呢？这句里的“宁”是怎么、哪里的意思。“微”是低贱、寒微的意思。

朝为越溪女，暮作吴宫妃。“朝”是早上，“暮”是晚上。早上的时候还是越国小溪边的洗衣女，晚上的时候就成了吴国国王的王妃。这里说得夸张了，很多诗歌都这样，不用太在意时间。

贱日岂殊众，贵来方悟稀。西施生活贫贱的时候哪有太多的与众不同，到了富贵的时候，人们才发现她的美丽气质是天下少有的。“贱日”指贫贱寒微的时候。“岂”的意思是哪里。“殊众”指与众不同。

邀人傅脂粉，不自着罗衣。君宠益娇态，君怜无是非。她享受着美好的生活，让那些宫女们帮她擦胭脂涂粉，连衣服都不自己穿，要让别人伺候她。“怜”字的本义是“爱”，咱们现在有个词语叫怜爱，怜和爱就是同义词。所以，在古文中，“可怜”有的时候就是可爱的意思。

当时浣纱伴，莫得同车归。持谢邻家子，效颦安可希。当时一起洗衣服的同伴们，再也不能够跟西施同坐一辆车了。奉劝那些没有西施的美貌的邻居家的女孩子们，效仿她皱眉也是白费心机。传说西施有心口痛的毛病，每次痛的时候她就皱着眉捂着胸口，但这样也是很美的。在东村有个女孩长得很丑，也叫施，就是东施。她也学西施的样子皱眉捂胸口，没想到却更丑了。这就是成语“东施效颦”的典故。所以咱们不能轻易随便地去模仿别人，否则很可能会适得其反，成不了神话，倒会成为笑话！

王维通过写西施由贫贱变得显贵的故事，比喻人才不会被长时间地埋没，也对世态炎凉，人情冷暖进行了辛辣的嘲讽。

练习

1. 这首诗借古讽今，诗人借咏西施，讽刺了哪些社会现象？

2. 翻译“艳色天下重，西施宁久微”。

第二十五日

劝君更尽一杯酒，西出阳关无故人

王维的山水田园诗可以说代表了唐朝田园诗的最高水平，不过，他有一首送别诗，也是千古绝唱。这首诗，就是《渭城曲》，也叫《送元二使安西》。

元二是王维的朋友，姓元，排行第二。古时的人们会按照家族中的兄弟排行来称呼人。比如唐朝大诗人杜甫也被称为杜二，李白被称为李十二，元稹被称为元九，王维被称为王十三，白居易被称为白二十二……不只男的这样，女的也会这样，比如杜甫诗里写的公孙大娘、黄四娘，比如《水浒传》里的孙二娘、扈三娘，等等。

安西指的是安西都护府。唐朝时期，为了更好地管理包括现在的新疆在内的广大的西北地区，设置了安西都护府。元二要从长安到安西去，路途遥远，所以，在送别的时候，王维写下了这首诗送给自己的朋友。

渭 城 曲

渭城朝雨浥 (yì) 轻尘，客舍青青柳色新。

劝君更尽一杯酒，西出阳关无故人。

渭城朝雨浥轻尘。“渭城”是秦朝时的咸阳，汉朝的时候改为渭城，在长安西北，渭河的北面。“朝雨”指早晨下的雨。“浥”是沾湿，湿润的意思。这句诗的意思是：在春天的早晨，渭城刚刚下过一场小雨，雨水润湿了空气中的细小的灰尘。

客舍青青柳色新。客栈旁边的杨柳经过雨水的清洗显得格外清新光亮。

这两句诗，王维通过对环境的描写，交代了送别朋友元二的时间、地点。这里又提到了柳树，古人送别的时候折杨柳枝相赠的习俗由来已久。因为“柳”和“留”是谐音，所以古人在送别的时候会折个柳枝送给对方，暗含着希望对方留下来的意思。唐朝的时候，人们喜欢在城外的灞桥送别，据说那时候灞桥两岸种植了很多很多的柳树，增加了人们的离情别意。可惜灞河还在，灞桥已经没了。

劝君更尽一杯酒。我们即将分别，希望你再和我多喝一杯酒。“更”是再的意思，“尽”的意思是喝光，喝干。一个“更”字显示出诗人劝酒时的殷勤，在频频劝酒中，也透露了诗人对友人难舍难分的心情。

西出阳关无故人。“故人”就是老朋友的意思。因为从此向西，出了阳关之后，就再也没有老朋友了啊！这里说的阳关也是我们古代重要的关口。当时的人们通过这里，可以前往西域。因为那时候通过阳关前往西域道路很宽阔，所以后来有“阳关大道”的说法。

王维的这首诗写成以后，广受欢迎，很快被人谱曲变成了歌，人们也把歌名叫作《阳关曲》或《阳关三叠》，再后来，“阳关”就成了离别或者怀念老朋友的代名词，可以看出这首诗的影响是多么大啊！

练　习

1. 交代送别的时间、地点，以及送别的环境的诗句是：____。

2. “劝君更尽一杯酒，西出阳关无故人。”表达了诗人怎样的情感？

3. 这首诗被誉为别席离宴上的绝唱，请分析其中的原因。

高适篇

第二十六日

战士军前半死生，美人帐下犹歌舞

俗话说“一将功成万骨枯”，每一个成功的将军背后，都有无数个可怜的士兵，他们冲锋陷阵，用鲜血、生命换来的，是别人的荣耀和荣华富贵。如果遇到个好将军，能够“爱兵如子”，那士兵们还好过些，如果遇到个坏的，哪管士兵们的死活啊，士兵们杀敌丢命，将军则喝酒看舞。别说这种事情不存在，今天咱们读的这首唐朝诗人高适写的《燕歌行》（并序），就证明了这种事情的存在。

燕歌行（并序）

开元二十六年，客有从元戎出塞而还者，作《燕歌行》以示适。感征戍之事，因而和焉。

汉家烟尘在东北，汉将辞家破残贼。

男儿本自重横行，天子非常赐颜色。

摐(chuāng)金伐鼓下榆关，旌(jīng)旆(pèi)逶(wēi)迤(yí)碣石间。

校尉羽书飞瀚海，单于猎火照狼山。

山川萧条极边土，胡骑凭陵杂风雨。

战士军前半死生，美人帐下犹歌舞。

大漠穷秋塞草衰，孤城落日斗兵稀。

身当恩遇常轻敌，力尽关山未解围。

铁衣远戍辛勤久，玉箸(zhù)应啼别离后。

少妇城南欲断肠，征人蓟(jì)北空回首。

边庭飘飖(yáo)那可度，绝域苍茫更何有。

杀气三时作阵云，寒声一夜传刁斗。

相看白刃血纷纷，死节从来岂顾勋。

君不见沙场征战苦，至今犹忆李将军。

开元是唐玄宗的年号，开元二十六年就是公元738年，有一个跟随军队首领出塞回来的人，写作了一首《燕歌行》给高适看。高适自己也有相似的经历，所以有感而发，也写了一首。“元戎”在这里指军队的首领，主帅。

汉家烟尘在东北，汉将辞家破残贼。汉朝的东北边境，契丹人发动叛乱挑起了战争，大唐的将领辞别家人去攻破残忍的贼人。在唐诗里，经常借用汉朝来代替唐朝。这里的“烟”指的是烽烟。“残贼”的意思是凶残的敌人。

男儿本自重横行，天子非常赐颜色。这些好男儿们本来就在战场上横行无敌，皇上又破格给了他们赏赐。“非常”在这里的意思是不普通的，特别的。“颜色”，指的是唐朝的时候，不同级别的官员穿的衣服颜色不同，

比如最低级的官员穿的是青色的，高级的官员穿的是红色的。赐颜色说明将士们的官职也得到了提升。也有说法是赐颜色是给面子，赏脸。

摐金伐鼓下榆关，旌旆逶迤碣石间。锣声响亮战鼓齐擂，大部队出了山海关，军旗飘扬队伍浩浩荡荡来到了碣石之间。“摐”的意思是击打。“金”在这里指钲，是一种行军乐器。“伐”是讨伐，攻打的意思。“榆关”是山海关，汉朝东北部很重要的一个关口。纳兰性德的《长相思》，其中有“山一程，水一程，身向榆关那畔行，夜深千帐灯”。“碣石”是在河北，当年曹操在这里写下了《观沧海》，发出了“日月之行，若出其中，星汉灿烂，若出其里”的豪言。

校尉羽书飞瀚海，单于猎火照狼山。军中校尉们紧急传羽书飞奔到浩瀚的大漠，匈奴的首领单于高举猎火，火光已经照到我们的狼山。狼山和瀚海都是古代经常打仗的地方，这里就用来指战场。“校尉”是军中的官职名，地位仅次于将军。“羽书”是插着鸟羽的紧急军事文书。“瀚海”在这里不是海，而是指大漠，沙海。

山川萧条极边土，胡骑凭陵杂风雨。边疆山河荒芜、萧条，满目凄凉，胡人的骑兵靠着强大的武力在风雨之中欺负我们唐朝的士兵。“凭陵”就是凭借着强大的武力欺凌别人。

战士军前半死生，美人帐下犹歌舞。战士们在战场上已经死去了一半，将军还在大帐里看美人们唱歌跳舞，寻欢作乐。

大漠穷秋塞草衰，孤城落日斗兵稀。深秋时节大漠里百草凋零，边疆的孤城里落日下的士兵的人数也越来越少。“穷秋”的意思是深秋。

身当恩遇常轻敌，力尽关山未解围。受到了皇帝的恩泽礼遇却总是轻视敌人，现在力量用尽了也没有解除敌人的围困。“恩遇”是隆厚的待遇。“关山”在这里是指江山。

铁衣远戍辛勤久，玉箸应啼别离后。战士们身穿铁甲辛勤地到遥远的地方戍守边疆很多年了，家里的妻子在分别之后独自思念丈夫，痛哭流涕。“铁衣”指铠甲。“玉箸”本是白色的筷子，这里比喻思妇的泪水如注。

少妇城南欲断肠，征人蓟北空回首。少妇们住在城南，伤心欲绝肠子都要断了，远征的士兵们在蓟北回首遥望家乡也是白费。“蓟北”是唐朝的东北边地。杜甫诗中有“剑外忽传收蓟北，初闻涕泪满衣裳”的句子。

边庭飘飖那可度，绝域苍茫更何有。遥远的边疆怎么能轻易前来呢，荒芜的绝域里苍茫一片，连个人烟都没有。“绝域”指极远的边疆。

杀气三时作阵云，寒声一夜传刁斗。一天之间杀气腾腾好像升起了云气，寒冷的夜里传来了敲击刁斗的声音。“三时”指的是早、中、晚三个时间。“刁斗”是古代军中煮饭用的铜锅，可用来敲打巡逻。

刁斗

相看白刃血纷纷，死节从来岂顾勋。战争开始，战士们互看白刃，战场上血肉纷飞，战死沙场时想的是报效祖国，从来没想到要获得功勋。“白刃”就是锋利的刀。“死节”是为国捐躯的气节。

君不见沙场征战苦，至今犹忆李将军。你没看到战士们在沙场上征战多么辛苦，至今还在回忆李广将军。李广将军是汉代人，他关爱士兵，有勇有谋，匈奴人都害怕他，称他为“飞将军”。他爱惜士卒，士兵也愿意听他指挥。

这首诗是唐朝边塞诗中的杰作，诗人在诗中谴责将领骄奢淫逸，骄傲轻敌，造成了战争的失败，让大量的士兵遭受了巨大的痛苦和牺牲。

练 习

1.（2021 山西长治高三上第一次月考）下列对本诗的赏析，不正确的一项是（　　）

A.诗中描写战前敌我双方部署军事行动的情景动词“飞”“照”说明军情危急。

B.敌人骑兵深入中原，来势汹汹，像狂风暴雨发动猛攻，衬托了战士们的形象。

C.孤城、落日、衰草等意象突出边塞的萧条凄凉，烘托了残兵败卒心境的凄凉。

D.诗歌内容逐步推进，完整再现了战斗前、战斗中和战斗后的场景。

2.“战士军前半死生，美人帐下犹歌舞”运用了什么手法，表达了诗人怎样的思想感情？

李白篇

第二十七日

峨眉山月半轮秋，影入平羌江水流

公元 725 年，二十四岁的李白决定离开家乡绵州（在今天的四川），到外面的世界中去闯荡一番。此时的李白自信、才华横溢，内心里对未来的憧憬和喜悦之情难以掩抑，于是就通过诗歌表现出来。就在这个时期，他写下了《峨眉山月歌》这首诗。

峨眉山是四川的名山，也是四川的名片，峨眉山月，也就是李白的家乡之月。

峨眉山月歌

峨眉山月半轮秋，影入平羌江水流。
夜发清溪向三峡，思君不见下渝州。

峨眉山月半轮秋。“半轮”指半边，半个。这句诗的意思是高峻的峨眉山前，悬挂着半轮秋月。这一句一开始，就点明了地点和时间：峨眉山前、秋天的夜晚。在古诗词里，“月”这个意象传递的最主要的情感就是思念之情，对家乡对亲人对朋友的感情都可以涵盖在里面，这一点，是需要我们特别注意的地方。

影入平羌江水流。“影”在这里指的是月亮的影子。“平羌”指青衣江，是大渡河的支流，在现在四川省中部的峨眉山东北。这句诗的意思是月亮的影子倒映在流动的平羌江上。月影映入流动的江水中，仿佛和水在一起流动，但其实动的不是月影，而是江上乘船远行的诗人。在这一句里，“入”“流”两个动词连用，表面写的是月映清江的美景，实际上是写秋夜行船之事。

夜发清溪向三峡，思君不见下渝州。“发”是出发的意思。“清溪”是峨眉山附近的清溪驿。这两句诗的意思是夜里出发从清溪驿直奔三峡，想你却见不到你，只好恋恋不舍向渝州而行。此时的李白，离家远游，走得越远，离家越远，对家乡对朋友就更加思念，那种恋恋不舍之情、依依惜别之情就越强烈。

在这首诗中，有一个非常巧妙的地方，就是连用了五个地名（峨眉山、平羌江、清溪、三峡、渝州），给人一种空间迅速转换的感觉，让人感受到一幅千里蜀江行旅图，既体现出了舟行江中的速度之快，也抒发了诗人对友人的思念之情和对家乡的眷恋之情。

练　习

1. 诗中点明时间和地点的句子是：________________。

2. 诗人在诗中连用了五个地名（峨眉山、平羌江、清溪、三峡、渝州），这有怎样的表达效果？

第二十八日

山随平野尽，江入大荒流

前面咱们读了李白的《峨眉山月歌》，那是李白离开位于蜀地的家乡到外面远游、闯荡时写的。今天，咱们读的这首《渡荆门送别》，也是写于这个时期的名作。

荆门即荆门山，在湖北宜都附近，地势险要，战国时期是楚国的战略要地。送别在这里既不是诗人送朋友远行，也不是朋友送诗人远行，而是说故乡的水恋恋不舍，满怀深情地一路送别诗人，从另一个角度展现出诗人浓浓的思乡之情。

渡荆门送别

渡远荆门外，来从楚国游。
山随平野尽，江入大荒流。
月下飞天镜，云生结海楼。
仍怜故乡水，万里送行舟。

渡远荆门外，来从楚国游。“从”，往。“楚国”，战国时期荆门是楚国的领地，所以这样说。本联叙事，交代了远渡的地点和此行的目的，我乘舟渡江来到遥远的荆门外，来到战国时期楚国的境内游览。

山随平野尽，江入大荒流。“大荒”在这里的意思是辽远无际的原野，在很多地方也指边远荒凉的地方。这两句诗的意思是高山渐渐隐去，平野慢慢舒展开，江水在广阔的原野上奔流。这时候的诗人乘舟顺流而下，两岸连绵起伏的群山像画卷一样伴随小舟而行，它们在广阔的原野处消失了，浩浩荡荡的长江水，奔涌向前，流入了广阔无际的原野，他的视野顿时变得开阔了。一个“随”字，化静为动，写出了群山和平野的位置逐渐变化、推移，移步换景，给人以空间感和流动感，同时，也形象地描绘了渡过荆门后的壮阔景象，表现了诗人喜悦开朗的心情。一个“入”字，写出了气势的磅礴，充分表达了诗人的万丈豪情，充满了喜悦和昂扬的激情。

月下飞天镜，云生结海楼。“海楼”指海市蜃楼，这里指的是长江上云霞多变形成的美丽景象。长江流过荆门之后，河道迂曲，流速减缓，于是有了新的景色。晚上，江面平静时，向下看，月亮倒映在江面上，好像天上飞来一面明镜，这是一幅多么美的“水中映月图”啊！日间，仰望天空，云彩兴起，变幻无穷，结成了海市蜃楼般的美丽景象。“月下飞天镜”一句中，运用了比喻、夸张的修辞方法，把明月映入江水的状态比作天上飞下的明镜，生动形象地描绘了月夜江水的平静、美丽。

仍怜故乡水，万里送行舟。“怜”的意思是喜爱。长江的水从上游流下来，从诗人的家乡经过，所以，在诗人的眼里，这水就是家乡水。这两句诗的意思是但我依然喜爱故乡来的滔滔江水，它奔流不息陪伴着我万里行舟。这两句，诗人借景抒情，借助“怜”字，表现出了自己对家乡的依恋和思念之情，“送”字更是直接点题，送的主体是故乡的山水，用拟人的修辞方法，生动而含蓄地表达了诗人对故乡的依恋之情。

这首诗先写远游点题，然后写沿途的见闻和观感，最后以思念结束全篇。抒发了诗人离开家乡外出游历的喜悦、对未来的憧憬和对家乡的依恋、思念之情。整首诗风格雄健，形象奇伟，想象瑰丽，景象雄浑壮阔。

练 习

1. 运用拟人手法，表达诗人对故乡依恋之情的句子是：________________________________。

2. “山随平野尽，江入大荒流”这两句诗展现了一幅怎样的画面，请简要描述。

3.（2022 湖北鄂州中考）下面对这首诗的赏析有误的一项是（　　）

A. 首联紧扣诗题，以叙事为主，写诗人乘舟来到遥远的荆门外，将到楚地游览，交代了此行的地点和事由。

B. 颔联以移动的视角来描写景物的变化。一个“随”字，将群山与平野位置的逐渐变换、推移，生动地展现出来，给人以空间的流动感。一个“入”字，写出江水流向远方，水天相接的开阔境界。

C. 颈联以静观的视觉描摹江上的美景。诗人将水中月影比喻成明镜，用海市蜃楼形容云。

D. 尾联笔锋突转，由欣赏美景转入抒情，用拟人的手法写故乡之水不远万里送自己行舟远游，表达了想尽快到达楚地的急切心情。

第二十九日

举头望明月，低头思故乡

李白是中国古代最伟大的诗人之一。李白年轻的时候，觉得自己学业有成了，就离开了家乡，开始了自己的漫游生活。不过咱们中国有句俗话，叫“在外千般好，不如自家亲”，还有一句话叫“金窝银窝不如自己的狗窝”。所以，凡是离家在外的游子，不管在外面过得怎么样，都会经常想念自己的家乡。这种思乡之情，在人生得意的时候，想和家人分享自己的喜悦的时候会有；在人生不得意的时候，遇到挫折，想找个依靠，找人倾诉的时候也会有。李白离开家乡，在外漫游，也不免生发出这种思乡之情。

在一个晚上，当月亮升起来的时候，李白面对一轮圆月，想起了自己的家乡，写下了这首咱们都非常熟悉的《静夜思》：

静 夜 思

床前明月光，疑是地上霜。
举头望明月，低头思故乡。

床前明月光。“床”是什么呢？这你可要注意，李白这时候的床可跟咱们现在睡觉的床不一样。李白这里说的床，是一种可以坐也可以卧（躺）的家具，有点像现在的榻。不过，也有专家说，这里的“床”应该是胡床。胡床又是什么东西呢？胡床，也叫“交床”“交椅”“绳床”，是一种可

胡床

以折叠的轻便坐具，也就是咱们现在说的马扎。马扎功能类似小板凳，但人坐的那个面不是木板，而是可卷折的布或类似的东西，两边腿可以合起来。这句诗的意思是：明亮的月光洒在“床”前。

疑是地上霜。“疑”这里是好像的意思。（月光）好像是铺在地上的一层白色的霜。月光的颜色是洁白的，霜的颜色也是洁白的，这两种东西的颜色相似，所以李白在这里用了比喻的修辞方法，把它们联系在了一起。

举头望明月。抬起头望着天上的明月。

低头思故乡。低下头，思念我那离开很久了的家乡。

这首诗表达的就是诗人在寂静的月夜里对家乡、对亲人的深深的思念之情。

练　习

1. 诗中使用了比喻的修辞手法的句子是：______________________________。

2. 这首诗表达了诗人怎样的思想感情？

第三十日

孤帆远影碧空尽，唯见长江天际流

黄鹤楼是江南三大名楼之一，坐落在武汉长江边的蛇山之上。关于它的来历，有一个传说。据说很久以前，在蛇山上有个小酒馆，老板人很好，对来店里的客人都很客气。有一段时间，有个道士经常来店里喝酒，但是又很穷。老板就在道士有钱的时候多给点酒菜，道士没钱的时候甚至不收他的酒钱。时间长了，道士很感动，就在酒店的墙上，画了一只黄鹤，对老板说："这只黄鹤很神奇，你只要拍拍手，它就会飞下来。"老板一试，还真是这样。这个事情一传出去，就有很多人来店里看黄鹤，当然顺便也会喝酒吃饭，靠这只神奇的黄鹤，酒店的生意也变得越来越好了，老板也赚了很多钱。过了十年，这个道士再一次来到了酒店里，他拿了一支竹笛吹奏起来。这时候，黄鹤从墙上下来，张开翅膀落在道士身旁，道士骑到鹤背上，飞走了。酒店老板一看，原来自己遇到了神仙啊，就在蛇山上建造了一座楼来纪念。这座楼就是黄鹤楼。

好了，咱们知道了黄鹤楼的来历之后再来看看有关黄鹤楼的诗歌，就是李白的《黄鹤楼送孟浩然之广陵》。这里的"之"，意思是到，往。

黄鹤楼送孟浩然之广陵

故人西辞黄鹤楼，烟花三月下扬州。

孤帆远影碧空尽，唯见长江天际流。

故人西辞黄鹤楼，烟花三月下扬州。“故人”就是老朋友，这里就是指孟浩然。老朋友从西边辞别了黄鹤楼，也辞别了我，在春光烂漫的三月，乘船顺长江而下，到扬州（扬州在黄鹤楼东边）去。

在这里你可能有点疑惑：题目中是广陵，怎么这里又出现了个扬州呢？其实啊，这是同一个地方的两个名字，扬州不仅叫广陵，还叫江都、维扬。这里的“烟花”的意思是繁华美丽如云烟，指的是春天鲜花烂漫的景象。

孤帆远影碧空尽，唯见长江天际流。“唯”是只的意思。这两句诗的意思是：那孤独的船帆慢慢地消失在碧蓝的天空下，只看见长江的水滔滔不绝地流向天边。“唯”也有版本是写作“惟”的。

这是一首送别诗，李白没有直接写自己对朋友多么地依依不舍，但是最后两句，李白一直看着船帆消失在遥远的天边，迟迟没有离开，在这个过程中，不正是表现出了他们之间感情深厚，委婉地表达了李白对朋友的一片依依惜别之情吗？

练　习

1. 点明送别的时间、地点的句子是：____。

2. 诗歌表达了诗人怎样的思想感情？

第三十一日

长风破浪会有时，直挂云帆济沧海

人这一辈子，不可能永远都一帆风顺，小人物如此大人物，也是如此。诗仙李白也经受过挫折，他当年因才华横溢被推荐到朝廷为官，也算受到皇帝的宠爱，但是小人们容不得个性极强的李白，百般诋毁他，最终皇帝将他赐金放还。可以说李白在短期内坐了趟过山车，由平头百姓变成皇帝身边的红人又变成了平头百姓，那种痛苦的感受，咱们换位思考一下，就能体会到。但李白就是李白，他不会因为挫折而消沉，不会因为挫折而改变自己，这一点在他的诗歌《行路难》中表现得很突出。

今天，咱们就来读读这首诗。

行 路 难

金樽 (zūn) 清酒斗十千，玉盘珍羞直万钱。
停杯投箸 (zhù) 不能食，拔剑四顾心茫然。
欲渡黄河冰塞 (sè) 川，将登太行雪满山。
闲来垂钓碧溪上，忽复乘舟梦日边。
行路难！行路难！多歧 (qí) 路，今安在？
长风破浪会有时，直挂云帆济沧海。

金樽清酒斗十千，玉盘珍羞直万钱。“樽”是一种酒杯，有圆的有方的。

“金樽”有可能是黄金做的，也有可能是镶金的，这里是表示酒杯很值钱。“清酒”，在中国古代，酒有清酒和浊酒之分。如果酒经过了过滤，比较清澈，质量好，卖得就贵。没有经过过滤的酒，比较浑浊，就卖得便宜。范仲淹的词里有“浊酒一杯家万里”，《三国演义》的开篇词里也有“一壶浊酒喜相逢”。“斗”，是一种量具，“一斗”等于十升。李白这里的酒，一斗价值十千钱，也就是万钱，那是相当贵的了。这两句诗的意思是：金樽里装的名贵的清酒，每斗要价十千钱；玉盘中盛的精美菜肴，价值万钱。“羞”同“馐”，指美味佳肴。“直”是通假字，通“值”，意思是价值。

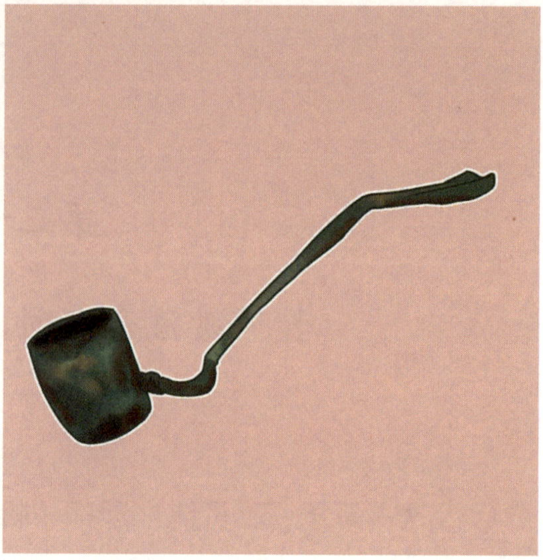

斗

停杯投箸不能食，拔剑四顾心茫然。心里郁闷，面对美酒佳肴，停下酒杯放下筷子吃不下去，拔出宝剑四面看看，感觉前途茫然。

欲渡黄河冰塞川，将登太行雪满山。我想要渡过黄河，可是寒冰已经堵住了这条大河，我想要登上太行山，可是茫茫大雪又封住了上山的路。太行山是咱们中国重要的山脉之一，《愚公移山》里移的山就是太行山和王屋山。

闲来垂钓碧溪上，忽复乘舟梦日边。这两句诗里李白讲了两个典故。一个是跟姜太公姜子牙有关。姜子牙曾经在渭水上用直钩钓鱼（也有说法是在天津静海附近的溪水边钓鱼），后来周文王听说了，就亲自来请他辅佐自己，请求他帮自己灭掉商纣王，后来灭商成功之后，姜子牙被周武王封于齐地。另一个是伊尹，这个人是商朝的大臣。他曾梦见自己乘船从日边经过，后来商朝的第一个王商汤聘请他帮助自己灭掉了夏朝。姜子牙和伊尹都曾辅佐帝王建立不朽功业，李白借这两个典故，表明自己对皇帝还没有完全绝望，还对自己能够受到皇帝认可并建功立业有所期待。这两句诗的意思是：我就像姜子牙一样，闲时在溪水边钓鱼，又像伊尹一样，睡觉时做梦梦见自己乘船经过日边。

行路难！行路难！多歧路，今安在？人生之路走得真是艰难啊，真是艰难啊。有这么多岔路，我该走向哪里呢？

长风破浪会有时，直挂云帆济沧海。南北朝的时候有个人叫宗悫(què)，他小时候勤练武功，有一天他叔叔问他，你有什么理想吗？他说："我要乘长风破万里浪。"就是说要像一艘船一样，乘着风势远行万里，实现自己远大的理想。"济"，渡过。这两句诗的意思是说：总有一天，我会像宗悫一样，能乘长风破万里浪；高高挂起云帆，在沧海中勇往直前！这表现出了李白乐观积极的态度。

这首诗里，李白借助行路的艰难比喻世道的险阻，抒发了自己没有受到重用、远大理想不能实现的愤慨。从最后一句来看，他对自己的未来还充满期待，希望有一天能被皇帝重用，实现自己的远大理想。

练　习

1.“闲来垂钓碧溪上，忽复乘舟梦日边”借用了哪两个典故，表达了诗人什么样的情感态度？

2.试简要分析“停杯投箸不能食，拔剑四顾心茫然”是如何表现诗人内心情感的。

3.“长风破浪会有时，直挂云帆济沧海”给了你怎样的启示？

第三十二日

《清平调》其一

公元742年，在诗人贺知章和玉真公主的共同推荐之下，大诗人李白终于见到了皇帝唐玄宗。唐玄宗看过李白的诗文之后，给了他异于常人的待遇：在李白进宫的时候，唐玄宗亲自迎接，还请他吃饭。在吃饭的时候，也许是皇上太喜欢李白了，怕他烫着，还亲自给他把羹汤搅凉。饭后，唐玄宗和李白谈论起国家大事，李白对答如流，充分显示出了自己的经天纬地之才，于是唐玄宗一声令下，就让李白供奉翰林。这时候李白的任务就是在皇上身边写些文稿，写些诗歌助兴。这个工作虽然没有什么实权，但是如果把皇上哄开心了，那前途也可以说是不可限量的。

有一天，唐玄宗和杨贵妃在皇宫里的沉香亭前欣赏牡丹。看到花开得很美，皇上和贵妃就来了兴致，想弄点歌舞助兴。唱歌的人是谁呢？就是大名鼎鼎的歌唱家李龟年。可是等李龟年一开始唱，皇上就觉得不太对劲了，他觉得面对这么美的花，还有这么美的贵妃，唱以前的旧歌怎么行呢？于是就想到了李白，赶紧派人去把李白叫来。这时候的李白刚刚喝了酒，醉得不成样子，旁边的人一看怎么办呢？就弄了凉水喷到李白脸上，让他清醒了一点。李白明白了皇上的意思，提起笔就写下了三首《清平调》。

清平调（其一）

云想衣裳花想容，春风拂槛露华浓。

若非群玉山头见，会向瑶台月下逢。

云想衣裳花想容。看到美丽的彩云就想起她的衣裳，看到美丽的牡丹花儿就想到她的面容。

春风拂槛露华浓。春风吹拂着沉香亭的栏杆，牡丹花沾染着晶莹的露珠更显得娇艳美丽。“槛”是栏杆。“露华”是露水的光华。

若非群玉山头见。（这么美的人）如果不是在群玉山上见到过。群玉山是传说中的仙山，据说是西王母居住的地方，山上出产玉石，所以就有了这个名字。既然是神仙居住的地方，自然就有美丽的仙女了啊！

会向瑶台月下逢。那就一定是在瑶台的月光之下见过了。“会”的意思是必然，一定。“瑶台”是西王母居住的宫殿。

这首诗其实就是在写杨贵妃的美丽。牡丹花被称为花王，国色天香。它不仅美丽，而且雍容华贵，是富贵、繁荣的象征。前两句，李白把牡丹花和杨贵妃放在一起进行描写，花就是人，人就是花，花美人更美。后两句更是直接夸赞杨贵妃就是天上的仙女！

第三十三日

《清平调》其二

李白第一首诗写完，紧跟着又写第二首：

清平调（其二）

一枝红艳露凝香，云雨巫山枉断肠。

借问汉宫谁得似？可怜飞燕倚新妆。

没想到这第二首诗虽然写得好，却给李白带来了不小的祸患，这是怎么回事呢？

咱们先来看看这一首诗写的是什么吧。

一枝红艳露凝香。一枝红色的牡丹花沐浴甘露发出清香。这句诗是用美丽的牡丹来比喻杨贵妃，也用牡丹承受雨露之恩来指杨贵妃深受唐玄宗的喜爱。

云雨巫山枉断肠。云雨巫山是个典故。传说炎帝的女儿瑶姬长得非常美丽，她死了之后，被埋葬在巫山，后来修炼成了神仙，被称作巫山神女。到了战国时期，楚怀王来高唐游玩，累了之后就在房中休息，梦中他见到了一个女子，这个女子长得美到了极点，根本不是用语言能够表达出来的。女子说自己是巫山神女，愿意以身相许。于是双方互相爱慕，留下了一段佳话。这句诗的意思是：杨贵妃如此美丽，楚怀王何必为了巫山神女而断肠。“断肠”一般指伤心到极点。

借问汉宫谁得似？请问汉朝的皇宫里哪位美人能够和她相似？

可怜飞燕倚新妆。“可怜”是可爱的意思。“飞燕”指汉成帝的皇后赵飞燕。赵飞燕长得非常漂亮，也擅长舞蹈，在很长一段时间里深得皇帝的喜爱。但是，赵飞燕为了保住自己的地位，和妹妹赵合德一起，陷害了很多皇宫中的妃子，这就导致了汉成帝死后没有儿子继承皇位。汉哀帝即位之后，为了感谢赵飞燕的拥立之功，把赵飞燕封为皇太后，还给她的弟弟和侄子封侯，让赵家一时之间地位显赫。但没过几年，赵飞燕就被贬为庶人，看守汉成帝的陵园，于是赵飞燕就自杀了。也就是说貌美心狠的赵飞燕结局是非常悲惨的。李白似乎当时借着酒劲写诗，并没有注意到这一点，他说可怜飞燕倚新妆，意思是：可爱的赵飞燕也要借助华美的装饰、精心的打扮才能够和杨贵妃相比。“倚”的意思是依靠，借助。

《千秋绝艳图——赵飞燕》

这首诗通过与牡丹、巫山神女、赵飞燕比较，写杨贵妃的美丽。杨贵妃看了，自然是笑得合不拢嘴了啊！可是，李白却因为这首诗，惹来了大麻烦。

赵飞燕在历史上结局悲惨，李白在诗中将杨贵妃比作赵飞燕，得罪了杨贵妃。于是，她心里就开始记恨李白。后来，每当唐玄宗想给李白个有实权的官做的时候，杨贵妃就在旁边一把鼻涕一把泪地说李白如何如何不好，千方百计阻止皇帝。时间长了，唐玄宗也烦了，就不再有让李白做官的想法了。而李白呢，也慢慢发现自己在朝廷中没有什么前途了，于是就向皇帝提出要离开京城，唐玄宗也就借坡下驴，来了个赐金放还，让李白走了。

这件事情告诉我们，人在得意的时候，还是谨言慎行，谦虚低调一点比较好，一旦得意忘形了，就很容易犯错。也告诉我们，宁愿得罪十个君子，也不能得罪一个小人。

第三十四日

《清平调》其三

李白在写了两首直接赞扬杨贵妃美丽的诗之后，笔锋一转，来到了唐玄宗这里。

清平调（其三）

名花倾国两相欢，长得君王带笑看。

解释春风无限恨，沉香亭北倚栏杆。

名花倾国两相欢。“名花”指牡丹花。“倾国”在这里指杨贵妃。据《汉书》记载，宫廷乐工李延年想把自己的妹妹介绍给汉武帝，于是就在汉武帝面前唱了一首歌，歌词是：“北方有佳人，绝世而独立。一顾倾人城，再顾倾人国。宁不知倾城与倾国，佳人难再得。”意思是说北方有个非常漂亮的姑娘，她是世上绝无仅有的，全城、全国的人看了她，都要为之倾倒，您难道不知道这种倾城倾国的美人，一旦错过就再难得到。汉武帝听了之后很好奇，就让李延年把她带来。汉武帝一看，果真非常漂亮，于是就封李延年的妹妹为夫人。后来人们用“倾城倾国”来比喻女子非常美丽。这句诗的意思是名贵的牡丹花和倾城倾国的美人相与为欢。

长得君王带笑看。“君王”指唐玄宗。这句诗是说常常让皇上面带笑容细细观看。

解释春风无限恨。这句诗中“解释”的含义与现代汉语里表示分析说明的含义不同，是消释、消除的意思。“春风”在这里的意思有人说是指春愁，也就是古人经常有的惜春、探春之愁，也有人说是杨贵妃像春风一样让人感觉很美很舒服，也有人说是指唐玄宗，说得似乎都有道理。这句诗我们可以理解为牡丹花和杨贵妃可以像春风一样消除皇上的无限愁恨。

沉香亭北倚栏杆。“栏杆”有的版本写作“阑干”，意思是一样的。这句诗是说他们在沉香亭里倚靠着栏杆欣赏美景。

这三首诗，把花和人浑融在一起写，既写出了花的美丽，也写出了人的美丽，非常传神，自然会得到唐玄宗和杨贵妃的赞赏，当然，也受到了人们的喜爱，流传至今。

练　习

1. 这一组诗描绘的是________的美貌，塑造了她艳丽有如牡丹的美人形象。

2. “云想衣裳花想容”一句运用了哪些修辞手法？请简要分析。

3. “借问汉宫谁得似？可怜飞燕倚新妆”使用了什么写作手法来突出杨贵妃的美貌？

第三十五日

浮云游子意，落日故人情

自古以来，到处都有或者为了事业，或者为了理想，漂泊到异乡的“游子”。今天咱们要读的，是作为游子的李白，写给另一位游子的送别诗，叫《送友人》，两位游子碰到了一起，再分别，继续远游，是怎样的一种心情呢？

送友人

青山横北郭，白水绕东城。

此地一为别，孤蓬万里征。

浮云游子意，落日故人情。

挥手自兹去，萧萧班马鸣。

青山横北郭，白水绕东城。长满郁郁葱葱的树木的山横亘在北郭外面，清澈的流水绕过东城。诗人一开始先描写了送别的场景。

在咱们古代的时候，一些大的城市，都有内城和外城。外城叫郭，内城叫城。后来城郭两个字就放在一起，指城市了。

说到城郭，就不得不提咱们历史故事中的两位著名的先生，东郭先生和南郭先生。不知道你有没有想过为什么他们的姓氏这么奇怪呢？原因是这样的，在很早很早以前，很多的平民和比平民地位还低的奴隶是没有姓的，后来因为登记造册上户口，需要姓名，所以有些人就用自己住的地方做了自己的姓，也就是说东郭先生祖先是住在东边的外城的，南郭先生祖先是住在南边外城的。

此地一为别，孤蓬万里征。咱们在这里一分手，从此就像蓬草一样随风飘零到万里之外了。“一”是加强语气的助词。“蓬”是一种植物，叫蓬草，当它干枯以后，就会随风飘扬，所以也叫飞蓬。古诗中经常用蓬或孤蓬比喻远行的友人或漂泊的人生。

浮云游子意，落日故人情。游子们的心情像是天上居无定所的浮云一样；老朋友的离别之情像是要落山的太阳一样没有办法挽留。这里的“浮云”，用来比喻游子的心意，因为游子和浮云一样，都是飘来飘去，居无定所。这里的落日，比喻留不住友人，因为正像李商隐所说的“夕阳无限好，只是近黄昏”，美丽的落日总要落下，好朋友也总要分别。

挥手自兹去，萧萧班马鸣。挥挥手，你从这里离开，只听见离群的马儿的萧萧的鸣叫声。“兹”是“这”的意思。“萧萧”是马叫的声音。“班马”是离群的马。

这是一首送别诗，李白在诗中用新鲜活泼的意象和自然明快的节奏，把和友人的惜别之情表现得既真挚热烈又豁达乐观。尤其是诗歌最后朋友离去马鸣萧萧的场景，蕴含着无限深情，让人回味无穷。

练习

1.“青山横北郭，白水绕东城”描绘了一幅怎样的送别场景？

2.“挥手自兹去，萧萧班马鸣”中的“班马鸣”有何作用？

第三十六日

秋风吹不尽，总是玉关情

今天咱们来读李白的《子夜吴歌》。

《子夜吴歌》即《子夜歌》，最早的时候是晋朝时候一个叫子夜的女子创作的歌曲，因为曲调产自吴地，所以又叫《子夜吴歌》。它的曲调比较悲哀凄苦，后来，人们在这个曲子的基础上进行了改造，变成了四时行乐的曲子，叫《子夜四时歌》，所以《子夜歌》就有春夏秋冬四首了。

今天咱们读的，是李白写的《子夜吴歌》的第三首《秋歌》。

子夜吴歌（秋歌）

长安一片月，万户捣衣声。
秋风吹不尽，总是玉关情。
何日平胡虏，良人罢远征？

长安一片月。长安是当时唐朝的都城。它在古代史上是世界上最大的都城，面积达到了近百平方公里；人口也多，超过了百万，这是古代任何一个国家的都城都比不上的。这句诗的意思是：一轮明月照着长安城。

万户捣衣声。“捣衣”是什么呢？女子把布织好之后，因为刚刚织好的布比较硬，所以要放在砧上，用木棒把它捶软，然后再制作成衣服，这

张萱《捣练图》

样穿起来就比较舒服了。这句诗是说：千家万户都传来了捣衣的声音。那么，你是不是很好奇，她们捣衣服干什么呢？咱们往下看。

秋风吹不尽，总是玉关情。阵阵秋风无休无止，吹不尽人们思念玉门关外的亲人的深情啊。玉门关咱们都知道，是唐朝时候的边关，无数将士为了保家卫国、建功立业前往边关作战，家里的人在这秋天，在天气越来越冷的时候，怎么能不想念他们，不为他们准备御寒的衣服呢？

何日平胡虏。“胡虏”是古代的时候我们对少数民族的称呼。还记得岳飞的《满江红》那首词里说的“壮志饥餐胡虏肉，笑谈渴饮匈奴血”吗？那里的“胡虏”也是这个意思。这句是说：什么时候才能够打败这些胡人，平定天下呢？

良人罢远征？那时候，丈夫们就能够停止远行征战，回家来了！“良人”是古时妻子对丈夫的称呼。古代时除了叫丈夫为良人，还可以叫丈夫为郎君、外子、官人、相公等，基本上都是好词！不过反过来，男人称呼自己的妻子，就不一样了。你看看下面的这些：夫人、拙荆、贱内、糟糠、执帚……除了夫人好一点，其他的都是含有贬义的，不是笨拙的，就是低贱的，要不就是不值钱的，或者打扫卫生的，这也可以看出来，在古代，咱们中国的女子地位是很低的，是很可怜的。

这首诗，是子夜秋歌，是借助那些出征将士的妻子的口吻来表现当时朝廷不断对外作战给百姓带来的悲苦。妇女们制作衣服寄到边塞给丈夫，即使是秋风，也吹不尽她们对远在边关的丈夫的思念之情，她们只希望早点平定胡虏结束战争，让丈夫们回来。

练习

1.“秋风吹不尽，总是玉关情”中“不尽”和“总是”两词有何妙处？

2.请分析这首诗的主题思想。

第三十七日

安能摧眉折腰事权贵，使我不得开心颜

李白才华横溢，诗动天下，无数名篇千古流传，被称为“诗仙”。他生性浪漫，周游全国，以诗传情，以酒会友，是个谪仙般的人物！

读李白的诗，能感觉到李白身上的神气或仙气，所以咱们今天就读一首他的长诗《梦游天姥 (mǔ) 吟留别》。

梦游天姥吟留别

海客谈瀛 (yíng) 洲，烟涛微茫信难求；越人语天姥，云霞明灭或可睹。天姥连天向天横，势拔五岳掩赤城。天台四万八千丈，对此欲倒东南倾。我欲因之梦吴越，一夜飞度镜湖月。湖月照我影，送我至剡 (shàn) 溪。谢公宿处今尚在，渌 (lù) 水荡漾清猿啼。脚著 (zhuó) 谢公屐 (jī)，身登青云梯。半壁见海日，空中闻天鸡。千岩万转路不定，迷花倚石忽已暝 (míng)。熊咆龙吟殷岩泉，栗深林兮惊层巅。云青青兮欲雨，水澹 (dàn) 澹兮生烟。列缺霹雳，丘峦崩摧。洞天石扉 (fēi)，訇 (hōng) 然中开。青冥 (míng) 浩荡不见底，日月照耀金银台。霓 (ní) 为衣兮风为马，云之君兮纷纷而来下。虎鼓瑟兮鸾 (luán) 回车，仙之人兮列如麻。忽魂悸 (jì) 以魄动，恍 (huǎng) 惊起而长嗟 (jiē)。惟觉时之枕席，失向来之烟霞。世间行乐亦如此，古来万事东流水。别君去兮何时还？且放白鹿青崖间，须行即骑访名山。安能摧眉折腰事权贵，使我不得开心颜！

海客谈瀛洲，烟涛微茫信难求；越人语天姥，云霞明灭或可睹。中国人经常把“三山五岳”连在一起说，“三山”就是《山海经》里面记载的在东海的三座仙山，分别是：蓬莱、方丈、瀛洲。据说这上面住着神仙，是求仙学道的人向往的地方。这几句诗是说：那些海外来客们谈起神仙居住的瀛洲，说它在烟波茫茫的大海中确实难以寻找到。越人说起天姥山，说它在云雾之中，忽明忽暗，有时可以看见。“信”的意思是“确实、实在”。古代越国位于现在的浙江，因此“越人”也就是指浙江人。

天姥连天向天横，势拔五岳掩赤城。天台四万八千丈，对此欲倒东南倾。天姥山是什么样子呢？天姥山仿佛连接着天遮断了天空。山势高峻超过五岳，遮掩了赤城山。天台山虽然高达四万八千丈，面对着它好像要向东南倾斜拜倒一样。天姥山其实只有八百多米高，五岳之中的任何一座山，都比天姥山高很多，但在李白这里，一切都变了，他甚至还用了个比较，说天台山四万八千丈，跟天姥山比还是小巫见大巫。

我欲因之梦吴越，一夜飞度镜湖月。我想要根据越人说的话梦游到吴越，一天夜晚飞渡过明月映照下的镜湖。镜湖又叫鉴湖，位于今浙江绍兴。

湖月照我影，送我至剡溪。镜湖上的月光照着我的影子，一直把我送到了剡溪这个地方。

谢公宿处今尚在，渌水荡漾清猿啼。当年大诗人谢灵运住宿的地方现在还存在着，湖水清澈，微波荡漾，偶尔还有猿猴的凄清的叫声传来。谢灵运是南朝时期著名诗人，擅长山水诗，喜欢游山玩水，他曾经来过天姥山，住宿在剡溪，李白很崇拜他。

脚著谢公屐，身登青云梯。半壁见海日，空中闻天鸡。我脚上穿着当年谢灵运独创的用来登山的木屐，攀登直上云霄的山路。上到半山腰就看见了从海上升起的太阳，在半空中传来天鸡报晓的叫声。“天鸡”是传说中的神鸡，据说有一座山叫桃都山，山上有一棵超级大的树，树上有一只公鸡，每到天亮的时候，它就鸣叫，全天下的公鸡听到之后就跟着鸣叫。

千岩万转路不定，迷花倚石忽已暝。熊咆龙吟殷岩泉，栗深林兮惊层巅。云青青兮欲雨，水澹澹兮生烟。山上的道路在千千万万岩石之中转来转去，方向都确定不了，我迷恋着路边的花，依靠着路边的石头，不知不觉天色已经晚了。天一黑，野兽就出来了。我听到熊在咆哮，龙在长鸣，岩石缝隙里流出的泉水在震响，森林都被吓得战栗，高高的山峰都胆战心惊。云层黑沉沉的，天像是要下雨，水波动荡生起了烟雾。

列缺霹雳，丘峦崩摧。洞天石扉，訇然中开。青冥浩荡不见底，日月照耀金银台。突然间电闪雷鸣，山峰好像要崩塌似的。神仙居住的洞府的石门，訇的一声从中间打开。洞中蔚蓝的天空广阔无际，看不到尽头，日月照耀着金银做的楼台。也有一种说法是金银台是传说中神仙居住的地方。“訇然”，形容声音巨大。

霓为衣兮风为马，云之君兮纷纷而来下。虎鼓瑟兮鸾回车，仙之人兮列如麻。忽魂悸以魄动，怳惊起而长嗟。惟觉时之枕席，失向来之烟霞。神仙们是什么样呢？他们用彩虹做衣裳，把风作为马来骑，祥云中的神仙们纷纷下来。老虎弹奏着琴瑟，鸾鸟驾着车。仙人们成群结队排在那里密密如麻。忽然之间魂魄惊动，我猛然惊醒，原来是场梦啊，不禁长声叹息。向四周看看，身边只有睡觉的枕席，刚才梦中所见的烟雾云霞全都消失了。“悸”意思是心惊。“怳”有些版本作“恍”，意思是恍然、猛然。“向来”在这里的意思是刚才。

世间行乐亦如此，古来万事东流水。人世间的快乐也是这样，就像梦一样，虽然美好，但醒来后就什么都没有了，自古以来人生万事都像东流的河水一样，一去不复还了。

别君去兮何时还？且放白鹿青崖间，须行即骑访名山。和你们分别之后我什么时候回来呢？我也不知道，暂且把白鹿放养在山上吧，等我需要的时候，就骑着它去游览那些有名的山。“且”在这里是暂且的意思。“访”是寻访、寻求的意思。

安能摧眉折腰事权贵，使我不得开心颜！我怎么能低声下气卑躬屈膝地去侍奉那些有权力有地位的当官的，让我自己不开心呢？这一句和陶渊明说的“不为五斗米折腰”有异曲同工之妙，表现了李白蔑视权贵的高尚节操。

这首诗，李白运用了夸张、想象等艺术手法，把民间传说、古代神话、历史典故融为一体，生动地描写了梦游天姥山时见到的神奇景象，表达了他向往大自然，藐视权贵的精神，是他浪漫主义作品的代表。

练　习

1. 诗中使用夸张手法，极写天姥山之高的句子是：____。

2. “一夜飞度镜湖月”一句中，“飞”字有何妙处？

3. “安能摧眉折腰事权贵，使我不得开心颜”表达了诗人怎样的思想感情？

第三十八日

我寄愁心与明月，随君直到夜郎西

李白和王昌龄是好朋友，两个人都曾经想求仙得道，他们相交甚欢。按照史书记载，王昌龄考中进士之后，因为“不护细行”而被贬官到湖南的龙标。“不护细行”就是不注意小节，估计是王昌龄在生活中比较随性，因此得罪了上级。李白听说王昌龄被贬官的消息后，深有感触，写下了这首《闻王昌龄左迁龙标遥有此寄》。

“闻”是听说的意思。“左迁”是贬官。“遥有此寄”，当时李白在扬州，和王昌龄距离千里之遥，所以这样说。

闻王昌龄左迁龙标遥有此寄

杨花落尽子规啼，闻道龙标过五溪。

我寄愁心与明月，随君直到夜郎西。

杨花落尽子规啼。“杨花”指柳絮。“子规”指杜鹃鸟，又称布谷鸟、杜宇等。子规是古诗词中常见的一种意象，因为它的叫声凄切，常常用来抒发悲苦哀怨之情。这句诗点明了时间，在杨花落尽的时候，也就是暮春时节。杨花随风飘逝，无依无靠，蕴含着凄苦悲凉的意味。再加上子规的叫声，诗人就营造出了一种凄凉哀愁的气氛，表达了悲苦哀怨的心情。这句的意思是：在杨花落尽子规哀声啼叫的时候。

闻道龙标过五溪。“龙标”，这时候王昌龄被贬官去担任龙标尉，古人习惯用官职或者任职所在地的地名来称呼一个人，所以这里的“龙标”就是指王昌龄。“五溪”是指现在湖南西部的五条溪流的合称。唐朝时，湖南等地还没有得到完全开发，相对来讲还是比较落后的，甚至可以称为蛮荒之地。这一句的意思是：我听说您被贬到龙标，那里地方偏远要经过五溪。

我寄愁心与明月，随君直到夜郎西。这首诗中的夜郎指唐朝时在西南地区设置的一个县。这里李白开始抒情：我把我忧愁的心思寄托给明亮的月亮，希望它能随着你一直到夜郎以西去。这两句寄情于景，表达诗人对朋友的由衷同情和宽慰。“明月”在这里是纯洁、高尚的象征。两人的感情是纯洁的，而王昌龄是因为不注意小节而被贬官，并不是犯了什么大罪，所以，在李白来看，他是相信朋友有高尚的品德的。

整首诗，寄托着李白对朋友被贬官的慰藉，表达了对王昌龄怀才不遇的惋惜与同情之意。

练　习

1.“杨花落尽子规啼”中有哪些意象？这些意象有什么作用？

2.“我寄愁心与明月，随君直到夜郎西”中，诗人运用了拟人的手法，请结合诗句内容分析拟人手法的作用。

第三十九日

天生我材必有用，千金散尽还复来

李白是唐代的“饮中八仙”之一，也就是说，李白喝酒是很厉害的，甚至因为喝酒而闯下大祸。而且，李白不但自己喝酒，还会劝别人喝酒，他劝酒不用酒令，而是用诗歌。

下面咱们看看李白的劝酒诗，叫作《将进酒》。“将”在这里读作“qiāng”，是“请”的意思。

将进酒

君不见黄河之水天上来，奔流到海不复回。君不见高堂明镜悲白发，朝如青丝暮成雪！人生得意须尽欢，莫使金樽空对月。天生我材必有用，千金散尽还复来。烹羊宰牛且为乐，会须一饮三百杯。岑夫子，丹丘生，将进酒，杯莫停。与君歌一曲，请君为我倾耳听。钟鼓馔 (zhuàn) 玉不足贵，但愿长醉不愿醒。古来圣贤皆寂寞，惟有饮者留其名。陈王昔时宴平乐，斗酒十千恣 (zì) 欢谑 (xuè)。主人何为言少钱，径须沽取对君酌 (zhuó)。五花马、千金裘，呼儿将出换美酒，与尔同销万古愁！

君不见黄河之水天上来，奔流到海不复回。您没有看到这黄河的水是从天上来的吗？它波涛汹涌一路奔腾流到大海里再也不回来了。黄河发源于青海省的巴颜喀拉山，一直向东，在山东进入大海，全长五千四百多公里。

所以李白说黄河是天上来，当然，这里是浪漫、夸张的写法。

君不见高堂明镜悲白发，朝如青丝暮成雪！“高堂”有两种意思：一种意思是高大的厅堂，另一种意思是指父母。此处用的是第一种含义：您没看到吗？高大的厅堂里，在明镜里看到早上还是乌黑的头发，晚上就变成雪白的了，这多么让人悲伤啊！有点“莫等闲，白了少年头”的意思，表现了诗人要及时喝酒行乐的态度！

所以他紧跟着就说了，“**人生得意须尽欢，莫使金樽空对月**”。人这一辈子啊，在得意的时候就要尽情享乐，不要让酒杯空着面对美丽的月色。

天生我材必有用，千金散尽还复来。老天爷生下我这样的人才肯定是有用的，金钱用光了也还可以再赚回来！

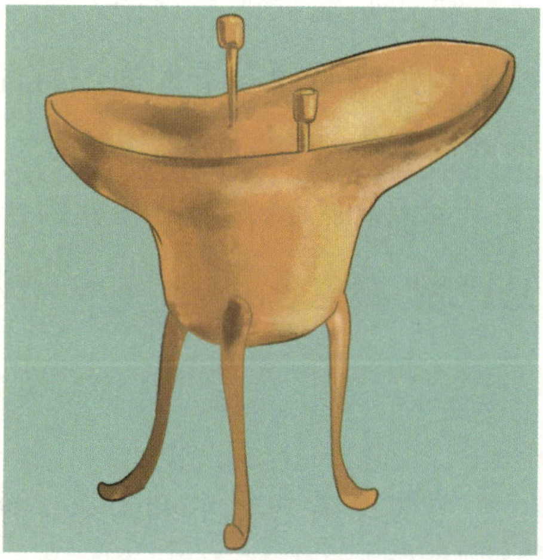

金樽

烹羊宰牛且为乐，会须一饮三百杯。咱们杀牛宰羊炖肉吃，暂且快乐起来，今天就一次痛痛快快地喝它三百杯。“会须”的意思是正应该。

岑夫子，丹丘生，将进酒，杯莫停。与君歌一曲，请君为我倾耳听。岑夫子，丹丘兄弟，请喝了这杯酒，不要停下来。让我给你们唱首歌，请两位仔细地侧耳倾听。“夫子”是对年长且有学问的人的尊称，所以咱们现在还称孔子为孔夫子呢！

编钟

钟鼓馔玉不足贵，但愿长醉不愿醒。古来圣贤皆寂寞，惟有饮者留其名。“钟鼓”是富贵人家宴会中奏乐使用的乐器。“馔玉”是形容食物如玉一样精美。“钟鼓馔玉”形容豪门贵族的奢华生活。那些富贵人家的高雅音乐和美食没什么宝贵的，我希望自己能够永远醉下去不再醒来。自古以来的圣贤都是寂寞的，只有喜欢喝酒的人才能在历史上留下他的名字。

陈王昔时宴平乐，斗酒十千恣欢谑。“陈王”就是陈思王曹植，“平乐”是个地方，是曹植生活的时代富豪们的娱乐场所。“恣”，纵情任意。“谑”，戏。想当年曹植在平乐大宴宾客，一斗酒要花费上万钱，主人和客人们尽情地欢乐嬉戏。

主人何为言少钱，径须沽取对君酌。我作为今天请客的主人，你为什么说我没钱呢？就直接把酒拿来一起喝个够啊！

五花马、千金裘，呼儿将出换美酒，与尔同销万古愁！我这名贵的宝马，价值千金的裘皮大衣，都让侍儿拿去换取美酒，和你们一醉方休，共同消除这不尽的忧愁！

李白这首诗，一方面抒发了仕途不得意的愤懑，想要借助喝酒忘记这种忧愁与苦闷；另一方面，又表达了天生我材必有用的乐观自信的精神，对自己的未来充满了期待。

练　习

1. 以黄河水一去不复返，表达时间易逝的句子是：__________

____________________________。

2. “天生我材必有用，千金散尽还复来”是什么意思，表现了诗人怎样的精神面貌？

第四十日

抽刀断水水更流，举杯消愁愁更愁

谢朓楼位于安徽的宣城，有人将它和江西南昌的滕王阁、湖北武汉的黄鹤楼、湖南岳阳的岳阳楼，并称为江南四大名楼。从它的名字来看，就知道它和谢朓有关，谢朓是什么人呢？

咱们都知道有个山水诗人叫谢灵运，他发明了一种登山的鞋子，叫“谢公屐”。这个谢朓呢，他是南齐的诗人，也擅长写山水诗。在历史上，谢灵运被称为大谢，谢朓被称为小谢。谢朓曾经在安徽宣城当过太守，并建立了一座高楼，后人称为“谢朓楼”或“谢公楼”。当然，原来的楼早就被毁掉了，现在看到的是现代人重建的。

李白喜欢旅游，有一次他到了宣州，登上了谢朓楼，就写下了这首《宣州谢朓楼饯别校书叔云》。

宣州谢朓楼饯别校书叔云

弃我去者，昨日之日不可留；
乱我心者，今日之日多烦忧。
长风万里送秋雁，对此可以酣 (hān) 高楼。
蓬莱文章建安骨，中间小谢又清发。
俱怀逸兴壮思飞，欲上青天揽明月。
抽刀断水水更流，举杯消愁愁更愁。
人生在世不称意，明朝散发弄扁 (piān) 舟。

弃我去者，昨日之日不可留；乱我心者，今日之日多烦忧。昨日的时光已经离我而去不可挽留，今日的时光扰乱我的心思，让人多么烦忧啊。

长风万里送秋雁，对此可以酣高楼。我登上这谢朓楼为你送别，看着这长风万里送别秋雁，面对着美好秋色，我们可以在这高楼上，酣畅淋漓地痛饮一番。

蓬莱文章建安骨，中间小谢又清发。你的文章写得像建安时期的文章一样有风骨，而我的诗文则像谢朓那样清新秀丽。“蓬莱”本来是指蓬莱山，传说是神仙居住的地方，上面珍藏了很多珍贵的经书。后来，人们就把朝廷的藏书机构称为蓬莱，唐朝的时候更是用蓬山或蓬阁代称秘书省。被送别的主人公李云是李白的族叔，当时在秘书省当校书郎，负责整理国家图书典籍。李白就把他的文章称为蓬莱文章了。

文志仁《建发七子图》

“建安骨”是什么意思呢？建安本来是东汉末期汉献帝的年号，这时候在文学方面有几个人非常出名，就是曹操、曹丕、曹植这被称为“三曹”的曹氏父子，还有和他们同一时期的“建安七子”。他们的文章风格苍劲刚健，被后人称为“建安风骨”。

俱怀逸兴壮思飞，欲上青天揽明月。“逸兴”，飘逸豪放的兴致。“揽”，摘取的意思。你和他们一样，都怀有飘逸豪放的兴致和豪壮的思想，好像可以直上青天去摘取月亮。

抽刀断水水更流，举杯消愁愁更愁。抽出腰刀去砍断水流，可是这水更加流个不停，举起酒杯靠喝酒来消除愁闷，可是这愁闷却更加厉害。

人生在世不称意，明朝散发弄扁舟。人生在世，总有不称心的时候，那明天早上，就披散头发驾艘小船，远走江湖吧！这个“弄扁舟”跟之前咱们提到的范蠡有关。据说当年越王勾践打败了吴王之后，范蠡就跟另一个大臣文种说：“越王的长相比较奇怪，长脖子鸟嘴巴，从面相上可以看出来他是个可以共患难不可以共富贵的人。俗话说飞鸟没有了，好的弓箭就被收藏起来；狡猾的兔子死了，猎狗也就被杀了煮肉吃了（飞鸟尽，良弓藏；狡兔死，走狗烹）。我要走了，你还不走吗？”然后，他就和西施离开了越王，泛舟江湖，去过神仙眷侣的生活了。

“散发”就是披散着头发。古代的男人也留长头发，平时要束在头顶，插上发簪。散发或披发的行为，被认为是不正常的，是和社会的常规格格不入的。散发要么是隐居，过那种不受拘束、闲适自在的生活，要么就是精神不正常。这首诗里就是披散头发去隐居的意思。

这首诗，写李白和族叔李云登上谢朓楼，一起开怀畅饮，谈论诗文，抒发了李白因为人生失意而产生的愤懑不平之气，表达了对黑暗社会的强烈不满和对光明世界的执着追求。

练　习

1. 在这首诗中，表现诗人思想核心的一个字是：________。

2. “长风万里送秋雁，对此可以酣高楼”描绘了怎样的景象？表达了诗人怎样的情感？

3. 请简要赏析名句“抽刀断水水更流，举杯消愁愁更愁”。

第四十一日

三山半落青天外，二水中分白鹭洲

在今天的南京，有一座山，叫凤凰山。传说南朝宋代的时候，有三只鸟飞到了这里，这鸟长得很漂亮，身上的羽毛五颜六色，像孔雀一样，更重要的是，其他的鸟类看到它们，也都飞过来，围绕在它们旁边。这就有点百鸟朝凤的意思。所以，当时的人们就说它们是凤凰。于是，这座山就被命名为凤凰山，还在上面建了一座高台，叫凤凰台。

到了唐朝的时候，大诗人李白来到了这里。他登上了凤凰台，看着眼前的风景，追古抚今，有感而发，就写下了一首《登金陵凤凰台》。据说，他写这首诗，是因为登黄鹤楼的时候，看到了崔颢写的《黄鹤楼》那首诗，觉得自己比不上人家，但是又不甘心，所以才写下这首诗，想跟崔颢一较高下。

登金陵凤凰台

凤凰台上凤凰游，凤去台空江自流。

吴宫花草埋幽径，晋代衣冠成古丘。

三山半落青天外，二水中分白鹭洲。

总为浮云能蔽日，长安不见使人愁。

李白站在凤凰台上，看着眼前的风景，低声吟唱，把天荒地老的历史变迁和那些早就飘散在历史的沧桑之中的传说故事结合起来，由古人想到现在的自己，想到现实生活，深沉的历史感喟和清醒的现实思索在诗中喷薄而出。

凤凰台上凤凰游，凤去台空江自流。想当年，凤凰台上曾经有凤凰来到这里，可是现在，凤凰已经离开，凤凰台上空空如也，只有眼前的长江水依旧东流而去。

吴宫花草埋幽径，晋代衣冠成古丘。三国时期，吴国的孙权曾经在这里建立都城，称为“建业”。既然是都城，一定修建过富丽堂皇的宫殿，然而现在，满眼望去只是一片荒芜，哪里还有什么宫殿的影子呢。“衣冠”指的是东晋文学家、方士郭璞的衣冠冢。据说郭璞熟读《周易》，能未卜先知，还会很多奇异的方术。他死去之后，当时的皇上给他建造了一座豪华的衣冠冢，风光一时。不过，等李白来到此地的时候，这座豪华的坟墓，已经在历史的消磨中变成了一座普通的土丘。现在，如果你到玄武湖公园去，能看到里面有个郭璞墩，就是当年的衣冠冢，它经过现代人的修缮，又变得比较气派了。什么叫衣冠冢呢？在古代，有的时候死者的遗体因为某些原因找不到了，或者已经埋葬到其他地方，人们要纪念他，就拿死者的衣冠来代替遗体下葬，这种坟墓，就称作衣冠冢。

这两句诗的意思是：当年吴国时代建造的那些宫殿里的奇花异草，现在已经被荒野小径埋没了，东晋时期名门望族的坟墓也变成了一座荒凉的土丘。

三山半落青天外，二水中分白鹭洲。南京现在有条路叫三山街，但在唐朝的时候，这里是三座山。山怎么会变没了呢？原来，明朝的时候，明太祖朱元璋修建南京城时，把这三座山也围在了城里。可是这三座山挡住了从城北通向城南聚宝门的去路，于是皇上下令，把山给挖了，变成路。李白先生要是再回来的话，估计一定会疑惑，山去哪里了呢？在这里，咱们也不得不感叹沧海桑田啊！“二水”也有版本写作“一水”，都能解释得通。“二水”可以说是秦淮河从南京经过流入长江，白鹭洲当时正在中间，把水流一分为二。“一水”指的也是秦淮河。白鹭洲在李白生活的时候是一个沙洲，上面经常聚集着很多的白鹭，所以叫白鹭洲。经过一千多年的演变，如今，它已经和陆地相连，变成一座公园了。

这两句诗的意思是：高耸的三山直插云霄若隐若现，好像到了青天之外。江水被白鹭洲从中间分成了两条支流。

总为浮云能蔽日，长安不见使人愁。“浮云蔽日”，在这里一语双关。一方面，天上的云可能真遮住了太阳；另一方面，“浮云”可以用来比喻那些奸邪的小人，太阳可以用来比喻皇上。所以，“浮云蔽日”就可以理解为奸邪的小人们蒙蔽皇上，陷害贤良。李白曾经因为恃才傲物，得罪了高力士、杨贵妃等人，被他们陷害，最后被赐金放还。“长安”，是唐朝的都城，也可以指朝廷或者皇帝。所以，这两句诗咱们可以这样理解：只因为那些浮云（奸邪的小人）遮蔽了辉煌的太阳（英明的皇上），登高望远看不见长安城啊，怎么不叫人心里发愁呢？

在这里，李白由写景，由怀古，最终回到了现实！现实太残酷了，那怎么办呢？那就让我们继续前行，在风景名胜中寻求短暂的欢乐吧！

练　习

1.“总为浮云能蔽日”一句用了什么修辞手法？请简要分析。

2.“总为浮云能蔽日，长安不见使人愁”表达了诗人怎样的思想感情？

第四十二日

两岸猿声啼不住，轻舟已过万重山

咱们先来说说白帝城。白帝城在现在的重庆。据说在西汉末年的时候，有一个叫公孙述的将军来到了这里。他在这里囤积粮草，招募士兵，想有朝一日自己也能够成为一方霸主，称王称帝。有一天，他骑马来到瞿塘峡口，看到这里地势险要，是个易守难攻的好地方，就在这里修建营垒。后来，他又听说城里有一口井叫白鹤井，里面经常冒出白色的雾气，就像是一条白龙，他就故弄玄虚，说这是“白龙出井”，自己是要当皇帝了。然后，他就自称“白帝”，这座城就叫白帝城了。

到了三国时期，刘备的义弟关羽被杀，他就带领大军去讨伐东吴给关羽报仇，结果被陆逊来了个火烧连营，大败而归。回到白帝城，刘备又气又恨，就剩下一口气了。所以，他就召见了诸葛亮，在白帝城的永安宫里，把儿子刘禅（阿斗）托付给了诸葛亮，这就是“白帝城托孤”的故事。没过多久，刘备就死在了白帝城。这也让白帝城更加出名。

后来，李白、杜甫、苏轼、黄

庭坚等很多的诗人都曾经到这里游览，也在这里留下了很多著名的诗篇。今天咱们读的这首李白写的《早发白帝城》就是其中一首。

早发白帝城

朝辞白帝彩云间，千里江陵一日还。

两岸猿声啼不住，轻舟已过万重山。

这首《早发白帝城》是李白在被流放的过程中写的。本来，李白因为受到永王李璘的牵连，要被流放到夜郎去，在走到白帝城的时候，他接到了天下大赦的消息，也就是说他可以回去了，不用再到偏远的夜郎去了，这让李白非常高兴，所以就写下了这首诗。“发”在这里就是出发、启程的意思。

朝辞白帝彩云间。“朝”就是早上的意思。白帝城在高高的山上，从山下往上看，就像是在云彩之中一样。这句诗的意思是：早上的时候，辞别云霞笼罩的白帝城。

千里江陵一日还。江陵在现在的湖北荆州。古人认为，这里距离白帝城有一千二百里路。“还”的意思是归，返回。这句诗的意思是：远在千里之外的江陵也只要一天就到了。

两岸猿声啼不住。唐朝的时候，长江两岸森林很茂盛，里面有各种各样的野生动物，包括猿猴。这句诗的意思是：长江两岸的猿猴不停地发出叫声。

轻舟已过万重山。“轻舟”是轻快的小船。“万重山”就是层层叠叠的山，很多的山。这句诗的意思是：我乘坐的轻快的小船已经经过了层层叠叠的高山。

这首诗把诗人遇到大赦后愉快的心情和江山的壮丽多姿、顺水行舟的流畅轻快融为一体，运用夸张的手法，完美地表现出了诗人当时历经磨难、绝处逢生的喜悦之情。

练习

1. 请简要分析“轻舟已过万重山”中“轻”字的妙处。

2. 本诗表达了诗人什么样的心情？

崔颢篇

第四十三日

晴川历历汉阳树，芳草萋萋鹦鹉洲

黄鹤楼位于湖北省武汉市的蛇山之巅，是“江南三大名楼”之一，自古享有“天下江山第一楼”和“天下绝景”之称。因为黄鹤楼很有名，风景又好，所以很多文人墨客都很喜欢到这里来，留下了很多诗词，比如咱们前面读过的李白写的《黄鹤楼送孟浩然之广陵》。但是，跟黄鹤楼相关的诗词，写得最好的，是崔颢的《黄鹤楼》，连李白都自叹不如。

崔颢是盛唐时期的著名诗人，代表作就是《黄鹤楼》，据说李白看了之后自叹不如，为之搁笔，并发出“眼前有景道不得，崔颢题诗在上头”的赞叹。

黄 鹤 楼

昔人已乘黄鹤去，此地空余黄鹤楼。

黄鹤一去不复返，白云千载空悠悠。

晴川历历汉阳树，芳草萋萋鹦鹉洲。

日暮乡关何处是？烟波江上使人愁。

昔人已乘黄鹤去，此地空余黄鹤楼。“昔人”指传说中骑鹤飞去的仙人。跟黄鹤楼名字的由来相关的神仙很多，比如费祎、子安、吕洞宾等。昔日的仙人已经乘着黄鹤飞去，这地方只留下空荡的黄鹤楼。

黄鹤一去不复返，白云千载空悠悠。“悠悠”是飘飘荡荡的样子。黄鹤一去再也没有返回这里，千年来只有白云飘飘悠悠。这首诗出现了两个“空”字，第一个是从空间角度来写，有“只，只有”的意思，表达了仙人已离去，只剩下空空的黄鹤楼和诗人自己，重在写景，表达了诗人内心的孤独感；第二个是从时间角度来写，强调时间上的邈远，表达的是物是人非、鹤去楼空的怅惘之感，写出了诗人内心的孤独、寂寞和惆怅，重在抒情。

晴川历历汉阳树，芳草萋萋鹦鹉洲。“晴川”是晴日里的原野。“川”是平川、原野。“历历”是分明的样子。“汉阳”，现在是地名，即武汉的汉阳区。“萋萋”指草木茂盛的样子。“鹦鹉洲”是长江中的小洲，根据记载，黄祖担任江夏太守时，其长子射在此大宴宾客，有人献上鹦鹉，故称鹦鹉洲。这两句诗的意思是：天气晴好，汉阳的树木清晰分明，鹦鹉洲上的青草繁茂浓绿。

日暮乡关何处是？烟波江上使人愁。“乡关”指故乡。日暮时分，不知什么地方是我家乡呢？看着江面烟波渺渺更使人烦愁！试想一下，太阳落山，黑夜来临的时候，看着归巢的鸟儿、归航的船儿，离乡在外，漂泊无依的游子自然也要产生归乡思乡之情；江上的雾霭一片迷蒙，眼底也生出浓浓迷雾，面对此情此景，诗人用一“愁”字收篇，准确地表达了日暮时分诗人登临黄鹤楼的心情，概括了诗人所要表达的感情，把“乡愁”之情与“日暮”“烟波”之景相交融，由景生情，融情于景，表达了诗人萦回无尽、百感茫茫的忧思之情。

崔颢的这首诗确实有独到之处，尤其是在写景方面，全诗情景交融（融情于景），比如尾联将“乡愁”之情与“日暮”“烟波”之景相交融，由景生情，就让人感受到了浓浓的乡愁。而且，崔颢诗中写的景意境深远壮阔，诗中所用的“白云”“晴川”“芳草”“烟波”“江”等意象，给人以愁而不怨之感。再加上他写景抓住了景物特征，如颈联描写草木丰茂，抓住其生机勃勃的特点。这让整首诗层次分明，远近结合，虚实结合，相得益彰，李白自叹不如，也就可以理解了。

练　习

1.“日暮乡关何处是”中的“乡关”的意思是：__________。

2.“____________________”写远眺所见的壮阔景色。

3.“日暮乡关何处是？烟波江上使人愁”一句情景交融，其中蕴含着诗人怎样的感情？

常建篇

第四十四日

山光悦鸟性，潭影空人心

咱们古代的文人们，大多有自己的信仰。有的信奉佛教，比如说唐代的诗人王维、白居易；有的信奉道教，比如说大诗人李白。这些文人因为信仰的原因，就会经常去寺庙、道观之类的地方，一方面是游玩，另一方面也是和和尚、道士们参禅论道。所以在古诗词里面，有很多跟寺庙道观相关的内容，今天咱们就来读一首跟寺院相关的，也是山水田园诗的代表作，唐朝常建写的《题破山寺后禅院》。

题破山寺后禅院

清晨入古寺，初日照高林。
曲径通幽处，禅房花木深。
山光悦鸟性，潭影空人心。

万籁此都寂，但余钟磬音。

题目里的“题”字是写的意思。就是写在破山寺后禅院的一首诗。

这破山寺也叫兴福寺或兴福禅院，在现在的江苏省常熟市，从建立的那天起，到现在已经有一千五百多年了。唐朝时候的某一天，诗人常建来到了这里，写下了这首诗。

清晨入古寺，初日照高林。清晨的时候，我进入到古老的寺院，刚刚初升的太阳，照耀着寺院里高大的树木。这交代了游览的时间，和第一眼看到的景色：阳光照耀下的树林。

曲径通幽处，禅房花木深。“曲径”就是弯曲的小路。“禅房”是寺院里的僧人居住修行的地方。这两句诗是说：弯弯曲曲的小路通向幽静的地方，禅房掩映在茂密美丽的花草树木之中。我想禅房里应该有个高僧在等着，常建应该是去拜见高僧，参禅论道吧。这里面有个成语你发现了吗？对的，就是曲径通幽。

磬

山光悦鸟性，潭影空人心。美丽的山间景色让鸟儿们非常喜悦，清澈的水潭中倒映着山的影子，让人的心灵顿时感到空明。

万籁此都寂，但余钟磬音。“万籁”本来的意思是大自然发出的一切声音。“但”是“只”的意思。“钟磬”是寺院里和尚烧香拜佛念经的时候使用的乐器。

这两句诗是说：这里一点大自然的声音都没有，非常寂静。突然有人敲响了钟磬，声音清脆动听，久久回荡。在这里，诗人用了动静结合的手法，让美丽、幽雅的自然环境中，突然有了人的存在，整个景物一下子就活了起来。而且，在这句诗里，还有一个成语，就是万籁俱寂。

练　习

1.(2019广西桂林中考)请描绘颈联“山光悦鸟性，潭影空人心”所展现的画面。

2.(2019广西桂林中考)品读诗歌，请说说诗人是怎样巧妙地将情、景、理融为一体的。

3.试分析“山光悦鸟性，潭影空人心”中“空”字的作用。

杜甫篇

第四十五日

会当凌绝顶，一览众山小

咱们中国有句俗话，叫“五岳归来不看山”，这句话，充分说明了被称为“五岳”的这五座名山，风景是多么秀丽，在中国人心中的地位是多么高大。“五岳”指的是东岳泰山、西岳华山、南岳衡山、北岳恒山和中岳嵩山。今天要说的，就是东岳泰山。

泰山，又叫“岱(dài)山”“岱宗”等，被称为“五岳之首”“天下第一山”。坐落在山东泰安的泰山，虽然不是最高的，但绝对是最出名的。“五岳独尊”的说法绝对不是瞎说的，历史上，秦始皇、汉武帝、武则天、唐玄宗等著名的皇帝都曾经到这里或者派使者到这里来“封禅”。泰山的山神被尊为“东岳大帝”。

今天我们要读的诗，就是跟东岳泰山有关的诗，是杜甫写的《望岳》。

望　岳

岱宗夫如何？齐鲁青未了。

造化钟神秀，阴阳割昏晓。

荡胸生层云，决眦（zì）入归鸟。

会当凌绝顶，一览众山小。

岱宗夫如何，齐鲁青未了。前面说了，“岱宗”就是泰山。泰山所在的地方，在春秋战国的时候属于齐国和鲁国的交界处，所以现在山东还被称为齐鲁大地。杜甫这两句诗的意思是：泰山这座高山到底是怎么样的呢？我走出齐鲁大地，还能远远看到那青翠的树木呢！

造化钟神秀，阴阳割昏晓。“造化”就是指大自然。“钟”是聚集、赋予的意思。关于“阴阳”，在古文中，山的南边、水的北边是阳；山的北边、水的南边是阴。这里指泰山的南北。这两句诗是说：在泰山这里，大自然聚集了各种神奇秀丽的景色，山又这么高，好像山南山北被分割成了早晨和黄昏。

荡胸生层云，决眦入归鸟。“决”，裂开。“眦”，眼角。“入归鸟”，是指归鸟入巢。这两句诗的意思是：看着那山上的层层白云，我心中激荡；我瞪大眼睛，远望归巢的鸟儿。

会当凌绝顶，一览众山小。“会当”，终当，定要。“凌”，是登上的意思。杜甫是说：总有一天，我会爬上泰山的山顶，来看看其他的山是多么的渺小。《孟子》中有一句话，叫“孔子登东山而小鲁，登泰山而小天下”，杜甫在这里，应该是受到了孟子的话的启发。他用这两句诗，一方面，衬托了泰山的高大；另一方面，也表现了自己勇于攀登、傲视一切的雄心壮志，洋溢着蓬勃的朝气。

练 习

1.（2020年北京十一学校七下语文期末）有人认为“会当凌绝顶，一览众山小”中的“凌”和“小”字用得好，请你任选其一，从炼字的角度赏析。

2.“会当凌绝顶，一览众山小”表达了诗人怎样的情感？

第四十六日

烽火连三月，家书抵万金

我们今天先来了解一下杜甫。杜甫，字子美，自号少陵野老，是唐代伟大的现实主义诗人，与李白合称“李杜”。杜甫心系苍生，胸怀国事，后人评价他的诗歌风格为“沉郁顿挫”。

公元755年冬，安史之乱爆发。公元756年，安史叛军攻进长安，“大索三日，民间财货尽掠之”，又纵火焚城，繁华壮丽的京都变成废墟。面对这种情况，杜甫把妻子安置在鄜州，自己前往灵武投奔唐肃宗，途中被叛军俘获，押送到沦陷后的长安。第二年三月，时值暮春，杜甫触景伤怀，创作了这首历代传诵的《春望》。

杜甫

春　望

国破山河在，城春草木深。
感时花溅泪，恨别鸟惊心。
烽火连三月，家书抵万金。
白头搔更短，浑欲不胜簪。

国破山河在，城春草木深。“国”，国都，指长安城。注意古诗文里的“国”，往往都指国都，如范仲淹所说的“去国怀乡”也是如此。“破”，陷落，此时长安被安史叛军攻破。“山河在”指旧日的山河仍然存在。“城”在这里也指长安城。“草木深”，指人烟稀少。这两句诗的意思是：都城长安被叛军攻破，但旧日的山河依然存在；春天来了，人烟稀少的长安城里草木茂密。一个“破”字，写出了国都沦陷、城池残破的景象，使人触目惊心。一个“深”字，写出了本来繁华至极的长安城如今乱草遍地、林木苍苍的景象，令人满目凄然。虽是写景，实为抒情，情景交融，极富表现力。

感时花溅泪，恨别鸟惊心。“感时”是为国家的时局而感伤。“溅泪”就是流泪。“恨别”指怅恨离别。这两句的意思是：感伤国事，花儿忍不住涕泪四溅，离别家人，鸟叫声令我心悸。花、鸟本是春天最常见、最美好的景物，但这时候的诗人却因为“感时”“恨别”而见花落泪、闻鸟惊心，读来让人心生伤感。

烽火连三月，家书抵万金。“烽火”是古时边防报警的烟火，这里借指安史之乱的战事。“书”的意思是书信。“抵”，值，相当。这两句的意思是：战火已经持续了三个月，家信难得，一封抵得上万两黄金。“连三月”写出了时间久，“抵万金”写出了信难得、很珍贵，表达了他对妻子儿女的强烈思念之情。

白头搔更短，浑欲不胜簪。“白头”在这里指白头发。“搔”，用手指轻轻地抓。“浑”的意思是简直。“不胜簪”，插不住簪子。“不胜”，受不住，不能。古代男子蓄长发，成年后束发于头顶，用发簪横插住，以免散开。这两句的意思是：愁绪缠绕，搔头思考，白发越搔越短，简直插不了簪子。这时候的杜甫只有四十多岁，为什么已经是白发满头了呢？为什么头发又短又少，连发簪都插不住了呢？无非是他看到国家残破，因此忧国忧民，再加上惦念远方亲人的安危（思家），因为愁，才这样。

这首诗全篇情景交融，感情深沉，而又含蓄凝练，言简意赅，充分体现了诗人“沉郁顿挫”的艺术风格。前四句写春日长安凄惨破败的景象，饱含着兴衰感慨；后四句写诗人挂念亲人、心系国事的情怀，充溢着凄苦哀思，表现了诗人忧国伤时、念家悲己的爱国之情。

练　习

1. 诗中表达物是人非的慨叹，表现国破城荒景象的句子是：________________________________。

2.“烽火连三月，家书抵万金”表达了诗人怎样的情感？

3.“白头搔更短，浑欲不胜簪”这两句诗描绘了怎样的诗人形象？

第四十七日

石壕吏

杜甫因其在诗中所展现的人格魅力，以及他在诗歌中体现的儒家文化传统里最重要的品质和情怀，如忠义仁爱、忧国忧民等，被后世人称为“诗圣”。同时，杜甫用诗歌记录了他所生活的时代，反映了广阔的社会生活，尤其是安史之乱所带来的社会动荡，在他的诗中有非常详细的记载。他的诗歌可以看作是历史，可以佐证历史，所以被称为“诗史”。杜甫的诗歌是记述历史的现实主义作品，代表作是“三吏（《石壕吏》《潼关吏》《新安吏》）”“三别（《无家别》《垂老别》《新婚别》）”，今天咱们来读其中的《石壕吏》。

公元758年，为平息安史之乱，郭子仪、李光弼等将领率兵二十万围攻安禄山的儿子安庆绪所占领的邺郡，眼看胜利在望。但在第二年春天，由于史思明派来援军，加上唐军内部矛盾重重，形势发生逆转，在敌人两面夹击之下，唐军全线崩溃。郭子仪等退守河阳，并四处抓壮丁补充兵力。这时候，杜甫正从洛阳去华州任职，他途经新安，在投宿石壕村的时候，目睹了吏卒深夜捉人的情景，于是就写下了这首现实主义的叙事诗。

石壕吏

暮投石壕村，有吏夜捉人。老翁逾墙走，老妇出门看。

吏呼一何怒！妇啼一何苦！听妇前致词：三男邺城戍。
一男附书至，二男新战死。存者且偷生，死者长已矣！
室中更无人，惟有乳下孙。有孙母未去，出入无完裙。
老妪力虽衰，请从吏夜归，急应河阳役，犹得备晨炊。
夜久语声绝，如闻泣幽咽。天明登前途，独与老翁别。

暮投石壕村，有吏夜捉人。老翁逾墙走，老妇出门看。“暮”是傍晚。“逾”的意思是越过、翻过。这几句诗的意思是：日暮时分在石壕村投宿，夜里有差役来抓人去当兵；老翁翻过墙逃走了，老妇人打开门去看情况。官吏为什么要在夜里来呢？我们可以想象，这一定是官府多次来捉人去当兵，百姓们不想去，于是白天就躲藏起来，为了能捉到人，官吏只好在夜里搞突然袭击。这也可以看出官吏“捉人”的狡诈、手段狠毒。一个“捉”字，就是对当时社会的批判、揭露。

吏呼一何怒！妇啼一何苦！“一何”的意思是多么。差役喊叫得是多么凶狠啊！老妇人啼哭得是多么哀苦！在这里，我们可以想象出官吏如狼似虎的形象，他对百姓大声叫嚣，是多么蛮横、多么凶悍。而老妇呢，一时间老泪横流，又是多么悲惨啊，这也为老妇之后的诉说制造出悲愤的气氛。

听妇前致词：三男邺城戍。一男附书至，二男新战死。我听到老妇走上前说：我的三个儿子去参军防守邺城。其中一个儿子捎信回来，说另外两个儿子最近战死了。“前”在这里是名词作动词，走上前。“致词”的意思是说话。“戍”的意思是守卫、防守。“书”的意思是书信。

存者且偷生，死者长已矣！“偷生”是指苟且地活着。“已”的本义是停止，这里指生命结束。活着的人暂且活一天算一天吧，死去的人就永远不会复生了！老妇人说这两句话，是希望自己家里的遭遇能够获得官吏的同情，能够高抬贵手放自己一马。可是，很明显她的希望落空了。我们仿佛听到官吏的大叫：难道你家里就没有其他人了吗？于是老妇又答道：

室中更无人，惟有乳下孙。有孙母未去，出入无完裙。家里再也没有其他的人了，只有个还在吃奶的小孙子。因为有小孙子在，他母亲还没有离去，但进进出出连一件完好的衣裳都没有。

官吏听到这一家的悲惨遭遇，似乎还是没有产生一点同情，还是不想放过这一家人。于是老妇又说：

老妪力虽衰，请从吏夜归，急应河阳役，犹得备晨炊。虽然老妇我年老力衰，但请让我跟从你连夜赶回营去，赶快到河阳去应征，还能够给部队准备早餐。到这里，官吏不作声了，看来是同意了老妇的提议。

夜久语声绝，如闻泣幽咽。天明登前途，独与老翁别。“绝”是断绝、停止。“幽咽”是形容低微断续的哭声。“前途”指前行的道路。这几句是说：夜深了，说话的声音逐渐消失，隐隐约约听到低微断续的哭泣声。天亮后我继续赶路，只能与返回家中的老翁告别。

这首诗，以目见和耳闻为线索，写了差吏到石壕村趁着夜色捉人征兵，他们对三个儿子战死两个的老妇丝毫不同情，最终把年老力衰的老妇也抓走服役的故事，揭露了官吏的残暴、狡诈、凶悍，表达了诗人对安史之乱中人民遭受的苦难的深切同情。

练　习

1.请简要分析《石壕吏》中老妇人的形象。

2.《石壕吏》表达了诗人怎样的思想感情？

第四十八日

冠盖满京华，斯人独憔悴

李白和杜甫相差十一岁，但这并不妨碍两个伟大的诗人成为好朋友。他们都是很有才华的人，但都怀才不遇，空有一腔建功立业的热情，也许这就是他们成为好朋友的基础吧！

公元756年，永王李璘“造反”了，不过没多久就被唐肃宗派高适给镇压了，李白因为加入过永王李璘的幕府，受到牵连，被抓起来关进了位于现在江西九江的监狱里。皇帝眼前的红人郭子仪为了报答李白对自己的救命之恩，宁愿自己官不做了，也要为李白求情，所以到了第二年，李白被免除死罪，只是被流放到夜郎。这个夜郎就是“夜郎自大”的夜郎，位置十分偏远。当时去了这个地方，那是十有八九回不来了！

幸运的是，公元759年，李白走到三峡的时候，皇上赦免了他，于是李白回到江陵。不过这时候，杜甫在秦州，因为地方僻远，消息隔绝，他只听说了李白被流放，不知道已被赦免放还，仍在为李白的生死担忧。俗话说日有所思夜有所梦，有一天，杜甫在梦中见到了李白，于是写成这首《梦李白》。

梦李白

浮云终日行，游子久不至。

三夜频梦君，情亲见君意。
告归常局促，苦道来不易。
江湖多风波，舟楫恐失坠。
出门搔白首，若负平生志。
冠盖满京华，斯人独憔悴。
孰云网恢恢，将老身反累。
千秋万岁名，寂寞身后事。

浮云终日行，游子久不至。天上的浮云整天在飘动，游子已经很久没有消息来了。这里的“游子”就是指李白。

三夜频梦君，情亲见君意。一连三天我多次梦见您，可以看出您对我情深意挚。这里杜甫是假设李白也在思念他，这种设想对方思念自己的形式，是一种写作方法。唐诗中经常使用这种方法，杜甫的“今夜鄜州月，闺中只独看”也是设想妻子在想自己。

告归常局促，苦道来不易。每次梦里你告别回去时都神色匆匆，再三地说来看我一次非常不容易。“局促”的意思是时间短促、紧迫。“苦道”的意思是再三表示，竭力说道。

江湖多风波，舟楫恐失坠。来的路上大江大湖里总有很多大风大浪，担心你乘坐的船儿倾覆翻船。

出门搔白首，若负平生志。看你出门时挠着头发花白的脑袋，好像辜负了你这一生的雄心壮志。“搔”，用指甲挠。“负”，辜负。

华盖

冠盖满京华，斯人独憔悴。地位显

赫的达官贵人们遍布了京城，只有你这个天才独自憔悴，郁郁不得志。“冠”，官帽。“盖”，车上的篷盖。“冠盖”指显赫的达官贵人。“斯”是“这”的意思，“斯人”就是这个人，指李白。

孰云网恢恢，将老身反累。谁说天网恢恢，天理公正呢，你就要老了，反而受到了连累。老子写的《道德经》里面有“天网恢恢，疏而不失”的句子，意思是天是最公道的，也是十分宽容的，但不会放过一个恶人。“恢恢”是宽广的样子。

千秋万岁名，寂寞身后事。这两句诗是说即使李白会有千秋万岁的声名，但那也是寂寞人生结束后的事了。

练　习

1.“冠盖满京华，斯人独憔悴”运用了什么艺术手法，有什么作用？

2.本诗塑造了一个怎样的李白形象？

第四十九日

露从今夜白，月是故乡明

“游子”指的就是离开家乡漂泊在外的人，这种人从古代到现在一直都有，像咱们现在经常在新闻中看到的“北漂”“沪漂”也是游子。从古至今的年轻人们，有的为了生活，有的为了理想，有的为了感情，有的为了事业，也有的是不得已而离开家乡，他们漂泊在外，努力奋斗着，酸甜苦辣只有自己知道，所以游子们就经常想起自己的家乡，想起父母，想起兄弟姐妹。但无论他们生活得如何，只要是靠自己的双手在养活自己的，都应该得到尊重。

今天咱们读的这首诗，是杜甫的《月夜忆舍弟》。当时因为安史之乱，杜甫流落在外，而他的弟弟们，有的在山东，有的在河南，同胞兄弟离散各地。在一个月明之夜，他想起了自己的兄弟，想起了家乡，写下了这首诗。

月夜忆舍弟

戍鼓断人行，边秋一雁声。
露从今夜白，月是故乡明。
有弟皆分散，无家问死生。
寄书长不达，况乃未休兵。

戍鼓断人行，边秋一雁声。远处戍楼上传来了更鼓的声音，路上已经

没有了行人（因为战争阻断了交通，无法通行，也无法传递信息）。在这边塞的秋天的夜里，又听到了孤雁的叫声。“戍”是守卫、驻守的意思。“戍鼓”是戍楼上敲响的更鼓。

露从今夜白，月是故乡明。今夜已经是白露时节，从现在起，露水会更加地白，故乡的月亮，一定也是非常明亮的吧。

有弟皆分散，无家问死生。我漂泊在外，虽然有弟弟们，但是都分散开了，无家可归，不知道找谁去问他们是死是活。

寄书长不达，况乃未休兵。平时给他们寄书信去，也常常没有办法送到，更何况，现在战争还没有停止，就更不可能了。“书”在古诗中很多时候指的是书信。书信，是古代传递消息的最主要的方法。“况乃”是更何况是的意思。“休”是停止的意思，“休兵”就是停止战争。

这首诗，诗人从眼前看到的秋天的景色写起，抒发了对分散各地的兄弟们的思念之情。同时又把个人的遭遇和国家的时局命运联系起来，表露出一颗关心国事的赤诚之心，体现了杜甫忧国忧民的情怀。

练　习

1.（2020四川内江中考）“露从今夜白，月是故乡明”历来为人们称道，请从抒情手法的角度加以赏析。

2.请简要赏析“戍鼓断人行，边秋一雁声”。

第五十日

出师未捷身先死，长使英雄泪满襟

诸葛亮是中国古代最著名的人物之一，提到他，几乎无人不知无人不晓。跟他相关的典故像借东风、草船借箭、八阵图、木牛流马、孔明灯，你肯定知道，他的文章《后出师表》中一句“鞠躬尽瘁，死而后已”更是被无数人当作座右铭，时刻挂在嘴边。

木牛流马

也正是因为他出名，古代有很多诗人写诗纪念他，今天咱们读的这首诗，就是唐代大诗人杜甫先生写的《蜀相》。

蜀　相

丞相祠堂何处寻？锦官城外柏森森。
映阶碧草自春色，隔叶黄鹂空好音。
三顾频烦天下计，两朝开济老臣心。
出师未捷身先死，长使英雄泪满襟。

“蜀相”就是指蜀国的丞相诸葛亮，杜甫住在成都的时候，游览了诸葛亮的武侯祠，写下了这首诗。

丞相祠堂何处寻？锦官城外柏森森。“丞相祠堂”指的就是武侯祠。诸葛亮曾经被刘禅封为武乡侯，所以他的祠堂就叫武侯祠了，人们也称他为诸葛武侯。“锦官城”指的是成都。因为在三国时期蜀国的纺织技术发达，蜀锦名扬内外，蜀国设立了锦官来管理生产，所以成都就有了这样一个称呼。这两句诗是说：诸葛丞相的祠堂到哪里去寻找呢？在柏树茂密的锦官城外。

映阶碧草自春色，隔叶黄鹂空好音。这两句是写景的。在丞相祠堂的台阶边，在这春天里，有碧绿的青草，树上有黄鹂在鸣叫，美妙的声音穿过树叶传到了耳中。

三顾频烦天下计，两朝开济老臣心。“三顾频烦天下计”里说的就是“三顾茅庐”的故事。据说当年徐庶向刘备推荐了诸葛亮，说如果刘备可以得到诸葛亮的帮助，就一定能够成就一番事业。于是刘备和张飞、关羽两个兄弟带着礼物去了，可惜诸葛亮旅游去了，也不知道什么时候回来，刘备等人就只好回家了。第二次去，天还下着大雪，这次他们碰到了个年轻人，还以为是诸葛亮呢，结果是诸葛亮的弟弟。那人告诉刘备，哥哥出去见朋友了，一时半会儿也回不来，等也没用。刘备等人只好又回去了。第三次再来，这次诸葛亮总算在家了，可惜正在睡觉。刘备就带着两个兄弟在门外等着，一直到诸葛亮睡醒了，才讲明来意。诸葛亮深受感动，于是就跟刘备讲天下的形势，并表示愿意帮助刘备，做他的军师。这一年，诸葛亮二十七岁。也许连他自己都不会想到，这一帮，就是一辈子，一直到死了才停止。他不仅帮助刘备，在刘备死后，还帮助刘备的儿子刘禅，为了完成刘备的遗愿，五次北伐，最后死在军队里。可以毫不夸张地说，诸葛亮是累死的。他愿意这样做的原因，就是刘备对他有知遇之恩。

这两句诗是说：刘备当年三顾茅庐，向诸葛亮咨询天下大事，这让诸葛亮很感动。他作为开国的老臣，尽心尽力地辅佐两个君主，靠的就是一片忠心。“开”的意思是开创基业。“济”在这里的意思是扶助。

出师未捷身先死，长使英雄泪满襟。“出师未捷”的意思是派出军队去打仗没有取得胜利。“师”在古文里有军队的意思。“捷”有胜利的意思。诸葛亮曾经五次出师北伐，在第五次的时候，与司马懿在渭水相持百日，不幸病死在五丈原。

这两句诗的意思是：可惜军队出发北伐还没有取得胜利，诸葛亮就不幸去世了，这个悲剧让英雄们禁不住流下泪来，打湿了衣襟。

这首诗中，杜甫高度赞扬了诸葛亮一生的赫赫功勋和对刘备的赤胆忠心，表达了对诸葛亮的敬仰之情。最后两句，既表达了对诸葛亮壮志未酬的惋惜，也表达了诗人自己功业未就的感慨。

练 习

1.“出师未捷身先死，长使英雄泪满襟”表达了诗人怎样的情感？

2.诗歌开篇对郁郁葱葱的松柏的描写有什么作用？

第五十一日

安得广厦千万间，大庇天下寒士俱欢颜

杜甫不仅忧国，而且忧民。他的忧民，是因为他自己在很长的一段时间里生活也非常困难。据史书记载，他当时困难到要自己亲自上山砍柴、采野果为食，困难到连自己的孩子都饿死了。正因为他自己经历过这种生活，所以面对穷苦的百姓，他就会自然而然地从内心中产生一种真切的同情。

严武

公元759年，48岁的杜甫为了躲避安史之乱，拖家带口地来到了四川成都，投靠担任节度使的严武。严武不仅收留了杜甫，还筹钱帮他盖了房子，就是后来所说的杜甫草堂。不仅如此，严武还给朝廷写奏折，帮杜甫争取了个“检校工部员外郎”的官，这样，杜甫也算是有了合法稳定的收入。这也是后人称杜甫为“杜工部”的原因。

今天要读的诗，就和上面说的杜甫草堂有关，是《茅屋为秋风所破歌》。“为……所”是被动句的标志，可以解释为“被”。

茅屋为秋风所破歌

八月秋高风怒号 (háo)，卷我屋上三重 (chóng) 茅。茅飞渡江洒江郊，高者挂罥 (juàn) 长 (cháng) 林梢，下者飘转沉塘坳 (ào)。南村群童欺我老无力，忍能对面为盗贼，公然抱茅入竹去。唇焦口燥呼不得，归来倚杖自叹息。俄顷风定云墨色，秋天漠漠向昏黑。布衾 (qīn) 多年冷似铁，娇儿恶卧踏里裂。床头屋漏无干处，雨脚如麻未断绝。自经丧乱少睡眠，长夜沾湿何由彻！安得广厦千万间，大庇 (bì) 天下寒士俱欢颜！风雨不动安如山。呜呼！何时眼前突兀 (wù) 见此屋，吾庐独破受冻死亦足！

八月秋高风怒号，卷我屋上三重茅。“怒号”的意思是大声吼叫。“三重茅”的意思是几层茅草，多层茅草。“三”在古文中一般不是确切的数字，很多时候指的就是多。八月的一天，本来应该是秋高气爽的时候，突然刮起了狂风，狂风怒吼着，把我屋顶上的好几层茅草都给卷飞了。

茅飞渡江洒江郊，高者挂罥长林梢，下者飘转沉塘坳。“罥”是挂结的意思。“挂罥”就是挂着，挂住。“塘坳”指低洼积水的地方。这几句是说这茅草被风刮啊，刮啊，刮过了江，洒在了江边上，落在高处的就挂在了树梢上，落在低处的就沉到了池塘的水里。

南村群童欺我老无力，忍能对面为盗贼，公然抱茅入竹去。“忍”是狠心的意思。“能”意为如此，这样。这几句是说南边村里的那些小孩子欺负我老人家软弱无力，竟然狠心这样当面做抢劫的事，公然抱着我的茅草跑到了竹林里去。

唇焦口燥呼不得，归来倚杖自叹息。我大叫着想阻止他们，可是喊得口干舌燥也阻止不住，只好回来拄着拐杖，站在那里一个人唉声叹气。“呼不得”的意思是喝止不住。

俄顷风定云墨色，秋天漠漠向昏黑。“俄顷”，不久，一会儿。这里是说不一会儿，风停了，可是一片片乌云滚滚而来，眼看着天就黑了下来。这是马上就要下大雨的节奏啊。屋顶的茅草没了，这要是一下雨，可怎么办呢？

布衾多年冷似铁，娇儿恶卧踏里裂。“布衾”是布做的被子。“衾”在古诗词中经常出现，比如“罗衾不耐五更寒”“翡翠衾寒谁与共”。家里还有床布做的被子，不过盖的时间已经很长了，我家那个孩子晚上睡觉睡相差得很，把被子都给蹬破了。

床头屋漏无干处，雨脚如麻未断绝。“雨脚如麻”是形容雨点不间断，像下垂的麻线一样密集。这两句诗的意思是位于床头的屋顶漏了，屋里没有哪个地方是干燥的，外面的雨还在不停地下着，雨水不停地落到屋里来。

自经丧乱少睡眠，长夜沾湿何由彻！“何由”的意思是怎能、如何。“彻”即到，这里指到天亮。这两句诗是说自从经历了安史之乱，这几年来我就很少睡过好觉，今天这一晚上，屋里漏雨，被子也湿了，这可怎么让我挨到天亮呢？

安得广厦千万间，大庇天下寒士俱欢颜！风雨不动安如山。“广厦”指宽敞的大屋。“庇”是遮盖、掩护的意思。“寒士”指贫寒的读书人。怎么才能得到千万间宽敞结实的大屋子啊，能够给天下贫寒的读书人居住，庇护他们，让他们都能够喜笑颜开。房屋不为风雨所动摇，安稳得像山一样。

呜呼！何时眼前突兀见此屋，吾庐独破受冻死亦足！“突兀”是高耸的样子，这里用来形容广厦。“见”通“现”，出现。唉，什么时候眼前能够出现这样的大房子，就算只有我的房子破了漏了把我冻死，我也心满意足了啊！

这首诗抒发了诗人忧国忧民的情感，诗人从自己的遭遇想到全天下的贫寒的读书人，他推己及人、舍己为人的高尚风格，博大胸襟和崇高理想，都表现得淋漓尽致。在这一点上，这首诗和范仲淹写的《岳阳楼记》里面的“先天下之忧而忧，后天下之乐而乐”抒发的情怀是一致的。

练 习

1. 诗中表现诗人旷达胸襟和舍己为人精神的句子是：______________________________________！

2. “俄顷风定云墨色，秋天漠漠向昏黑”描绘了一幅怎样的画面？有什么作用？

3. 请分析“床头屋漏无干处，雨脚如麻未断绝”所运用的修辞手法及其表达效果。

第五十二日

白日放歌须纵酒，青春作伴好还乡

长达八年的安史之乱，不仅是大唐王朝的转折点，也是唐朝很多人的人生转折点。比如说王维，如果没有安史之乱，凭他的才华应该可以成就一番大事业，不一定出将入相，但起码不用因为被叛军逼迫出任伪职而担心掉脑袋了。再比如说杜甫，安史之乱一开始，杜甫就陷入了颠沛流离的生活，他到奉先，到凤翔，到华州，最终又到成都，一路走来，旅途带给他的不是美丽的风景，不是各地的美食，没有诗情没有画意，他得到的只是与亲人的离散，只是丧子之痛，只是思家之愁……所以，当他在四川听说官军收复了河南河北的消息，听说了叛乱即将结束的消息，流落异乡饱经丧乱之苦的诗人，欣喜若狂，提笔写下了这首《闻官军收河南河北》：

闻官军收河南河北

剑外忽传收蓟北，初闻涕泪满衣裳。
却看妻子愁何在，漫卷诗书喜欲狂。
白日放歌须纵酒，青春作伴好还乡。
即从巴峡穿巫峡，便下襄阳向洛阳。

剑外忽传收蓟北，初闻涕泪满衣裳。“剑外”在这里指剑门关以南。剑门关是古代一座非常著名的关口，位于四川，李白在《蜀道难》里说的“一夫当关，万夫莫开”就是这里。杜甫在这里说的剑外，就是借指他当时所在的蜀地。这时候的杜甫，虽然在朋友的帮助下有了草堂，算是暂时安定下来，但是从内心里讲，还是希望能够回到家乡，回到中原地区去的。“蓟北”是安禄山、史思明这些叛军的老巢，从地理上讲是现在的河北北部地区。“涕”是眼泪的意思。这两句诗的意思是：剑门外忽然传来官军收复了蓟北的消息，刚刚听到这件事我激动得眼泪都打湿了衣裳。

却看妻子愁何在，漫卷诗书喜欲狂。“却”有回转、返回的意思，“却看”就是回头看。“妻子”的意思，要分开解释，是指妻子和孩子。“漫”是随便、随意的意思。“漫卷诗书”就是把诗书随便一卷，胡乱卷起来。这两句诗的意思是：回头看妻子和孩子们哪里还有一点愁呢？随便把诗书卷（收拾）起来，一个个欣喜若狂。

白日放歌须纵酒，青春作伴好还乡。“白日”是晴朗的日子。“放歌”就是高声歌唱。“纵酒”是开怀畅饮。“青春”指春天。杜甫这时候高兴啊，他说：外面艳阳高照我放声歌唱、开怀畅饮，明媚的春光伴着我和妻儿一起返回家乡。这里的放歌、纵酒正是“喜欲狂”的表现。

即从巴峡穿巫峡，便下襄阳向洛阳。咱们都知道三峡，现在是瞿塘峡、巫峡、西陵峡的总称。巫峡是其中之一，因为穿过巫山而得名。巫山、巫峡在诗歌里经常能见到，比如高适的“巫峡猿啼数行泪”，元稹的“曾经沧海难为水，除却巫山不是云”，毛泽东的“截断巫山云雨，高峡出平湖”，等等。“便”的意思是就。巴峡也是长江上著名的峡谷。这两句诗的意思是：赶快动身启程，从巴峡穿过巫峡，就前往襄阳然后直奔洛阳。杜甫的老家在河南，他也曾经在洛阳居住过很长时间，所以洛阳在杜甫的心中，就是家乡。诗句中的四个地方远隔千里，但是杜甫用“即从”“穿”“便下”“向”贯串起来，让人感受到一幅飞奔疾驰的画面，好像瞬间就能到达家乡了，这也让咱们在读诗的时候，都能感受到杜甫的喜悦之情。

这首诗抒发了杜甫在听到官军胜利的消息之后的无比喜悦兴奋的心情。

练　习

1. 表现诗人欣喜若狂的句子是：________________。

2. “剑外忽传收蓟北，初闻涕泪满衣裳”体现了诗人怎样的思想感情？

3. “即从巴峡穿巫峡，便下襄阳向洛阳”是如何表达诗人的喜悦之情的？

第五十三日

丹青不知老将至，富贵于我如浮云

在《论语·述而》中，孔子曾说：“不义而富且贵，于我如浮云！”孔子的意思很明确，靠不道德的手段得到的钱财或者地位，对他来说就像飘浮在天上的云彩一样。他觉得“君子爱财，取之有道”，他是不会通过非正规的手段或方法去获取财富、地位的。不仅孔子是这么做的，今天读的诗歌的主人公也是这么做的。

咱们今天读的这首诗，叫《丹青引赠曹将军霸》，作者是唐代大诗人杜甫。

丹青引赠曹将军霸

将军魏武之子孙，于今为庶为清门。

英雄割据虽已矣，文采风流今尚存。

学书初学卫夫人，但恨无过王右军。

丹青不知老将至，富贵于我如浮云。

开元之中常引见，承恩数上南薰殿。

凌烟功臣少颜色，将军下笔开生面。

良相头上进贤冠，猛将腰间大羽箭。

褒公鄂公毛发动，英姿飒爽来酣战。

先帝天马玉花骢(cōng)，画工如山貌不同。
是日牵来赤墀(chí)下，迥(jiǒng)立阊阖(hé)生长风。
诏谓将军拂绢素，意匠惨淡经营中。
斯须九重真龙出，一洗万古凡马空。
玉花却在御榻上，榻上庭前屹(yì)相向。
至尊含笑催赐金，圉(yǔ)人太仆皆惆怅。
弟子韩干早入室，亦能画马穷殊相。
干惟画肉不画骨，忍使骅(huá)骝(liú)气凋丧。
将军画善盖有神，必逢佳士亦写真。
即今漂泊干戈际，屡貌寻常行路人。
途穷反遭俗眼白，世上未有如公贫。
但看古来盛名下，终日坎壈(lǎn)缠其身。

将军魏武之子孙，于今为庶为清门。这里所说的曹霸将军是曹操的后代，只不过到了唐朝的时候，他不再是皇族了，而是个著名的画家。唐玄宗刚开始的时候，很喜欢他，让他重新绘制二十四功臣的像，还让他给御马画像。唐玄宗为此封他为左武卫将军，所以杜甫称他为曹将军。后来，曹霸不知道怎么得罪了皇上，皇上不高兴了就把他撤职，让他重新变回了普通老百姓。“魏武”，指的是魏武帝，就是曹操。“庶”，庶民，老百姓。“清门”，即寒门。

这两句诗的意思是将军本是魏武帝曹操的后代子孙，到现在已经是平民百姓，是清贫之家了。

英雄割据虽已矣，文采风流今尚存。曹霸将军的祖先曹操割据一方三分天下的时代已经过去了，但是文采风华到现在还在民间流传。“风流”在古代可不含贬义，它是指风采特异、特点突出、才华横溢，像苏轼词中的“大江东去，浪淘尽，千古风流人物”就是这种用法。

学书初学卫夫人，但恨无过王右军。这里有两个人，一个是卫夫人，一个是王右军，都是了不得的大书法家。“卫夫人”是东晋著名女书法家，名字叫卫铄，据说她是王羲之的老师。“王右军”就是王羲之，晋代书法家，被称为“书圣”。他写的《兰亭集序》被称为“天下第一行书”。只可惜王羲之的真迹据说和唐太宗一起陪葬了，反正是找不着了，现在流传下来的是别人的摹本或者叫复制品，但也价值连城。

在这两句诗里，杜甫说曹霸开始的时候学书法是学习卫夫人的字体，虽然很认真很刻苦，但是一直很遗憾自己的成就没有超过王羲之，所以后来就只好改学画画了。

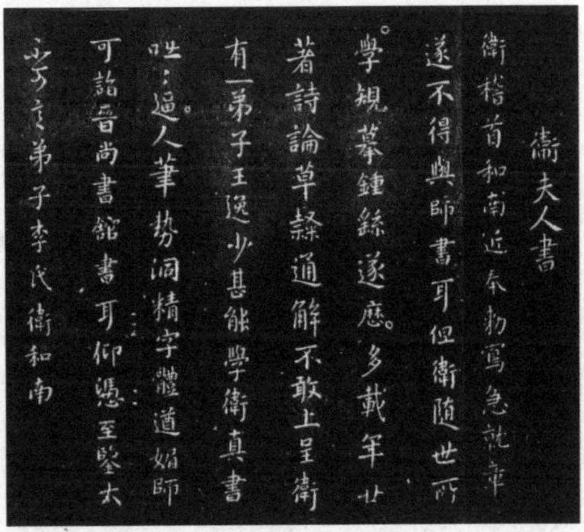

卫铄书法作品

丹青不知老将至，富贵于我如浮云。“丹青”本来是古代人画画时常用的红色和青色的颜料，所以后来就把画画称为丹青，把画家称为丹青师傅。“富贵于我如浮云”，咱们开始的时候就说了。

这两句诗是说曹霸喜欢上了画画，从此自得其乐，甚至不知道自己将老了，那些功名利禄钱财地位对他来讲就是天上的浮云。

开元之中常引见，承恩数上南薰殿。“开元”是唐玄宗李隆基的年号，开元年间是唐朝最兴盛的时期，被称为开元盛世。“数”，是多次、屡次的意思。“南薰殿”是当时宫城里的一座大殿。这两句诗是说开元年间，曹将军你经常得到引见，多次来到南薰殿见皇上。

凌烟功臣少颜色，将军下笔开生面。“凌烟功臣”指唐朝建立以后，唐太宗李世民在皇宫之中建造了凌烟阁，并让画家阎立本把跟随自己打天下的二十四位功臣画下来，画像悬挂在凌烟阁里，借此来表彰纪念他们。“少颜色”指画像时间长了，褪色了，从画像完成到杜甫写这首诗已经过了一百二十多年。“开生面”，是面目增色。这两句诗是说凌烟阁里二十四功臣的画像时间长了已经褪色，你奉命重新绘画让他们别开生面。

良相头上进贤冠，猛将腰间大羽箭。“进贤冠”是古代官员戴的一种帽子，以铁丝、黑布为材料做成，帽子上面有梁，用梁的数量来区分等级，三梁最尊贵。“大羽箭”是一种有羽毛装饰的长箭。这两句是说良相（文官）头上戴着进贤冠，勇猛的武将腰中挂着大羽箭。

褒公鄂公毛发动，英姿飒爽来酣战。“褒公”是褒国公段志玄。“鄂公”是鄂国公尉迟敬德。尉迟敬德本名尉迟恭，字敬德，他在隋朝末年参加反抗隋朝的战争，后来归顺了李世民，帮助李世民平定王世充、窦建德、刘黑闼、徐圆朗等人，为唐朝的建立立下了汗马功劳。唐朝建立后，他又参加玄武门之变，帮助李世民登上皇位，被封为鄂国公。“酣战”，相持而长时间的激战。这两句诗的意思是褒国公和鄂国公的毛发好像在飞动，他们英姿飒爽似乎正在和敌人激战。

先帝天马玉花骢，画工如山貌不同。“先帝”，死去的皇帝，这里指唐玄宗。“先”在古代是对死者的尊称，如先考、先妣是指去世的父母。“天马”，御马，皇帝的马。“玉花骢”是唐玄宗拥有的一匹马的名字。“画工如山”在这里形容给玉花骢画像的画师很多。这两句诗的意思是先帝玄宗有一匹御马叫玉花骢，很多画师都给它画像，画出的马和真马神态

玉花骢

不同。

是日牵来赤墀下，迥立阊阖生长风。“是”，这。“赤墀”，宫殿的红色台阶，也叫丹墀。“墀”，台阶。“迥立”的意思是昂首挺立。“阊阖”是传说中的天门，这里指皇宫里的大门。这两句诗是说这一天皇上下令把玉花骢牵到皇宫的丹墀之下，它昂首挺立在宫殿门口，非常威风。

诏谓将军拂绢素，意匠惨淡经营中。“诏”，皇帝的命令。“拂”，展开。“绢素”是指白色的绢，可以用来画画。“惨淡经营”这里指苦心布局。这两句诗的意思是皇上下命令让曹将军展开白色的画布，曹将军精心构思苦心布局。

斯须九重真龙出，一洗万古凡马空。“斯须”，一会儿，顷刻，形容很短的时间。“九重”是天子之门，指宫门有九重，这里指宫殿。“真龙”，在这里指真正的骏马，因为古人把八尺以上的马也称为龙。“一洗”，一扫。这两句诗的意思是一会儿工夫马就画好了，像是真龙再现，把自古以来普通马的形象一扫而空，暗含的意思是曹霸画得非常形象逼真，把别人画的马都比了下去。

玉花却在御榻上，榻上庭前屹相向。“玉花”指曹霸画好的画像。“御榻”，皇帝用的榻。“屹”，山势高耸的样子。这两句诗是说画好的玉花骢放在御榻上，榻上的和院子里站着的真正的玉花骢相向站立。

至尊含笑催赐金，圉人太仆皆惆怅。“至尊”，皇帝。“圉人”是养马的人。“太仆”，古代的官职，九卿之一，负责掌管皇帝的舆马和马政。“惆怅”这里指惊讶、赞叹。看到画像之后，皇帝面带微笑催促手下赶快赏赐金钱，养马的人和管理马的官员们也都惊讶赞赏。

弟子韩干早入室，亦能画马穷殊相。“韩干”是曹霸的学生，也擅长画马。“入室”，指获得老师学问技艺的真谛。现在有入室弟子的说法，指与师父亲近且有成就的弟子。“穷”，尽。这两句诗是说曹霸的学生韩干得到了他的真传，能够画尽马各种不同的神态。

干惟画肉不画骨，忍使骅骝气凋丧。“肉”，指形似。“骨”，指神似。“骅骝”是古代骏马的名字。这两句诗的意思是韩干画马只注重形似不注重神似，反而让骏马的神韵受到损伤。

将军画善盖有神，必逢佳士亦写真。“佳士”，名士，品行优良的人。“写真”是画人物像。曹将军画技精湛下笔如有神，如果遇到名士的话也会给他们画人像。

即今漂泊干戈际，屡貌寻常行路人。“干戈”，古代的武器，“干”是盾牌，后来干戈指战争。“寻常”，平常。这两句诗是说现在因为遇到战乱，曹将军四处漂泊，（为了生活）多次给普通的过路人画像。

途穷反遭俗眼白，世上未有如公贫。“遭俗眼白”，遭受俗人的白眼，被人看不起。曹将军走投无路，遭受俗人的白眼，世上没有人像他一样贫穷了。

但看古来盛名下，终日坎壈缠其身。“盛名”，很大的声望。“坎壈”是困顿、不得志的意思。这两句诗的意思是只看古往今来有多少人曾经享有盛名，最终却穷困失意、潦倒终身。

这首诗，开始时描写曹霸的画技高超，后面写到曹霸因为战乱而四处漂泊、穷困潦倒，表达了杜甫对他的同情，也流露出诗人对自己坎坷遭遇的不平之气。

练习

1. 请简要分析“先帝天马玉花骢，画工如山貌不同”所表达的含义。

2. 请赏析“斯须九重真龙出，一洗万古凡马空”这两句诗的艺术效果。

第五十四日

一去紫台连朔漠，独留青冢向黄昏

之前咱们读了关于古代四大美女之一西施的诗，了解了关于西施的事，今天咱们说说四大美女中的另一位——王昭君，读一下这首写王昭君的《咏怀古迹》。

咏怀古迹

群山万壑赴荆门，生长明妃尚有村。
一去紫台连朔漠，独留青冢向黄昏。
画图省识春风面，环珮空归夜月魂。
千载琵琶作胡语，分明怨恨曲中论。

杜甫的《咏怀古迹》一共五首，这是第三首，说的是王昭君。

王昭君是西汉时期的人，本来叫王嫱，也有一种说法叫王樯。王昭君是平民家的女儿，因为长得很漂亮，所以被选入宫中。可是宫里的女子太多了，想要见到皇上，可不容易啊。那时候的皇帝就想了个办法，让画师给宫女们画像，然后给皇上看，靠这个来做出选择。这就让画师有了很大的权力，把谁画得好看一点由他们说了算。于是宫女们就纷纷拿出钱财贿赂画师，以便能够被画得漂亮点。王昭君可不吃这一套，一来她长得确实漂亮，有绝对的自信，二来她不屑于做贿赂画师这种事。那时给她画像的画师叫毛延寿，这家伙很坏，他见王昭君不给自己钱，当面就好好地画，画得非常漂亮，王昭君也非常满意。传说等王昭君走了，毛延寿就在王昭君的眼角点了一颗痣。皇上看到这个画像的时候，被王传君的美貌所打动，想要召见她。这时候毛延寿说话了，他说："皇上啊，这个人不能召见啊！您看她眼角这颗痣，叫伤夫落泪痣！她克夫啊！跟她的男子，都不会有好下场！"皇上一听就怕了，于是，王昭君就失去了见到皇上的机会。

倪田《昭君出塞图》

过了几年，匈奴的呼韩邪单于来到汉朝，想要跟汉朝和亲，也就是想娶个汉朝的女子，最好是公主之类的，这样双方就成了亲戚，就不会再打仗了。汉朝皇帝想想这主意不错，就让王昭君去吧。她漂亮，关键是脸上还有伤夫落泪痣，嫁给匈奴人，说不定还能起到点作用啊。可等到王昭君真来到他面前的时候，皇上傻眼了，王昭君是真漂亮啊，关键是，脸上根本就没有痣！可惜反悔是不行了，只能实践自己的诺言，让王昭君嫁去匈奴了！还有一种说法是，王昭君不是被迫去和亲的，而是觉得自己在汉朝宫里没什么希望了，主动要求去的。王昭君一走，皇上立刻就把画师毛延寿给杀了。

王昭君嫁给呼韩邪单于后，很快就生了个儿子，后来这孩子做了匈奴的一个王。可惜只过了三年，呼韩邪单于就死了。这时候，王昭君就想回汉朝去，可是皇帝没有同意，所以按照匈奴的风俗习惯，王昭君只得又嫁给老单于的儿子，复株累单于。他们两个人在一起生活了十一年，生了两个女儿，这个单于又死了。不久后，王昭君也去世了。当然，也有说王昭君是病死的。王昭君死了之后，就埋在了现在呼和浩特附近，据说，即使其他地方寸草不生，她的坟墓上也长满了绿草，人们就称之为“青冢”。

到了西晋时期，因为皇帝叫司马昭，按照咱们中国古代的传统，其他人都要避讳，不能在名字里有“昭”字，所以王昭君就被改为王明君，又叫“明妃”。

群山万壑赴荆门，生长明妃尚有村。这两句诗的意思是：千山万壑连绵不断奔赴荆门，在这里，王昭君生长的村庄还在。

一去紫台连朔漠，独留青冢向黄昏。“紫台”的意思和紫禁相近，是皇帝居住的地方。“朔”，是北方，“朔漠”就是北方的大漠，当时的匈奴人生活在这里。“青冢”是王昭君的墓地。这两句诗说：王昭君离开了汉朝的宫殿从此生活在北方的大漠里，只留下她的坟墓“青冢”独自面对黄昏。

画图省识春风面，环珮空归夜月魂。光看图画皇上怎么能够真正了解王昭君的花容月貌呢？王昭君最终死在了匈奴部落，她的魂魄只能在月夜回来了。“环珮”本是女人的首饰，这里指王昭君，这种修辞方法叫借代。

千载琵琶作胡语，分明怨恨曲中论。琵琶是咱们传统的乐器，胡人也使用。胡人是古代汉族对北方少数民族的称呼。王昭君能弹琵琶，据说还写了一首曲子，就是后来的《昭君怨》。这两句诗的意思是说：千年以来流传的王昭君所作的琵琶曲，虽然是胡人的曲调，但是里面分明充满着怨恨与悲愤！

这首诗表现了王昭君生前死后的寂寞悲凉，赞美她眷恋故国的高尚节操，揭露了汉元帝的昏庸，当然，里面也有诗人怀才不遇的愁怨和对故乡的思念之情。

练　习

1. 请分析“群山万壑赴荆门”中“赴”字的妙处。

2. 结合全诗，谈谈你对“环珮空归月夜魂”的理解。

第五十五日

江流石不转，遗恨失吞吴

话说关羽被东吴杀掉之后，刘备为了给他报仇，亲自出征，率领大军去讨伐东吴。让他没想到的是，自己会在夷陵之战中被陆逊火烧连营，最终只能落荒而逃。陆逊带领着得胜之兵在后面追赶。在距离夔关不远的地方，陆逊发现前面不远的地方杀气冲天，担心中了蜀军的埋伏，只好停止追击，派人去打探情况。他得知前面并没有兵马，杀气出自诸葛亮以前在这里摆放的石阵，名为“八阵图”。

在《三国演义》中，陆逊被八阵图困住，如果没有诸葛亮岳父的帮助，估计也就死在里面了，这可以看出八阵图的厉害之处。据一本叫作《太平寰宇记》的书中记载，八阵图是诸葛亮为了操练兵法，在夔州奉节县西南七里的地方，布置的天、地、风、云、龙、鸟、虎、蛇八种阵图。曾经在夔州居住的唐朝大诗人杜甫，在游览了八阵图的遗迹之后，写下了《八阵图》这首诗：

八 阵 图

功盖三分国，名成八阵图。
江流石不转，遗恨失吞吴。

功盖三分国。“盖”是胜过、超过的意思，“武功盖世”“功高盖主”这些词里的“盖”都是这个意思。“三分国”是指诸葛亮辅佐刘备，和孙权、曹操作斗争，最终三分天下，建立了蜀汉。这可以说是盖世之功。这句诗的意思是：三分天下，建立蜀汉，诸葛亮建立了盖世功业。

名成八阵图。八阵图并不是只出现在小说之中，《三国志·诸葛亮传》里记载：“亮性长于巧思，损益连弩，木牛流马，皆出其意；推演兵法，作八阵图，咸得其要云。”看来八阵图的存在是真实的，作为一种打仗的阵法，它在战争中应该是有很大作用的。这句诗的意思是：他创制的八阵图更是让他成名，名传千古。

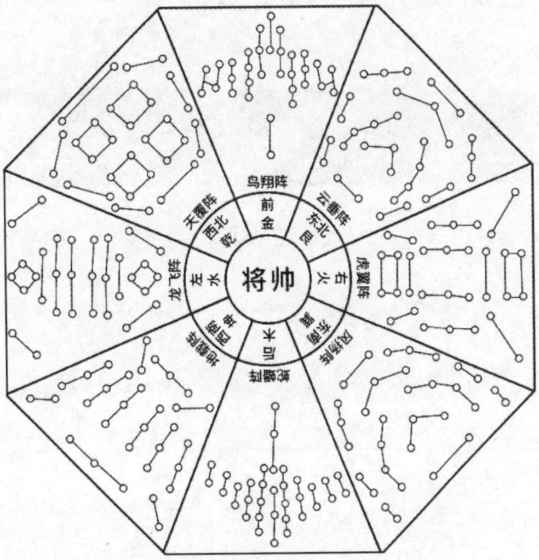

八阵图

江流石不转。据《荆州图副》和刘禹锡《嘉话录》记载，八阵图是聚细石成堆，高五尺，六十围，纵横棋布，排列成六十四堆，在六百年的时间里始终保持原来的样子不变。夏天的时候这里会被大水冲击淹没，等到冬季水位下降之后，其他的东西都被冲得七零八落了，八阵图的石堆却依然如旧，岿然不动。这句诗的意思是：任凭江流冲击，建造八阵图的石头依然如故。还有一种理解是：这里其实是说诸葛亮的历史地位坚如磐石，即使经历了岁月的“江流”冲击拍打，仍旧岿然不动。

遗恨失吞吴。诸葛亮是主张联合孙权，蜀国和吴国一起对抗魏国的。可是刘备却为了给关羽报仇，率领军队攻打东吴。在诸葛亮看来，无论是成功还是失败，都违背了自己联吴抗曹的大政方针，以至于自己的统一大业不能实现，这不能不说是一种失策，是一种遗憾。“恨”在这里的意思是遗憾，不满意。这句诗的意思是：未能阻止刘备讨伐东吴，一朝失策铸成了千古遗恨。

这首诗前两句赞颂了诸葛亮的丰功伟绩，尤其称赞他在军事上的才能和建树；后两句对刘备讨伐东吴失败，葬送了诸葛亮联吴抗魏统一中国的宏图大业，表示了惋惜。

练　习

1.《八阵图》赞颂的是哪位历史人物？

2.诗人在诗中表达了什么思想感情？

第五十六日

亲朋无一字，老病有孤舟

咱们经常听到一个词语，叫“五湖四海”，那么五湖究竟是哪五湖呢？就是洞庭湖、鄱阳湖、太湖、洪泽湖、巢湖。今天咱们读的诗，就和洞庭湖有关。

洞庭湖在古代号称“八百里洞庭”，可见它是非常辽阔的，它还有一个名字，叫“云梦泽”，所以唐朝诗人孟浩然的诗中说“气蒸云梦泽，波撼岳阳城”，写的就是洞庭湖盛大的气势。

岳阳楼就在洞庭湖边。站在岳阳楼上，可以观赏洞庭湖的美景。岳阳楼本来是三国时期吴国鲁肃的阅兵楼，后来因为历代文人的登临赋诗而名声大噪，尤其是宋朝范仲淹的一篇《岳阳楼记》，凭着其中“先天下之忧而忧，后天下之乐而乐”的名句，不但让范仲淹名扬天下，也让岳阳楼名扬天下。

今天咱们读的这首诗，是唐代杜甫写的《登岳阳楼》。

登岳阳楼

昔闻洞庭水，今上岳阳楼。
吴楚东南坼 (chè)，乾坤日夜浮。
亲朋无一字，老病有孤舟。
戎马关山北，凭轩涕泗流。

昔闻洞庭水，今上岳阳楼。以前听人家说洞庭湖的景色很美，今天我杜甫终于登上了岳阳楼来观赏。“昔”，是以前、过去的意思。

吴楚东南坼，乾坤日夜浮。“坼”，分裂。吴和楚是春秋时期两个国家的名字。吴国在现在的江苏、浙江一带，在洞庭湖的东面。楚国在现在的湖北、湖南、江西一带，在洞庭湖的南面。杜甫这两句诗是说：这广阔无边的湖水，把吴地和楚地的边界分裂开来，好像天地日月都在这水面上漂浮着。

“乾坤”，乾和坤本来出自《易经》，是八卦中的两个卦象，乾表示天，坤表示地，后来也可以表示阴阳，还可以表示男女。比如戏剧中的女子扮演的角色，就可以叫坤角。女子戴的手表，也可以叫坤表。

八卦图

亲朋无一字，老病有孤舟。近来我没有收到过亲朋好友的书信，一个字都没有，只有年老的我，带着一身的伤病，和这孤独的小船相伴。“字”，在这里指书信。写这首诗的时候，杜甫已经五十七岁了，可以说是老弱多病，不仅有肺病，一只耳朵也聋了。杜甫的这一生，实际上是很悲惨的，他大部分时间都是在漂泊贫穷中度过的。就连他的死，都显得那么悲哀。据史书记载，他五十九岁的时候，仍然漂泊在外，有一次，因为发大水被困住了，有十几天的时间没有东西吃。当地的县令知道了这件事，就派人把他营救回来，看他饿了，就给他准备了牛肉、酒，量大管够，于是杜甫就敞开肚皮吃喝，没有节制。第二天人们发现他的时候，他已经死了。所以可以说，杜甫是被撑死的。

戎马关山北，凭轩涕泗流。想想关山以北，仍旧是兵荒马乱，我站在楼上，靠着窗户，禁不住眼泪直流啊。“凭”是依靠，扶。在这里咱们要注意“涕”这个字，在古代，这个字是“眼泪”的意思，可不是“鼻涕”的意思。诗里面的“泗”才是鼻涕的意思。

这首诗，开始写登岳阳楼见到的景色，把洞庭湖水势浩瀚无际的磅礴气势和宏伟壮丽的形象真实地描画出来，勾勒出一幅气象万千的画面；然后写自己生活坎坷，漂泊天涯，怀才不遇的心情；最后抒写出诗人眼睁睁看着国家离散而又无可奈何，空有一腔热忱却报国无门的凄伤，被古人称为盛唐五言律诗第一，千古绝唱。

练　习

1.请解释“吴楚东南坼,乾坤日夜浮”这两句诗中的“坼”和“浮”字的含义，并简要分析其在诗中的作用。

2.“亲朋无一字，老病有孤舟”这两句诗表达了诗人怎样的情感？

第五十七日

无边落木萧萧下，不尽长江滚滚来

公元763年，长达八年的安史之乱终于结束了，但是，它的结束并不代表着战争的结束。大唐王朝并没有因此而归于平静，重现繁荣富强，各路将帅在战争中积聚了实力，成为一方藩镇，相互争夺地盘。诗人杜甫本来想战争一结束，就回家乡去，可是现实却击碎了他的美梦。本来，身在蜀地的杜甫，还有严武的照顾，生活得还算不错，可是造化弄人，他的这个靠山因病去世了，失去依靠的杜甫只好离开了住了五六年的成都草堂，另外寻找安身之处。杜甫历经坎坷，终于到达了夔州，并在这里住了两年。这两年里，杜甫不仅生活困苦，身体也一天不如一天。在公元767年的重阳节这天，他按照传统习俗登高望远，看着眼前萧瑟的秋景，想着自己的身世遭遇，挥笔写下了被称为七律之冠的《登高》。

登　高

风急天高猿啸哀，渚清沙白鸟飞回。
无边落木萧萧下，不尽长江滚滚来。
万里悲秋常作客，百年多病独登台。
艰难苦恨繁霜鬓，潦倒新停浊酒杯。

风急天高猿啸哀，渚清沙白鸟飞回。“天高”指天空高远广大，天朗气清，多指秋天。“猿啸哀”，郦道元在《水经注》中介绍三峡时曾经引用了一句歌谣：“巴东三峡巫峡长，猿鸣三声泪沾裳。”“猿啸哀”就是指猿猴凄厉的叫声。“渚”是水中的小洲。《三国演义》开篇词《临江仙》中有“白发渔樵江渚上，惯看秋月春风”；孟浩然的《宿建德江》中有“移舟泊烟渚，日暮客愁新”。“回”在这里的意思是回旋。这两句诗的意思是秋风猛烈，天空高远，猿声凄哀，洲渚清，沙滩白，鸥鸟在风中上下回旋。这两句诗，从秋风、高天写到江水、沙洲，俯仰结合，视野高远广大；猿猴哀啸，飞鸟回旋，渚清沙白，又是动静结合，声色并茂，真是一幅苍茫辽阔的秋江山水图。

无边落木萧萧下，不尽长江滚滚来。“落木”指落叶。“萧萧”是风吹落叶的声音。这两句诗的意思是无边无际的落叶萧萧飘落，奔腾不息的长江浪涛滚滚而来。这两句诗中，“无边”“不尽”，使“萧萧”“滚滚”更加形象化，不仅使人联想到落叶萧萧之声，长江汹涌之状，也在无形中传达出韶光易逝、壮志难酬的感怆。

万里悲秋常作客，百年多病独登台。“万里”，杜甫这时候离家乡数千里，用万里虽然有些夸张，但生动表现出他远离家乡、客居异乡的情景。“百年”本指一生，这里指晚年。此时的杜甫年老多病。一个“独”字，表达出了诗人孤独、萧索的情态。这两句诗的意思是漂泊万里，常年客居他乡，适逢秋天更加悲伤，人到晚年衰老多病，独自登上这高台。

艰难苦恨繁霜鬓，潦倒新停浊酒杯。杜甫这时候的“艰难”不仅指自身的命运艰难，应该也包含着国家的艰难。“苦恨”是深恨的意思。“繁”的意思是多，“繁霜鬓”就是说自己鬓发如霜，白发增加了很多。“潦倒”的意思是困顿、衰颓。“浊酒”是未经过滤的酒，是一种低劣的酒。这两句诗的意思是命运艰难常年苦恨，鬓边的白发越来越多，困顿多病只能停止饮酒，心中悲凉难以排遣。

这首诗通过诗人登高的所见、所闻、所感，描绘了长江边的深秋景色，抒发了诗人对艰难身世的感慨和长年漂泊的苦楚，以及年老多病的孤独和忧国伤时的情怀。

练　习

1. 诗中表现诗人生活艰难、两鬓斑白，无限悲凉难以排遣的句子是：________________。

2. “无边落木萧萧下，不尽长江滚滚来”中的“无边”“不尽”有何表达效果？

第五十八日

正是江南好风景，落花时节又逢君

今天咱们读的这首诗，是杜甫写的《江南逢李龟年》。这李龟年呢，是唐朝时期一位著名的乐师，按照咱们现在的说法，就是歌坛上的巨星。

李龟年作为当时的著名歌手，不但王公大臣们都是他的粉丝，就连皇帝李隆基也非常喜欢他，可以说是盛极一时。安史之乱爆发后，李龟年流落到了江南，日子大不如前了。只是，他钟爱音乐，只要有合适的机会，他都要唱上几首歌，来抒发下感情。这时候，诗人杜甫也流落到了江南，有一次，他见到了李龟年，听到了李龟年的歌，想起了当年在长安时的事情，感叹物是人非，不禁心潮澎湃，就写下了这首《江南逢李龟年》。

江南逢李龟年

岐王宅里寻常见，崔九堂前几度闻。
正是江南好风景，落花时节又逢君。

岐王宅里寻常见。“岐王”是唐朝的王爷，唐玄宗的弟弟，叫李范。这个人是个文学爱好者，所以他身边聚集了很多的诗人，杜甫就是其中的一个。当然，喝酒谈诗的时候，需要音乐助兴，李龟年多次来这里也就顺理成章了。这句诗是说：想当年，在岐王的家里，经常看到您的身影。

崔九堂前几度闻。“崔九”是当时的一个官员，叫崔涤。因为在家族

里排行第九，所以称他为崔九。这句诗是说：在崔九家的厅堂上，我也好几次听到过您的歌唱。

正是江南好风景。这里的江南指长江、湘江之间，如今湖南一带。这句诗是说：如今在这江南风景最美好的时候。

落花时节又逢君。在飘零的落花之中，竟然再次与您相逢。“落花时节”在这首诗里有多层含义，表面上是写两人相逢的季节，但其实也暗喻着大唐帝国由盛转衰的局面；同时，作为人生的岁月，两人都到了暮年，算是人生的落花时节了。

不论是在岐王家里还是在崔九家里见面，那时候，杜甫也好，李龟年也好，整个国家也好，都处于最好的时期。而现在呢，在江南，两个人都是流落异乡、潦倒凄凉。国家也因为安史之乱衰落了，个人因为战争，生活也受到了很大的影响。在这里，杜甫虽然没有明说，但是字里行间流露的，都是人世沧桑之感，表现出了对国事凋零、人们颠沛流离的感慨。

练　习

1.“正是江南好风景，落花时节又逢君”中的“落花时节”有何象征意义？

2.请分析杜甫在《江南逢李龟年》一诗中是如何运用对比手法来抒发自己的情感的。

岑参篇

第五十九日

马上相逢无纸笔，凭君传语报平安

之前我们在读王昌龄的诗歌的时候，提到过边塞诗。唐朝边塞诗派的代表人物，除了有王昌龄、高适等，还有岑参。高适和岑参，并称为“高、岑”，他们都是擅长用七言诗写作边塞生活的诗人。古人严羽评价说：“高岑之诗悲壮，读之使人感慨。”

岑参家世显赫，他的曾祖父、伯祖父、伯父都做过宰相，他父亲混得虽然不怎么好，但是也做过刺史。本来岑参的人生之路应该是一帆风顺的，一片光明的，可惜啊，大概在他十岁的时候，他的父亲去世了。于是一切都变了，家里的顶梁柱没了，经济收入也没了，日子过得苦哈哈的。好在还有哥哥，岑参就跟他的哥哥学习。到九岁的时候，聪明的岑参就能够写诗作文了。二十多岁的时候，他来到了京城长安，想谋取个官职什么的，不过老天爷这时候好像不怎么喜欢他，他想尽了办法也没有什么结果。到了三十岁的时候，他终于考中了进士，拿到了做官的入门证书。

这时候的唐朝已经开始走下坡路了，皇上安于享乐，朝廷的大权掌握在李林甫、杨国忠等奸臣手里，不是说你有才华就可以出人头地的，再说了，有才华的人多了，没有背景的岑参，又算老几呢。所以，后来岑参就来到了安西四镇节度使高仙芝这里，进入了幕府，做些出谋划策的工作。再后来，他又加入安西、北庭节度使封常清的幕府，担任判官。正是这两次到安西，两次出塞的经历，不仅让岑参积累了后来升迁做官的资本，也造就了一个伟大的诗人。你可能要问了，安西是哪里啊？这安西啊，是唐朝时候西北地区的一个地方，这个地方的长官，比如前面咱们说的高仙芝，管辖着这片广阔的土地。咱们今天读的这首《逢入京使》，就是岑参在去安西的途中写作的。

逢入京使

故园东望路漫漫，双袖龙钟泪不干。

马上相逢无纸笔，凭君传语报平安。

故园东望路漫漫。“故园”指长安，岑参的家在这里。长安也是唐朝的都城，也就是现在的西安。故园也有“家乡”的意思，李白在《春夜洛城闻笛》中写到的“此夜曲中闻折柳，何人不起故园情”，其中的故园就是指家乡。“漫漫”可以用来形容时间或地方长远而无边无际的样子。这句诗的意思是向东遥望着家乡，前面的路是那么漫长遥远。

双袖龙钟泪不干。“龙钟”这个词一定要注意，咱们常看到的成语“老态龙钟”指的是一个人年老体衰，行动不方便。但是在这里，它的意思是沾湿的样子。这句诗的意思是说想起家人，两只衣袖都被眼泪沾湿了，可是泪水还是不住地流下来。

马上相逢无纸笔。骑马走在路上，和您这位进京的使者相逢，（想写封家信请您带回去）却没有纸笔。

凭君传语报平安。“凭”在这里就是托、委托的意思。诗人说那就麻烦您给家人带个口信吧，说我在这荒远的边塞，一切平安。

这首诗描写了诗人远涉边塞，在路上遇到回京的使者，托使者带平安口信，以安慰远方家人的场面，具有浓烈的人情味，表现的就是对故园和家人的思念。诗歌语言朴实，不加雕琢，却包含着两大情怀，思乡之情与渴望功名之情，一亲情一豪情，交织相融，真挚自然，感人至深。

过了几年，岑参终于回到了长安，后来当了嘉州刺史，所以，后人也叫他岑嘉州。

练 习

1. 诗中写诗人由于行色匆匆，只能用捎口信的方式表达对亲人的思念之情的句子是：________________________。

2. “双袖龙钟泪不干”中“龙钟”的含义是什么，这句诗表达了诗人怎样的情感？

第六十日

忽如一夜春风来，千树万树梨花开

公元754年，诗人岑参再次出塞，这一次，他是去出任安西北庭节度使封常清的判官。在唐朝，节度使等朝廷派出的持节大使，可以委任幕僚协助判处公事，这些人被称为判官，是节度使、观察使等人的僚属。当时北庭节度使的驻地地处天山以北，气候恶劣，但在充满豪情的诗人眼中，却并不是这样。来到这里的岑参，和自己的前任武判官交接了工作，在送他回京城的时候，提笔写下了这首《白雪歌送武判官归京》。

白雪歌送武判官归京

北风卷地白草折，胡天八月即飞雪。
忽如一夜春风来，千树万树梨花开。
散入珠帘湿罗幕，狐裘不暖锦衾(qīn)薄。
将军角弓不得控，都护铁衣冷难着。
瀚海阑干百丈冰，愁云惨淡万里凝。
中军置酒饮归客，胡琴琵琶与羌笛。
纷纷暮雪下辕门，风掣红旗冻不翻。
轮台东门送君去，去时雪满天山路。
山回路转不见君，雪上空留马行处。

北风卷地白草折，胡天八月即飞雪。“白草”是西域地区一种草的名字，它在秋天的时候会变成白色，所以叫白草。“胡天”指西域的天空。古人把北方或西域的少数民族称为胡，胡人所在的天空自然就是胡天了。这两句诗是说北风席卷着大地把白草都吹折了，胡地的天空八月份就飘起了漫天飞雪。

忽如一夜春风来，千树万树梨花开。就好像一夜之间忽然有春风吹来，千树万树的梨花绚丽地盛开。这两句一定要注意，它是用比喻的手法来写大雪，比喻雪花积在树枝上，像梨花开了一样，并不是描述春天的景色。

散入珠帘湿罗幕，狐裘不暖锦衾薄。“珠帘”是用珍珠串成或饰有珍珠的帘子，用来形容帘子的华美。“罗幕”是用丝织品做成的帐幕，形容帐幕的华美。“狐裘”是狐皮袍子。“锦衾”是锦缎做的被子。这两句诗是说雪花飘进珠帘打湿了罗幕，穿着裘皮大衣感觉不到温暖，盖着锦被也显得单薄。这是形容天气寒冷。

将军角弓不得控，都护铁衣冷难着。“角弓”是两端用兽角装饰的硬弓。“控”是拉开的意思。“都护”是唐朝的官职名，当时曾在西北边疆地区设置了安西、北庭等六大都护府，每个府中都有大都护，负责管理各种事务。这里指镇守边镇的长官。“铁衣”是护身的铁甲。这两句诗的意思是将军的手冻僵了，角弓都不能拉开了，都护的铁甲也因为寒冷不能穿着。

瀚海阑干百丈冰，愁云惨淡万里凝。这里的“瀚海”一般都认为是指沙漠。也有说法认为陡峭的山崖所形成的坡谷叫瀚海，封常清曾经担任瀚海军使，这里指北庭都护府下的瀚海军。“阑干”是纵横交错的样子。“惨淡”是阴暗、昏暗无光。这两句诗的意思是陡峭的山谷到处都覆盖着百丈坚冰，惨淡的愁云凝聚在万里长空。

中军置酒饮归客，胡琴琵琶与羌笛。“中军”本来指主帅自己亲自率领的军队，这里指主帅的营帐。古代把军队分为中、左、右三军，中军为主帅的营帐。“归客”指回去的人，就是题目中的武判官。胡琴、琵琶、羌笛都是当时西域地区少数民族的乐器。“羌笛”是羌族的管乐器，在很多古诗中都有出现，比如王之涣的“羌笛何须怨杨柳，春风不度玉门关”，王昌龄的“更吹羌笛关山月，无那金闺万里愁”，李颀的“今为羌笛出塞声，使我三军泪如雨”。这两句诗是说中军大帐里设置酒宴为武判官饯行，席间弹奏着胡琴、琵琶和羌笛。

纷纷暮雪下辕门，风掣红旗冻不翻。古代帝王出巡宿营的时候，用车环绕起来，出入的地方用两辆车的车辕相向竖立，形成半圆形的门，这个门就叫辕门，后指将帅的营门。“掣”是牵引、拉、扯的意思。这两句诗是说傍晚时分辕门之外大雪纷飞，狂风劲吹，红旗被冻住了不能翻动。

轮台东门送君去，去时雪满天山路。“轮台”是地名，唐朝的轮台在今新疆境内。天山是位于新疆的重要山脉，把新疆大致分成两部分：南边是塔里木盆地，北边是准噶尔盆地。“满”，铺满，这里是形容词活用为动词。这两句诗的意思是在轮台东门外送你回京，临行时茫茫白雪布满了天山的道路。

山回路转不见君，雪上空留马行处。这两句诗的意思是山回路转看不见您的身影，雪地上空留下马蹄经过的踪迹。这里抒发了诗人对友人的依依惜别之情。

这首诗生动地描绘了西北边疆奇寒而壮丽的雪天风光，充满着浓郁的边地军营生活气息，表现了诗人从军戍边的豪情和雪中送友的依依惜别之情，是边塞诗中的杰作。

练　习

1.“忽如一夜春风来，千树万树梨花开”历来为人们所称赞，请分析其妙处。

2.“瀚海阑干百丈冰，愁云惨淡万里凝”运用了什么手法，有什么样的表达效果？

第六十一日

遥怜故园菊，应傍战场开

今天咱们读的这首诗，是岑参的一首小诗，叫《行军九日思长安故园》。写这首诗时，正是安史之乱时期，当时唐朝的都城长安被叛军占领，诗人岑参正跟随唐肃宗行军到凤翔地区。“九日”在这里指农历九月九日，也就是重阳节。重阳节是咱们中国的传统节日，在这一天，人们有登高、赏菊、饮菊花酒、插茱萸等习俗。

行军九日思长安故园

强欲登高去，无人送酒来。

遥怜故园菊，应傍战场开。

强欲登高去。勉强地想要按照习俗去登高饮酒。“强”是勉强的意思，是不愿为之而又不得不为之的心态体现。

无人送酒来。可是却没有像王弘那样的人把酒送来。这里引用了一个典故，据《南史·隐逸传》记载，陶渊明有一次过重阳节，没有酒喝，就在宅边的菊花丛中独自闷坐，这时正好江州刺史王弘送酒来了，于是二人醉饮而归。岑参独自一人远在异乡，其中的惆怅、凄凉，真是难以言表啊！

遥怜故园菊，应傍战场开。我在远方想念长安故园中的菊花，这时它应该正寂寞地在战场旁边盛开。“怜”是可怜的意思，“傍”是靠近的意思。“遥怜”二字别有韵味，岑参运用想象，展开联想，描绘了遥远的家乡盛开的菊花，虽然那里还是战场，还在受战争的侵扰伤害。这里，诗人已经不是单纯地表达对故乡亲人的思念，更寄托了对饱经战乱的人民的同情和对和平的渴望。

这首诗以重阳登高为题，表达的不是一般的节日思乡之情，而是对国事的忧虑和对战乱中人民疾苦的深深关切。全诗语言朴实，构思精巧，是一首言简意深、耐人寻味的抒情佳作。

练　习

1. 请简述《行军九日思长安故园》表达了诗人怎样的思想感情。

2. 请从艺术手法和情感表达方面赏析“遥怜故园菊，应傍战场开”。

张继篇

第六十二日

姑苏城外寒山寺，夜半钟声到客船

咱们中国古代文学史上有些事情是很有意思的。有的人一辈子写了几万首诗，也没人认可他是个诗人，比如说乾隆皇帝；有的人一辈子只写了几十首诗甚至几首诗，就流传千古，成了著名诗人，比如说唐朝的张继。

说起张继，人们连他确切的出生年月都不能确定，也没有人能详细地叙述他的生平事迹，但是，他的《枫桥夜泊》这首诗，却无人不知，无人不晓。

枫桥夜泊

月落乌啼霜满天，江枫渔火对愁眠。

姑苏城外寒山寺，夜半钟声到客船。

在一个秋天的夜晚，诗人张继来到了苏州城外。也许是天色太晚不能进城住进客店了吧，他乘坐的小船就停泊在了枫桥边上。枫桥在现在苏州城西，寒山寺的边上。诗人在这里，看着月亮、渔火，听着乌鸦的啼叫、寺庙的钟声，灵感突发，写下了这首诗。

月落乌啼霜满天。这句诗的意思是：月亮将要落下，一群乌鸦啼叫着，寒气满天。这里的“霜”要注意下，它本来是秋天的时候因为昼夜温差大，由水汽形成的白色的结晶，一般会在草上、树上，不可能在天上。所以，这里的“霜满天”可以理解为寒气逼人，说明当时已经是深秋时节了。

江枫渔火对愁眠。这句诗的意思是：我对着江边的枫树和船上的渔火，满怀忧愁地睡去。“江枫”也有人说应该解释为江桥和枫桥，但是这样的话，对这首诗的意境来说，美感就减少了，所以，一般情况下，人们都解释为江边的枫树。而且，苏州是有枫树的，每年到了深秋，枫叶变红，非常漂亮。

姑苏城外寒山寺，夜半钟声到客船。“姑苏”是苏州的别称，因为姑苏山而得名。苏州是咱们中国著名的历史文化名城，从春秋时期伍子胥帮助吴王建造城池，到现在有二千五百多年的历史了。苏州的园林有“江南园林甲天下，苏州园林甲江南”的说法，被联合国列为“世界文化遗产”。

寒山寺是在枫桥旁边的一座寺庙。寒山寺本来就是僧人寒山建立的一个寺庙，没什么名气，但是，因为张继写了这首诗，寒山寺名声大振。这一点，咱们也可以说，诗歌等文学作品的力量还是非常强大的。

这两句诗的意思是：姑苏城外的寒山寺里半夜敲响的钟声，传到了我乘坐的客船上。

这首诗里，诗人讲述了一个客船夜泊者对江南深秋夜景的观察和感受，勾画了月落乌啼、霜天寒夜、江枫渔火、孤舟客子等景象，有景有情有声有色。此外，这首诗也把诗人漂泊在外的愁思，对国家前途的忧虑（当时是安史之乱时期），以及身处乱世身无归宿的顾虑充分地表现出来，是写愁的代表作。

练　习

1. 请分析《枫桥夜泊》这首诗的艺术特色。

2. 在这首诗中，诗人是如何运用景物描写来表达思想感情的？

韩翃篇

第六十三日

春城无处不飞花，寒食东风御柳斜

在中国的传统中，有二十四节气的说法。二十四节气有哪些呢？

二十四节气有立春、雨水、惊蛰、春分、清明、谷雨、立夏、小满、芒种、夏至、小暑、大暑、立秋、处暑、白露、秋分、寒露、霜降、立冬、小雪、大雪、冬至、小寒、大寒。二十四节气能反映季节的变化，指导人们的农业生产活动，影响着千家万户的衣食住行。现在，它已经是“世界非物质文化遗产”

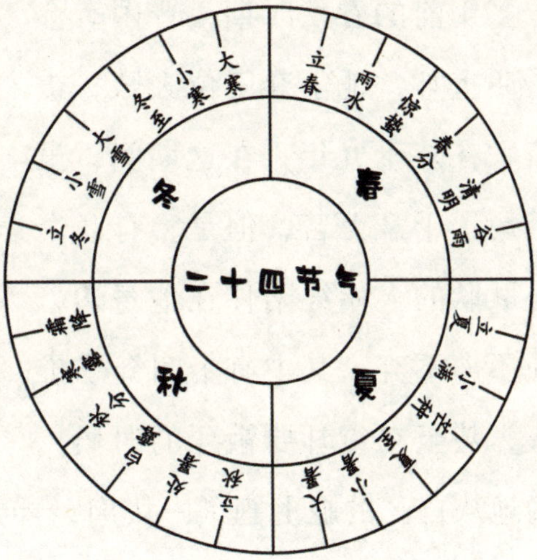

二十四节气图

了。为了便于记忆，人们还创作了二十四节气歌：

春雨惊春清谷天，夏满芒夏暑相连。
秋处露秋寒霜降，冬雪雪冬小大寒。
每月两节不变更，最多相差一两天。
上半年来六廿一，下半年是八廿三。

今天我们来说说和清明节气相关的中国传统的节日，也就是寒食节，我们来读一首跟寒食节有关的诗，名字叫《寒食》，作者叫韩翃（hóng）。

寒　食

春城无处不飞花，寒食东风御柳斜。
日暮汉宫传蜡烛，轻烟散入五侯家。

寒食节是怎么来的呢？相传在两千多年前的春秋时期，晋国有个公子叫重耳，他争夺王位失败，被迫流亡在外十九年，在这期间，虽然经历了千辛万苦，但是，有几个忠心耿耿的人始终陪伴在他身边，对他不离不弃。其中有个叫介子推的人，甚至在重耳要饿死的时候，偷偷地从自己的腿上割了一块肉，弄熟了给重耳吃了。后来，重耳回到晋国当了国君，就是后来鼎鼎大名的“春秋五霸”之一的晋文公。这个晋文公当了国君，对跟随自己的大臣都是又封官又赏钱的，就是漏掉了介子推。

后来晋文公在别人的提醒下想起来了，就派人去找介子推，可介子推不来，晋文公想毕竟是自己犯了错误啊，就亲自去请他吧，但是介子推还是不见他，带着老娘跑到山里去隐居了。山高林密的，怎么找啊！就有人给晋文公出了个主意说，可以从三面放火烧山，等火一起来，介子推肯定会从没有火的那一面下来，就搞定了啊！晋文公一听，也对啊，真是个好办法！来人啊，点火！据说这火烧了三天三夜才熄灭，可惜，到最后也没看到介子推下来，晋文公就赶紧派人去山上找，找啊找啊，终于找到了。不过找到的是尸体，介子推带着老娘，死死地抱着一棵树，被烧死了。晋文公很后悔，厚葬了介子推，并且规定，每年的这时候，所有人家里都不能点火做饭，要吃前一天做的冷食，以此来纪念介子推，这就是寒食节的来历。

寒食节的时间是清明节之前的一天或两天。后代在寒食节的时候，发展出了很多的风俗，比如吃青团、踏青、荡秋千、蹴鞠等。

今天这首诗的作者韩翃是唐朝人，虽然他名列“大历十才子”之一，算是很有才华的人了，但是在前期，他的人生之路似乎并不顺利，直到他写了这首《寒食》，才被当时的皇上赏识，步步高升，还做了中书舍人。唐朝时期的中书舍人掌管诏令，参与机密要事，是皇帝身边的近臣，地位也算是很高了。

春城无处不飞花。长安城里没有地方不飞舞着落下的花瓣，也许，还有飘飞的柳絮。这句诗里面点明了时间，落花时节正是暮春，也就是春天快结束的时候。不过要注意，这里的“春城”，指的是春天的京城，可不是别名为春城的昆明。

寒食东风御柳斜。寒食节的时候，东风吹拂着皇家花园里的柳枝。在古代，皇上用的东西都被叫作御用的。所以这里的御柳，就是皇家花园中的柳树。

日暮汉宫传蜡烛。太阳落山了，皇宫里开始一个接一个地点燃了蜡烛。

这里表面是说汉朝的皇宫，但其实指的是唐朝的皇宫。在唐诗里，用汉朝来指唐朝的例子很多，比如白居易的《长恨歌》一开始就说“汉皇重色思倾国，御宇多年求不得”，这里的汉皇，并不是说汉朝的皇帝。

轻烟散入五侯家。袅袅的青烟也飞入了五侯这些达官贵人的家里。“五侯”，汉朝时，汉成帝封王皇后的五个兄弟王谭、王商、王立、王根、王逢时为侯，时人称之为五侯。前面说了，在唐诗里，很多时候都是借汉朝来指唐朝，所以，这里的五侯指的是皇帝身边的王公大臣，指当时的权贵豪门。这种借古代的事情来说现代事情的手法，就是借古讽今。

这首诗前两句写的是白天的风光，描写了整个长安落红无数的迷人春景和皇宫园林中的风光；后两句则是写夜晚的景色，生动地刻画出了一幅夜晚走马传烛图，使人如见蜡烛之光，如闻轻烟之味，充满了对京城长安春色的陶醉和对盛世承平的歌咏。同时，作为一首政治讽刺诗，它也借对权贵豪门生活的描写，表现了对时政的讽刺。

练　习

1. 请简要描述“春城无处不飞花，寒食东风御柳斜”所描绘的景象。

2. “日暮汉宫传蜡烛，轻烟散入五侯家”有何寓意？

刘长卿篇

第六十四日

柴门闻犬吠，风雪夜归人

刘长卿，字文房，唐朝诗人。他为人刚正，不为小人所容，曾经多次被诬陷而贬官。最后官终随州刺史，所以世称刘随州。刘长卿尤其擅长五言诗，自称“五言长城”。今天咱们读的这首《逢雪宿芙蓉山主人》是他的代表作。

逢雪宿芙蓉山主人

日暮苍山远，天寒白屋贫。
柴门闻犬吠，风雪夜归人。

诗歌标题中的“宿”是投宿、借宿的意思。在一个下雪的夜里，诗人经过芙蓉山，因为遇到大雪向主人借宿。

日暮苍山远。“日暮”是傍晚的时候，这里点明了时间。天就要黑了，诗人正走在路上，往前看，苍山遥远迷蒙，估计是到不了目的地了，怎么办？只好找地方借宿一晚了。这就暗示了长途跋涉的艰难，写出了诗人急于投宿的心情。

天寒白屋贫。天气十分寒冷，住宿条件再简陋，主人家再贫穷也没有办法啊。“白屋”是用茅草覆盖的房屋，也就是茅草房，是贫民居住的房子。

这两句的意思是说：暮色就要降临，山色苍茫前路遥远，在这严寒的天气中主人的茅草屋更显得贫困。这两句诗中“寒”“白”“贫”三个字互相映衬，渲染出了贫寒、清白的气氛。

后面两句，诗人从视觉转向听觉。

柴门闻犬吠。柴门、柴扉都是用树枝竹枝之类的木材做成的门，都是穷人家才用的，和前面的贫相对应。这时候，传来了柴门打开的声音，也传来了狗叫的声音。这是为什么呢？

风雪夜归人。大概是主人冒着风雨回来了吧！

这首诗按照时间顺序，用非常凝练的笔法，描绘出了一幅行人暮夜投宿、主人风雪晚归的风雪夜归图，表达了山居荒寒之感，触发了旅人孤寂之情，也表达了诗人对劳动人民清贫生活的同情。

练　习

1. 这首诗描绘了一幅什么样的图景？

2. 这首诗表达了诗人怎样的思想感情？

韦应物篇

第六十五日
春潮带雨晚来急，野渡无人舟自横

提起唐朝的山水田园诗派的代表人物，咱们一般想起的是“王孟”，也就是王维和孟浩然。其实，还有一种说法，叫“王孟韦柳”。这是哪四个人呢？是王维、孟浩然、韦应物和柳宗元。今天咱们读的这首《滁州西涧》，就是韦应物写的山水诗。

韦应物

韦应物他们的韦氏家族在唐朝时候是名门望族，势力很大。所以，15岁的时候，韦应物就在唐玄宗身边工作，算是皇上身边的护从侍卫。也正因为这个，作为“官二代”的他貌似是个问题少年，横行乡里，当地的百姓都深受其害，不喜欢他。后来，不知道是什么原因，韦应物忽然浪子回头了，开始发奋读书，成了一个勤政爱民的好官。因为他曾经担任过苏州刺史，后来人们叫他“韦苏州”。当然了，他也在滁州做过官。

说到安徽滁州这个地方，唐朝的时候还不是很有名，到了宋朝，就开始变得有名了。这是因为欧阳修到这里做官了，还在这里修了个醉翁亭，写了篇《醉翁亭记》。一篇文章，让一座城市名扬天下，由此可见，文字的力量是多么大啊！

滁州西涧又叫上马河，在滁州城西的郊外。

滁州西涧

独怜幽草涧边生，上有黄鹂深树鸣。

春潮带雨晚来急，野渡无人舟自横。

独怜幽草涧边生。“怜”是喜欢、喜爱的意思。“幽草”是幽静的山谷里的小草。生长在这里的小草，虽然没有人去关注，但仍然坚强地生长，不去取悦别人，具有高尚的品德。说到“幽草”，最具代表性的应该是兰花。咱们可能见过“空谷幽兰”这个词，兰花生长在人迹罕至的山谷里，不管有没有人看到它，不管有没有人喜欢它，它都照样开花，照样散发出清香，于是，人们就称之为君子。韦应物这时看到的虽然不是兰花，但他也喜欢这样的草，流露出了他恬淡的心境。这句诗的意思是：我只喜爱生长在幽静的山谷中的小草。

上有黄鹂深树鸣。“深树”的意思是枝叶茂盛的树。这句诗的意思是：上面有黄鹂在枝叶茂盛的树上鸣叫。

春潮带雨晚来急。“春潮”是春天的潮汐。这句诗的意思是：春天的潮汐伴着夜雨流得很湍急。

野渡无人舟自横。“渡”是渡口，“野渡”是在荒野中的渡口。“横”在这里的意思是“随意漂浮”。这句诗的意思是：荒野中的渡口没有人，只有小船在风雨中随意漂浮。

在这首诗中，诗人开篇描写幽草，用“独怜”这个词来搭配，表露出了诗人安贫乐道、保守节操、不媚俗的胸襟；后面两句在水急舟横的悠闲景象中，又蕴含着一种不在位、不被任用的无奈、忧虑、悲伤的情怀。也许，在韦应物心里，自己就是那只小船吧！

练习

1. 请简要分析“独怜幽草涧边生，上有黄鹂深树鸣”表现的意境。

2. “春潮带雨晚来急，野渡无人舟自横”描绘了怎样的景象？表达了诗人怎样的情感？

卢纶篇

第六十六日

月黑雁飞高，单于夜遁逃

唐朝，在文学史上可以分为初唐、盛唐、中唐和晚唐四个时期。初唐时期有“初唐四杰”，在盛唐时有诗仙李白、诗圣杜甫这样的大人物，在晚唐时有“小李杜”这样的著名诗人。在中唐时期，不仅有白居易这样的大诗人，也有“大历十才子”这样的诗人群体。那么，“大历十才子”是哪十个才子呢？

一般情况下，大历十才子是指李端、卢纶、吉中孚、韩翃、钱起、司空曙、苗发、崔峒、耿沣、夏侯审这十个人，其中咱们比较熟悉的，是卢纶和韩翃。

今天，咱们就来读一首卢纶的《塞下曲》。

《塞下曲》是唐代的乐府歌曲，从内容上看，很多都是描写边塞的军事生活，可以说是一种军歌。像李白等著名的诗人都曾经写过《塞下曲》。卢纶写的《塞下曲》一共六首，我们先来看第二首：

塞下曲（其二）

林暗草惊风，将军夜引弓。

平明寻白羽，没在石棱中。

这首诗里有一个故事，跟汉朝的将军李广有关。据司马迁的《史记》记载："广居右北平，匈奴闻之，号曰'汉之飞将军'，避之数岁，不敢入右北平。"这是说李广在担任右北平太守的时候，因为打仗很厉害，匈奴人称他为"飞将军"，好几年都不敢入侵右北平。

林暗草惊风，将军夜引弓。密林中光线幽暗，一阵劲风把草木惊动。将军在夜里外出打猎，（看到这种情况）拉开了弓箭。"引"的意思是拉开。

平明寻白羽，没在石棱中。"平明"是天刚亮的时候。"白羽"本来指箭竿上的白色羽毛，这里指箭。"没"指陷入。"石棱"本来指石头的边角，这里指石头缝隙。这两句诗的意思是：天刚亮的时候，将军派人去寻找那支白色的羽箭，结果看到箭头被深深地射进了石头之中。

这首诗描写的是一位将军夜里外出打猎的事情，表现了他的警惕和勇猛。

下面我们来看卢纶《塞下曲》的第三首。

塞下曲（其三）

月黑雁飞高，单(chán)于夜遁(dùn)逃。

欲将轻骑逐，大雪满弓刀。

月黑雁飞高。你应该听到过这样的句子，叫"月黑风高夜"，其中"月黑"的意思是没有月光。这句诗的意思是：在没有月光的黑夜里，大雁（因为受到了某种惊扰）高飞而起。

单于夜遁逃。“单于”是匈奴人对他们的部落首领（相当于王）的称呼，意思是“广大”。著名的单于有冒 (mò) 顿 (dú) 单于、呼韩邪 (yé) 单于等。冒顿单于给咱们留下了“鸣镝弑父”的故事，汉代的大美女王昭君出塞和亲，嫁的就是呼韩邪单于。后来，在诗文里，单于就成了少数民族首领的代称了。“遁”的意思就是逃走。这句诗的意思是：单于想要趁着夜色逃走。

欲将轻骑逐。“将”在这里是率领的意思。“轻骑”，是装备轻便而且行动迅速的骑兵。这句诗的意思是：（将军）想要率领着轻骑兵去追逐敌人。

大雪满弓刀。这句诗的意思是：这时候大雪纷飞，落满了将士们手里的弓箭和刀。

这首诗，描写了敌军首领带领着残兵败将，趁着风高月黑的夜晚慌乱溃逃的场景。唐朝的轻骑兵在将军的带领下，准备乘胜追击。虽然天寒地冻，但将士们却不惧严寒，个个斗志昂扬，信心十足。风雪交加的寒冷环境更加衬托出将士们杀敌的热情，表现了边疆战士们的艰苦生活和豪迈的英雄气概！

练习

1. 请描述“月黑雁飞高，单于夜遁逃”所展现的画面。

2. “欲将轻骑逐，大雪满弓刀”表达了诗人怎样的思想感情？

李益篇

第六十七日

不知何处吹芦管，一夜征人尽望乡

今天，咱们要读的是一首边塞诗，叫《夜上受降城闻笛》，它的作者是李益。李益是唐朝大历年间的诗人，和著名诗人李贺齐名。他的作品在当时很受欢迎。

公元 780 年深秋或初冬，李益来到灵武，依附朔方节度使崔宁。在这期间，他写下了著名的《夜上受降城闻笛》。

夜上受降城闻笛

回乐烽前沙似雪，受降城外月如霜。

不知何处吹芦管，一夜征人尽望乡。

回乐烽前沙似雪，受降城外月如霜。“回乐烽”为烽火台名。“受降城”，唐初名将张仁愿为了防御突厥，修筑了受降城。这两句诗的意思是，回乐

烽（峰）前的沙漠（在月光照射下）像雪一样，受降城外的明月皎洁像霜。

这里诗人登城远望，看到大漠似雪，月光如霜。雪和霜本身都是寒冷的，所以诗人开始就营造了一种荒凉凄冷的气氛。诗人采用了比喻的修辞方法，把月下大漠比作白雪，将明月比作寒霜，生动而形象地写出了大漠的荒寒和月色的凄冷，烘托了人物悲凉的心情，为下文思乡作铺垫，达到了情景交融的效果。

不知何处吹芦管，一夜征人尽望乡。芦管即芦笛。征人是出征或戍边的军人。这两句诗的意思是，不知道什么地方有人吹起了芦笛，将士们整夜都在遥望故乡。夜色之中传来的笛声，让大家想起了遥远的家乡，于是，戍边将士们浓烈的思乡之情就自然抒发出来。

这首诗寓情于景，以景写情，一、二句的景，如霜的月光和月下雪一般的沙漠，正是触发征人乡思的典型环境，也为最后一句抒发思乡之情作铺垫，达到了情景交融的地步，也让人感受到一种苍凉旷远的意境。

练　习

1. 诗中表现边塞荒寒凄冷的句子是：＿＿＿＿＿＿＿＿＿＿＿＿＿＿＿＿＿＿＿＿。

2. 本诗是如何抒发思乡之情的？试简要分析。

孟郊篇

第六十八日

谁言寸草心，报得三春晖

这个世界上，最伟大的感情，就是母爱。

今天，咱们就来读一读唐代诗人孟郊写的一首歌颂母爱的诗——《游子吟》。

孟郊被称为“诗囚”，和贾岛齐名，苏轼评论他们是“郊寒岛瘦”。孟郊的经历比较坎坷，年轻时性格孤僻，不喜欢和别人交往，在河南嵩山隐居。直到四十一岁的时候，才去参加进士考试，不过，考了三次才考中，这时候，孟郊已经四十六岁了。当时的孟郊激动万分，写下了“春风得意马蹄疾，一日看尽长安花”的诗句。当然了，这么大年龄的人，飞黄腾达做大官的可能性已经很小了，所以，直到五十岁时，孟郊才得到了一个溧阳县尉的芝麻官，结束了长年漂泊流离的生活。孟郊是个孝子，有了稳定的工作，就把母亲接来和他一起住。诗人仕途失意，饱尝了世态炎凉，这时候更加感觉亲情可贵，于是写出这首发自肺腑、感人至深的颂母之诗。

游 子 吟

慈母手中线，游子身上衣。
临行密密缝，意恐迟迟归。
谁言寸草心，报得三春晖。

这首诗的名字叫《游子吟》。“游子”就是远离家乡、漂泊在外的人。“吟”的意思是低声地哼唱。游子在古诗词里出现得很多，像“浮云游子意，落日故人情”，像“江南游子，把吴钩看了，栏杆拍遍”等，数都数不过来。

慈母手中线，游子身上衣。这两句诗的意思是说：慈祥的母亲手里拿着针线，缝着要出远门的儿子身上的衣服。其实，母亲缝的不仅仅是衣服，更是对儿子深深的爱。

临行密密缝，意恐迟迟归。“意恐”的意思就是心里担心。担心什么呢？担心儿子“迟迟归”，也就是担心儿子长时间不能回家来。这两句诗的意思是说：儿子临行之前，把衣服给他缝得密密的，因为担心儿子长时间不能回家来。儿子出门在外，如果衣服破了怎么办呢？所以母亲就缝得密密的，结结实实的，让它不会破掉。衣服不会破，儿子也就不会受冻了。这里体现出了母亲对儿子的爱。

谁言寸草心，报得三春晖。“寸草”象征子女。“心”，草木的茎干也叫作心，这里是一语双关。“三春”，咱们中国的农历里，把正月称为孟春，二月称为仲春，三月称为季春，合在一起称三春。“晖”是阳光的意思。所以，“三春晖”就是春天灿烂温暖的阳光，形容母爱像春天一样温暖，像和煦的阳光照耀着自己的子女。这两句诗的意思是：谁说子女像小草一样微弱的孝心，能够报答像春天灿烂的阳光一样的母爱呢？

这首诗孟郊使用朴实的语言，没用华丽的辞藻，却表达出了真挚的感情，一千多年来引起无数游子的共鸣，是歌颂母爱诗歌的代表作。

练 习

1. 把母爱比作春天温暖和煦的阳光，表示子女的爱无法与真挚的母爱相比的句子是：______________________________。

2. 说说你对“谁言寸草心，报得三春晖”的理解。

韩愈篇

第六十九日

杨花榆荚无才思，惟解漫天作雪飞

韩愈，字退之，世称韩昌黎，是唐朝著名的文学家，也是当时的文坛领袖。韩愈最突出的成就是在散文方面，他和柳宗元一起领导了“古文运动”，对唐朝以及唐朝以后的散文写作都有深远的影响，后来他们两人被并称为“韩柳”，都被列入了“唐宋八大家”。在诗歌方面，韩愈也有较高的成就，今天我们就来读一首韩愈的诗歌《晚春》。

晚　春

草树知春不久归，百般红紫斗芳菲。

杨花榆荚无才思，惟解漫天作雪飞。

草树知春不久归。这句诗的意思是花草树木知道春天不久之后就要回去了。一个“知”字，让我们感受到花草树木是有感情的，这是拟人的修辞方法。春天不久之后就要回去，说明此时为暮春时节。暮春时节在很多诗人的笔下，因为大好春光即将离去，百花即将凋零，都是比较伤感的，诗人往往会感叹韶光易逝。可是，在韩愈这里却是下文的景象。

百般红紫斗芳菲。“芳菲”的意思是花草芳香而艳丽，也指花草。这句诗是说它们万紫千红竞相展示美丽芳菲。百花们似乎是想要留住这美好春光，所以一个个地使出浑身解数，吐艳争芳，霎时万紫千红，繁花似锦，尽情舒展生命的本色。不仅是它们，就连普通的柳絮、榆荚也加入了进来。

杨花榆荚无才思，惟解漫天作雪飞。“杨花”就是柳絮，它在暮春时节是非常普通的东西，既没有美丽的颜色也没有芳香的气味，是被很多人无视的。“榆荚”就是榆钱。榆树没有长叶子时，先在枝间生荚，荚小，长得有点像古代的铜钱，荚花呈白色，随风飘落。榆钱味道香甜，可以吃，以前有人用它来做榆钱饭。“才思”意思是才气、才华。“解”的意思是了解、知道。在韩愈眼中，“杨花、榆钱都是没有才华的，所以它们只知道像漫天白雪一样四处纷飞”。

榆钱

这首诗诗人运用拟人的修辞手法、用轻灵生动的语言，描写花草树木得知春天不久就要归去，想要留住它，于是使出浑身解数，吐艳争芳，形成万紫千红、繁花似锦的景象，就连那普通的色不艳花不香的杨花、榆荚也参与其中，因风起舞，化作雪飞，加入了留春的行列，表达了诗人对大好春光的珍惜之情，同时也蕴含应抓住时机，乘时而进，创造美好未来之意。

这里值得注意的是，韩愈说“杨花榆荚无才思，惟解漫天作雪飞”，看起来是对杨花、榆荚这两种事物的揶揄、挖苦，但其中又何尝没有蕴含着赞美呢，一来，如果没有杨花、榆荚，那大好的暮春之景是不是就不完整了呢？是不是就少了点韵味了呢？二来，如果说“百般红紫斗芳菲”的花儿们是所谓的精英、人才，那么，杨花、榆荚就代表着毫不起眼的普通人了，但是杨花、榆荚们不因为自己无才思就自卑，也不害怕别人嘲笑他们班门弄斧，而是尽自己最大的能力，加入竞争，与那些精英们一较高下，为这大好春景增添属于自己的颜色、为美好世界的建设贡献自己的力量！这种精神，难道不值得我们去赞美吗？

练　习

1.“杨花榆荚无才思，惟解漫天作雪飞”描绘了怎样的景象？请用自己的话简单描述。

2.请简要分析“百般红紫斗芳菲”中“斗”字的妙处。

第七十日

云横秦岭家何在，雪拥蓝关马不前

自汉朝起，辞藻华丽的骈文兴起，骈文讲究声律的调谐、用字的绮丽、词汇的对偶和典故的使用，看起来非常华美，读起来又朗朗上口，很有韵律，但是它也有缺点，就是在表达人的思想感情的时候，受到了很多限制。

跟它相反的一种文体，就是散文。散文的特色，是文字质朴自由，句子有长有短，不受格式的约束，有利于表达作者的思想。只可惜，随着骈文的兴起，散文越来越不受重视，人们在写文章时，追求的都是华丽的辞藻、和谐的音律等表面的东西，文章表达的实际意义越来越少。到了唐朝，有人开始意识到这种过分追求形式和外表的文风的不足，提出要改变这种文风，于是发起了古文运动，提倡学习先秦时期的古文，提倡文以载道（文章要蕴含道理，要有意义）。其中的代表人物，就是韩愈。

韩愈是个苦孩子。三岁的时候，他那个官职不高但深受百姓爱戴的父亲就去世了，好在他有个堂兄韩会，还能够抚养他。可惜啊，他的堂兄年纪轻轻（四十多岁）也死了，年少的韩愈只好跟嫂子相依为命。令人欣慰的是，韩愈是个懂事的孩子，自幼攻读六经百家之书，在二十四岁的时候就举进士及第。

韩愈中了进士以后，几经周折，当上了监察御史。这个官，级别虽然不高，但是掌管监察百官、巡视郡县、纠正刑狱等事务。韩愈的脾气很直，肚子里憋不住话，该说的会说，不该说的也会说。有一次，韩愈给皇上上奏章，说宫市（宫中派宦官到民间市场强行买物，口称“宫市”，实为掠夺）如何如何不好，让皇上很难堪。所以，皇上一怒之下，就贬了韩愈的官，让他去做阳山令。在阳山，韩愈认真工作，爱民如子，很快就让当地百姓的生活有了很大的起色，老百姓都很爱这个韩大人，甚至给孩子起的名字，都是爱韩、钦韩之类的。由于韩愈政绩突出，很快，他又回到了都城做官。之后，韩愈屡次升迁，当上了刑部侍郎。可是，他那耿直的脾气又害了他，让他的人生来了一个大转折。

当时的皇上是唐宪宗，他很信佛，所以，他想迎接凤翔法门寺里的佛骨舍利来供养。什么是佛骨舍利呢？据说，佛祖释迦牟尼去世后，按照佛教的规定，进行了火化。等到烧完了之后，留下了很多东西，有的是五颜六色的珠子，人们叫它们舍利子，还有洁白如玉的佛指骨，和颜色有点黑的佛顶骨，也被叫作舍利。这些舍利，对佛教徒来讲，都是神圣的。当时的皇上想要迎接的，就是佛祖的佛指舍利。当时京城里的人，上到王公贵族，下至平民百姓，都为了迎接佛骨舍利而付出了很多，花费大量的金钱还是小事，有些人甚至烧顶灼臂，用极端的自残行为来表现自己对佛祖的虔诚。

舍利

韩愈是不信佛的，所以他认为皇上大张旗鼓地做这些法事是不恰当的，是不对的，就写了一篇《论佛骨表》给皇上，说佛教本来就是外国的东西，不应该过分尊崇，反对迎接佛骨舍利，甚至提出要把舍利子毁掉。皇上看到之后十分生气，甚至打算用极刑处死韩愈。好在有很多人为韩愈求情，于是皇帝一声令下，韩愈就被贬官到潮州担任刺史。

潮州在现在的广东。那时候的广东，可不是现在的样子，不仅经济不发达，而且瘴疠横行，去了之后随时都有生命危险。所以，当他的侄孙韩湘来看他的时候，韩愈就写下了这首著名的《左迁至蓝关示侄孙湘》。

左迁至蓝关示侄孙湘

一封朝（zhāo）奏九重（chóng）天，夕贬潮州路八千。

欲为圣明除弊事，肯将衰朽惜残年。

云横秦岭家何在，雪拥蓝关马不前。

知汝远来应有意，好收吾骨瘴 (zhàng) 江边。

标题中的“左迁”指贬官。关于古代官职的升降，有许多种说法。“迁”是调职或者升职，一般是平级调动。古代的时候是以右为尊，所以左迁就是贬官。“谪”也是贬官，《岳阳楼记》里面就有“滕子京谪守巴陵郡”。“拜”“除”是授予官职，比方说我们常见的“官拜丞相”。另外还有“擢”，是越级升官的意思。“乞骸骨”是指辞官退休。“黜”是罢官的意思。

一封朝奏九重天，夕贬潮州路八千。“一封”指一封奏章，这里说的是韩愈写的《论佛骨表》。从京城长安到广东潮州有数千里之遥，韩愈这里夸张了一点，说有八千里。“朝奏”：早晨送呈奏章。“九重天”：古称天有九层，第九层最高，此指朝廷、皇帝。这两句诗是说：早上写了封奏折给皇上送去，晚上的时候就接到了被贬官到数千里之外的潮州的消息。

欲为圣明除弊事，肯将衰朽惜残年。“圣明”在这里指皇帝。“弊事”指有害的事。我想替皇上除去不好的事情（皇帝迎接佛骨），怎么肯在年老的时候还珍惜剩下的残年时光呢？这个时候，韩愈为了自己认为的正义事业，连命都可以不要了。这就是古代文人的骨气、气节！

云横秦岭家何在，雪拥蓝关马不前。阴云笼罩着秦岭，我的家在哪里呢？大雪堵住了蓝关的道路，马儿也不肯向前走了。秦岭山脉在地理上是中国的南北分界线。

知汝远来应有意，好收吾骨瘴江边。我知道你从远方来看我一定有所打算，正好在瘴江边给我收尸。因为当时广东地区还没有被开发，属于蛮荒之地，多沼泽多瘴气，甚至还有鳄鱼，随时都有丧命的风险。

在这首诗里，韩愈面对贬官的残酷现实，没有忏悔，没有屈服，而是不卑不亢，把满腔的幽怨诉诸笔端。就算是被贬到八千里外的蛮荒之地，他那颗忠君爱国之心也不改变，宁愿牺牲生命，也要坚持自己的观点。远离家乡又怎样，大雪封路马不向前又怎样？他就是坚定自己的信念。在这里，我们看到的是韩愈英雄失路的悲凉感慨！结尾侄孙韩湘来看望他，韩愈认为他是来给自己收尸的，这里面又满含着沉痛与凄凉。整首诗如行云流水，奔放不羁，抑扬顿挫，笔势纵横，极具表现力。

练　习

1.（2017 四川遂宁中考）这首诗的颔联表达了诗人怎样的愿望？体现了诗人怎样的精神？

2.（2017 四川遂宁中考）赏析“云横秦岭家何在，雪拥蓝关马不前”中“横”“拥”两字的表达效果。

3. 本诗表达了诗人怎样的情感和态度？

白居易篇

第七十一日

野火烧不尽，春风吹又生

唐朝著名的大诗人白居易，字乐天，号香山居士，被后世称为“诗魔”。白居易勤奋好学，读书十分刻苦，读得口都生出了疮，手都磨出了茧。白居易十六岁的时候，他觉得自己的学问不错了，就到京城去，拿着他的诗拜访了当时著名的人物顾况。

这个顾况也是个才华横溢的人，几乎从不夸奖别人。他看到白居易的名字，就说：“长安城里吃的住的什么都贵啊，要在这里居住可不容易！”老先生的意思是你还“居易”，哪有这么容易啊！白居易听了这话好像也没有生气，就拿出自己的一首诗给顾况老先生看，顾况看完之后就说：“有这样的才华，就算是居住在天下任何地方都容易！我前面是跟你开玩笑的！”白居易拿出了什么诗让老先生看了之后就改变了态度呢，它就是我们今天要读的《赋得古原草送别》。

赋得古原草送别

离离原上草，一岁一枯荣。
野火烧不尽，春风吹又生。
远芳侵古道，晴翠接荒城。
又送王孙去，萋萋满别情。

这首诗的前四句相信很多人都很熟悉，因为很多书上都用《草》这个题目把前四句作为一首独立的诗，可实际上，它只是咱们今天这首诗里的一部分。

题目中的“赋得”是什么意思呢？在唐朝的时候，考生们是要按照科举考试的规定写诗的（有点像现在的命题作文，不过还要难一点）。这些按照指定、限定的题目写的诗，都要在题目开始加上“赋得”两个字。

离离原上草，一岁一枯荣。“离离”是青草茂盛的样子。“荣”也是指草木茂盛。大自然中的草都是春天新生、茂盛，秋天枯萎，一年一次，周而复始的。这两句诗的意思是：原野上茂盛的青草，一年枯萎一次然后来年新生一次。

野火烧不尽，春风吹又生。这两句诗的意思是：野火也不能把它烧光，第二年春风一吹，它就又重生，长出新的来了。这两句诗展示出了野草顽强的生命力，揭示了大自然中生生不息的自然规律。转移到咱们人身上，就象征着人在逆境之中、在困难之中顽强拼搏、奋发向上的精神。

远芳侵古道，晴翠接荒城。“芳”是花草的香气。“远芳”就是花草的香气传播到远方，实际上也就是草蔓延到了远方。“侵”是侵占，这里就是指野草茂盛，蔓延开来。“晴翠”是在阳光之下，草的颜色十分碧绿。“荒城”是指荒凉偏僻的村落。这两句诗的意思是：荒草蔓延到远方的古道上，在阳光下，碧绿的青草连接到荒城。

又送王孙去，萋萋满别情。“王孙”本来是指贵族的后代，这里指要送别的朋友，远行的友人。“萋萋”是草木茂盛的样子。《蒹葭》里有“蒹葭萋萋，白露未晞”的句子。这两句诗的意思是：又要送朋友离去了，这茂盛的青草也好像饱含着离别的深情。

这首诗中，白居易用了短短四十个字，不仅写出了草的特点，还有送别的感情在里面。白居易没有像其他诗人那样，在送别诗中直接抒发那种难舍难分的心情，而是用拟人的手法来写，这样，不仅时时扣题，也让整首诗意味深长。

练习

1.“野火烧不尽，春风吹又生”揭示了什么样的自然规律？这给我们什么启示？

2.“远芳侵古道，晴翠接荒城”展现出一幅什么样的画面？

第七十二日

卖 炭 翁

唐朝从安史之乱之后，就开始走向衰落，社会变得混乱，社会矛盾也十分尖锐。唐朝中后期的皇帝们在治理国家方面没什么本事，在剥削百姓方面却很有“创造力”。比如在唐顺宗的时候，就搞出了个“宫市”。据韩愈在《顺宗实录》中的记载：贞元末年，皇帝派宦官到宫外去买东西，宦官们随意压低货物的价格，给的所谓的买东西的钱甚至低于货物的成本。开始的时候，宦官们还拿着皇宫里发的证件，证明自己的身份，卖货的人起码还知道自己的货被谁拿走了。到后来，宦官们连证件都不拿出来，直接到市场上，看上了什么货物，就说是宫里要买，随便给几个钱就拿走。百姓们也不知道这些人是不是真的来自宫里，也不敢问，更不敢跟他们讨价还价。有时候，宦官们会用一百钱“买”走人家价值几千钱的东西。这还没完，宦官们还要向百姓收取运输费之类的钱，以至于有些百姓拿着货物到市场去卖，货物是“卖”出去了，可一分钱也拿不到，只好空手而归。你看，这名义上是“宫市”，说是宫里买东西，可实际上不就是抢吗？

白居易和韩愈一样，也注意到了这种现象，还为此写了一首诗，就是《卖炭翁》。

白居易当时和元稹等人，正在搞“新乐府运动”，他们提倡的是“文章合为时而著，歌诗合为事而作”，他们主张恢复古代的采诗制度，发扬《诗经》和汉魏乐府讽喻时事的传统，让诗歌能够起到补察时政、泄导人情的作用，强调以自创的新的乐府题目咏写时事，也就是要用乐府诗的形式，用新题写当时发生的事，叫作新乐府。所以，这首《卖炭翁》，就是以叙事诗的形式写的乐府诗、讽喻诗。

卖炭翁

卖炭翁，伐薪烧炭南山中。满面尘灰烟火色，两鬓苍苍十指黑。

卖炭得钱何所营？身上衣裳口中食。可怜身上衣正单，心忧炭贱愿天寒。

夜来城外一尺雪，晓驾炭车辗冰辙。牛困人饥日已高，市南门外泥中歇。

翩翩两骑来是谁？黄衣使者白衫儿。手把文书口称敕，回车叱牛牵向北。

一车炭，千余斤，宫使驱将惜不得。半匹红纱一丈绫，系向牛头充炭直。

卖炭翁，伐薪烧炭南山中。“伐”的意思是砍伐。“薪”的意思是木柴。烧炭就是把木柴封闭在窑里面，经过不完全燃烧，或者在隔绝空气的条件下热解，最终变成木炭。木炭可以作为燃料，也有很多其他的作用。这两句诗的意思是：卖炭的老翁，在终南山里砍伐木柴烧制木炭。

满面尘灰烟火色，两鬓苍苍十指黑。他满脸灰尘，显出被烟熏火燎的颜色，两鬓头发灰白，十个手指也被炭熏得很黑。“苍苍”的意思是灰白。诗人通过肖像描写，刻画出卖炭翁的相貌，写出劳动的艰辛。

卖炭得钱何所营？身上衣裳口中食。这里诗人用了个设问。卖炭得到的钱做什么用呢？用来换取身上穿的衣裳和嘴中的食物。“营”在这里是谋求的意思。

可怜身上衣正单，心忧炭贱愿天寒。“可怜”他身上只穿着单薄的衣服，心里却担心炭卖不出去，还希望天更寒冷些。身上衣服单薄的老翁不担心自己冷，而担心如果天气不够寒冷自己辛辛苦苦烧制的木炭就不能卖个好价钱，在这里我们可以看出老翁处境的艰难、境遇的悲惨。

老天爷似乎很懂他的心思，帮他实现了愿望。**夜来城外一尺雪，晓驾**

炭车辗冰辙。夜里城外下了一尺厚的大雪，天一亮老翁就驾着装满木炭的牛车碾轧冰冻的车轮印往集市上赶去。

牛困人饥日已高，市南门外泥中歇。牛累了，人饿了，太阳已经升得很高了，老翁就在集市南门外泥泞中停下车歇息。

冒着严寒，卖炭的老翁在大雪之后千辛万苦终于来到了市场，又累又饿的他这时候最希望的应该就是快点有人能够来买自己的炭，最好还能卖个好价钱。这样，自己就能吃顿饱饭，就能再买件御寒的衣服了！“牛困人饥日已高”，这七个字就把路远、车重、雪厚、人苦全部托出。

这里的“市”我们来了解一下。唐朝时对都城长安进行了规划。在皇城的南面设置了东市和西市，作为集中交易的场所。这也是后面为什么说“回车叱牛牵向北”的原因。

翩翩两骑来是谁？黄衣使者白衫儿。“翩翩”是轻快的样子。这里形容宦官得意忘形的样子。“骑”，骑马的人。黄衣使者指宫中派出来买东西的宦官。白衫儿指他们的手下、爪牙。这两句诗的意思是：那得意忘形地骑着两匹马的人是谁啊？是皇宫内的宦官和宦官的手下。前面的卖炭翁是又累又饿衣裳单薄，而这里的宦官却是轻快洒脱，诗人通过对比让我们感受到了当时社会的不公。

手把文书口称敕，回车叱牛牵向北。宦官手里拿着公文，嘴里说是奉皇帝的命令，吆喝着牛调转车头朝北面的皇宫拉去。“把”的意思是拿。“文书”是公文。“敕”是皇帝的命令。你看这些宦官，一句这是皇帝的命令，上来就抢走卖炭翁的木炭，他们是多么专横跋扈、仗势欺人、霸道凶残、蛮不讲理啊！

一车炭，千余斤，宫使驱将惜不得。“将”在这里是助词。“惜不得”是吝惜不得的意思。一车木炭，有一千多斤，宦官们硬是要把牛车赶走，老翁非常舍不得，但又无可奈何。

半匹红纱一丈绫，系向牛头充炭直。宦官们把半匹红纱和一丈绫，挂在牛头上，就充当木炭的价钱了。虽然说唐朝的时候做生意，绢帛等丝织品是可以代替货币使用的，但是，半匹红纱一丈绫的价值远远低于一车炭的价值，这名义上是买，实际上就是抢啊。这句里的“直”通“值”，意思是价钱。

这首《卖炭翁》是讽喻诗，全诗通过描述卖炭翁烧炭、运炭，最终炭被抢的故事，揭露了宫市带给劳动人民的不幸，同时也表现了诗人对下层人民深切的同情。

练 习

1.（2019河北中考）下列对这首诗分析不正确的一项是（　　）

A.这是一首叙事诗，反映了宫市给百姓造成的痛苦，表达了诗人对劳动人民的同情。

B.前六句，点出了劳动场所，刻画了卖炭翁艰辛衰老的形象，也为后文写宫使的掠夺罪行作铺垫。

C.诗中老人驾着炭车在冰天雪地里赶往集市，清晨就在市南门外的泥泞中歇息。

D.“宫使驱将惜不得”的“惜”是舍不得的意思，写出老人的无可奈何和百般不舍。

2.请简要概括《卖炭翁》这首诗的主题。

3.请分析“翩翩两骑来是谁？黄衣使者白衫儿”这句诗中的“翩翩”一词的妙处。

第七十三日

天长地久有时尽，此恨绵绵无绝期

之前咱们读过王维写的《西施咏》，也读过杜甫关于王昭君的《咏怀古迹》，这两首诗都是和四大美女有关的，今天就来读读关于另一个美女杨贵妃的诗。说到写杨贵妃的诗，就不得不提到两个人，一个是李白，一个是白居易。李白写杨贵妃的《清平调》咱们前面已经读过了，今天来读白居易写的《长恨歌》。这是一首长诗，描写了杨贵妃和唐明皇李隆基的爱情故事。

故事的主人公之一是唐明皇李隆基（唐玄宗）。李隆基当皇帝的前期，认真治理国家，任用贤臣，这时候的唐朝社会稳定，经济发达，号称“开元盛世”，社会的各个方面都达到了顶峰。后来，唐明皇骄傲了，他开始宠信奸臣，不理朝政，整天吃喝玩乐，终于导致了安史之乱的爆发。经过八年的安史之乱，唐朝开始走向衰落。不过，在政治之外，李隆基还是个音乐家，可以自己作曲、填词，据说著名的《霓裳羽衣曲》就是他写的。所以后来李隆基被称为“梨园”界的始祖。

故事的另一个主人公是杨贵妃。杨贵妃是个美女，这个人人都知道，就不说了，但是刚开始的时候，她并不是唐明皇李隆基的妃子，那时候她还叫杨玉环，是寿王的王妃。寿王是谁呢？是李隆基的儿子！对的，也就是说，杨玉环是李隆基的儿媳妇！那她又是怎么嫁给李隆基的呢？

据说，李隆基本来有个喜爱的妃子叫惠妃，可惜惠妃四十多岁就去世了，这让李隆基非常悲伤。虽然说后宫佳丽很多，可是没一个能让李隆基赏心悦目的。这时候，有人告诉他说寿王妃长得非常漂亮，可以去看看。于是，李隆基到儿子家里去（也有说是召进宫的），看到了自己的儿媳妇：不仅年轻美丽，还会唱歌，会跳舞，懂音律。李隆基一下子就被迷住了！可是，杨玉环已经是自己的儿媳妇了，这可怎么办呢？皇上就是“聪明”，那就让他们离婚，让杨玉环去做女道士，起了个法号叫太真。所以，这杨玉环就有了另一个名字——杨太真。杨玉环和寿王没关系了，后面的事情就好办了啊。很快，她就到了皇宫里，成了杨贵妃。只可惜了寿王这个皇子，好好的老婆没了。当然了，他的父皇没有亏待他，又给他娶了个王妃，从此，他就尴尬又郁闷地过了一辈子。

杨玉环进入皇宫以后，很快成了皇帝独宠的女子，就是白居易的诗里说的“后宫佳丽三千人，三千宠爱在一身”。关于杨贵妃的受宠程度，从两个事情里可以看出来。

一个是所谓“一人得道，鸡犬升天”，杨家成了当时最有钱有势力的家族。按照史书记载，杨家是“一门一贵妃，二公主，三郡主，三夫人”。杨玉环是贵妃，杨家的人娶了两位公主三位郡主，她哥哥杨国忠成了宰相，把持朝政。她的三个姐妹分别被封为韩国夫人、虢国夫人、秦国夫人，要钱有钱，要权有权。他们杨家的房子是长安城里除了皇宫之外最华丽的豪宅，要是有谁家的房子造得比杨家好，他们就立刻把自己的房子拆了，造一个更加高大豪华的。甚至他们杨家的奴才都敢跟公主叫板。有一次，在正月十五看花灯的时候，杨家的人和广平公主在路上碰到了，双方都想先过去，互不相让。这时候，杨家的奴才竟然挥舞马鞭打向公主，让公主受到惊吓从马上掉了下来。旁边的驸马爷看不过去，就骂了那个奴才一顿并且打了几下。然后，公主觉得自己受了委屈，跑到皇上那里告状，你猜结果怎么样？李隆基竟然判决各打五十大板，表示奴才固然仗势欺人，但驸马做得也不对，也要受罚，停职反省。“遂令天下父母心，不重生男重生女”，在那个年代连百姓的生育观念都被影响了，由此可以想象当时杨家的势力有多大！

还有一个就是杨贵妃竟然认了安禄山为干儿子，还给他裹上襁褓过生日。这安禄山是谁，就是后来发动安史之乱的那个人。这个人比杨贵妃大了十几岁，竟然认了杨贵妃做干娘，而且很得杨贵妃的欢心。安禄山身兼数个节度使，手握重兵，一旦时机成熟，就像白居易在诗中写的“渔阳鼙鼓动地来，惊破霓裳羽衣曲”，发动叛乱，想要自己做皇帝。这场叛乱，就是“安史之乱”，不仅直接断送了以杨贵妃为首的杨家的命运，更是差一点断送了唐朝。

叛乱开始后，安禄山的叛军很快把唐军打得落花流水，京城长安也被攻占了，皇上只好带着身边亲近的人逃往蜀地。当他们跑到马嵬坡这个地方的时候，“六军不发无奈何，宛转蛾眉马前死”。怎么回事呢？原来是以陈玄礼为首的军队发生了叛乱，要求杀死杨国忠。李隆基没有办法，就只能答应了。可是杨国忠被处死了，将士们仍然不肯前进，因为他们认为“贼本尚在”，也就是杨贵妃还活着。于是，被逼无奈的李隆基只能下令处决杨贵妃。

杨贵妃虽然死了，但是李隆基对她念念不忘。在逃难的路上，他看到路边的花，会想起杨贵妃，他听到了绵绵细雨中的铃声，也会想起杨贵妃，还专门写了一首曲子来纪念她，这首曲子就叫《雨霖铃》。

后来，朝廷的军队终于取得了胜利，李隆基可以回京城了。这时候，他又想起了杨贵妃，提出要重新安葬自己的爱妃，可是已经身为太上皇的他连这点权力都没有了，他儿子唐肃宗不允许。无奈之下，李隆基只好秘密地派手下的太监去改葬杨贵妃，等到坟墓挖开后，美人已经烟消云散，只有陪葬的一个香囊还在。

于是民间就有了一种传说，说李隆基当时舍不得让杨贵妃死，就悄悄让她逃跑了，据说是从蜀地那边跑到扬州，又从扬州坐船去了日本。于是，日本就有了杨贵妃的墓地。

因为杨贵妃与唐明皇的故事太出名，所以后代很多的作家、戏剧家都把这个作为创作题材。比如清代的洪昇写的《长生殿》就是其中之一。

白居易的《长恨歌》全诗比较长，但是上面的故事明白了，诗歌的意思基本上就理解了。

长恨歌

汉皇重色思倾国，御宇多年求不得。杨家有女初长成，养在深闺人未识。
天生丽质难自弃，一朝选在君王侧。回眸一笑百媚生，六宫粉黛无颜色。
春寒赐浴华清池，温泉水滑洗凝脂。侍儿扶起娇无力，始是新承恩泽时。
云鬓花颜金步摇，芙蓉帐暖度春宵。春宵苦短日高起，从此君王不早朝。
承欢侍宴无闲暇，春从春游夜专夜。后宫佳丽三千人，三千宠爱在一身。
金屋妆成娇侍夜，玉楼宴罢醉和春。姊妹弟兄皆列土，可怜光彩生门户。
遂令天下父母心，不重生男重生女。骊宫高处入青云，仙乐风飘处处闻。
缓歌慢舞凝丝竹，尽日君王看不足。渔阳鼙鼓动地来，惊破霓裳羽衣曲。
九重城阙烟尘生，千乘万骑西南行。翠华摇摇行复止，西出都门百余里。
六军不发无奈何，宛转蛾眉马前死。花钿委地无人收，翠翘金雀玉搔头。
君王掩面救不得，回看血泪相和流。黄埃散漫风萧索，云栈萦纡登剑阁。
峨嵋山下少人行，旌旗无光日色薄。蜀江水碧蜀山青，圣主朝朝暮暮情。
行宫见月伤心色，夜雨闻铃肠断声。天旋地转回龙驭，到此踌躇不能去。
马嵬坡下泥土中，不见玉颜空死处。君臣相顾尽沾衣，东望都门信马归。
归来池苑皆依旧，太液芙蓉未央柳。芙蓉如面柳如眉，对此如何不泪垂。

春风桃李花开日，秋雨梧桐叶落时。西宫南内多秋草，落叶满阶红不扫。
梨园弟子白发新，椒房阿监青娥老。夕殿萤飞思悄然，孤灯挑尽未成眠。
迟迟钟鼓初长夜，耿耿星河欲曙天。鸳鸯瓦冷霜华重，翡翠衾寒谁与共。
悠悠生死别经年，魂魄不曾来入梦。临邛道士鸿都客，能以精诚致魂魄。
为感君王辗转思，遂教方士殷勤觅。排空驭气奔如电，升天入地求之遍。
上穷碧落下黄泉，两处茫茫皆不见。忽闻海上有仙山，山在虚无缥缈间。
楼阁玲珑五云起，其中绰约多仙子。中有一人字太真，雪肤花貌参差是。
金阙西厢叩玉扃，转教小玉报双成。闻道汉家天子使，九华帐里梦魂惊。
揽衣推枕起徘徊，珠箔银屏迤逦开。云鬓半偏新睡觉，花冠不整下堂来。
风吹仙袂飘飖举，犹似霓裳羽衣舞。玉容寂寞泪阑干，梨花一枝春带雨。
含情凝睇谢君王，一别音容两渺茫。昭阳殿里恩爱绝，蓬莱宫中日月长。
回头下望人寰处，不见长安见尘雾。惟将旧物表深情，钿合金钗寄将去。
钗留一股合一扇，钗擘黄金合分钿。但教心似金钿坚，天上人间会相见。
临别殷勤重寄词，词中有誓两心知。七月七日长生殿，夜半无人私语时。
在天愿作比翼鸟，在地愿为连理枝。天长地久有时尽，此恨绵绵无绝期。

练　习

1.《长恨歌》描写的是谁和谁的故事？

2.“汉皇重色思倾国”在全诗中起什么作用？

3.请简要概括《长恨歌》这首诗的主题。

第七十四日

几处早莺争暖树，谁家新燕啄春泥

公元822年农历七月，白居易离开了京城，来到杭州担任杭州刺史。杭州的美景让白居易流连忘返，尤其是西湖的美景，更让他喜爱得不得了。在他来到杭州的第二年的春天，在游览西湖的时候，他写下了《钱塘湖春行》这首诗。这里的钱塘湖，就是指西湖。

钱塘湖春行

孤山寺北贾亭西，水面初平云脚低。
几处早莺争暖树，谁家新燕啄春泥。
乱花渐欲迷人眼，浅草才能没马蹄。
最爱湖东行不足，绿杨阴里白沙堤。

仇英《梅妻鹤子图》

孤山寺北贾亭西，水面初平云脚低。“孤山”在西湖的里、外湖之间，因与其他山不相接连，所以被称为孤山。山上原有孤山寺、孤山亭，在那里可以俯瞰西湖全景。到北宋时，著名的隐士林逋在这里隐居，以“梅妻鹤子”的典故，使孤山名气大增。“贾亭”，又叫贾公亭，是唐朝人贾全在出任杭州刺史时建造。“水面初平”指春天湖水初涨，水面刚刚和堤岸齐平。“初”的意思是刚刚。“云脚低”指白云重重叠叠，同湖面上的波澜连成一片，看上去，浮云很低。这两句诗的意思是：绕过孤山寺以北漫步在贾公亭以西，湖水初涨与湖岸平齐，白云垂得很低。这两句点明了春游的起点和途经之处，在勾勒出西湖早春的轮廓的同时，紧扣题目总写湖水的早春特征：春水初涨，水面与堤岸齐平，空中舒卷的白云和广阔的湖面上荡漾的波澜连成一片。

几处早莺争暖树，谁家新燕啄春泥。“莺”指黄鹂鸟。“早莺”是初春时早来的黄鹂。“暖树”指向阳的树。“争暖树”就是黄莺们争着飞到向阳的树枝上去。“新燕”是刚从南方飞回来的燕子。“啄春泥”是燕子衔泥筑巢。这两句诗的意思是：几只早出的黄莺争着飞上向阳的暖树，谁家新飞来的燕子正忙着衔泥筑巢。这两句诗写早莺和新燕，是诗人仰视所见。莺是春的歌手，都争着飞到向阳的树上去歌唱；燕是春的信使，已开始衔泥筑巢。“几处”“谁家”“早”“新”突出了初春时节生机勃勃、充满活力的特点。“争”运用了拟人的修辞方法，写黄莺争先恐后地飞到向阳的树枝上去歌唱，让人感受到了大好春光的难得与宝贵；“啄”字描写燕子忙着衔泥筑巢的情态。这两句着重描绘出莺、燕的动态，使全诗洋溢着活力与生机。

乱花渐欲迷人眼，浅草才能没马蹄。“乱花”指纷繁的花。“迷人眼”就是使人眼花缭乱。“浅草”指浅浅的青草，说明刚刚长出来不久。这两句诗的意思是：野花竞相开放就要让人眼花缭乱，春草还没有长高才刚刚没过马蹄。这是诗人低头俯视所见，花繁草嫩，春意盎然。“乱”字形象地描绘出春天百花齐放，争奇斗艳的景象。“浅”字生动地描绘出初春小草刚刚抽出嫩芽的情态，突出春草生机盎然的特点。这两句诗中诗人以“乱花”“浅草”，写出了花的繁多、草的柔嫩，突出了春的妩媚动人；又以“渐欲”“才能”描绘了春的发展变化，突出了春天欣欣向荣的趋势和勃勃生机。

最爱湖东行不足，绿杨阴里白沙堤。“最爱”直接表达诗人的感情，突出体现了诗人内心的情感。“足”在这里的意思是满足。“行不足”指百游不厌。“阴”，指树阴。“白沙堤”就是现在的白堤，又称沙堤、断桥堤，唐朝以前就已经有了。这两句的意思是：最喜爱湖东的美景，那里令人流连忘返，杨柳成排绿荫中穿过一条白沙堤。

这首诗以“行”为线索，从“孤山寺”起，到“贾亭西”终，以“春”为着眼点写出了自然界的美景。最后两句中的“最爱”是感情的体现，同时也照应了题目，充分表达了诗人的喜悦之情和对西湖美景的喜爱与赞美之情。

练 习

1.“几处早莺争暖树，谁家新燕啄春泥”描绘了怎样的景象？表达了诗人怎样的情感？

2.请简要赏析“乱花渐欲迷人眼，浅草才能没马蹄”。

刘禹锡篇

第七十五日

自古逢秋悲寂寥，我言秋日胜春朝

《淮南子》里有一名句，叫“春女思，秋士悲”。秋天的时候，万物萧索，男子们看到落叶、衰草、枯木、银霜、枯藤等景象，尤其是在自身遇到困难挫折的时候，更是会生出繁华落尽、英雄末路的伤感。这种伤感，也经常在诗文中表现出来，比如屈原弟子宋玉说“悲哉，秋之为气也！萧瑟兮草木摇落而变衰，憭(liáo)栗兮若在远行，登山临水兮送将归”；杜甫说“万里悲秋常作客，百年多病独登台”；柳永说“是处红衰翠减，苒苒物华休。惟有长江水，无语东流”……不过到了刘禹锡这里，他面对秋景，却一反常态，写出了不一样的诗句，表达了与众不同的感情。为什么这么说呢？那就需要先了解一下这首诗的背景了。

唐顺宗即位后，任用王叔文改革朝政，刘禹锡和柳宗元等人也参加了这场革新运动。但是革新却遭到宦官、藩镇等势力的强烈反对，最终以失败告终：王叔文被诛，柳宗元、刘禹锡等人被贬至边远地区。刘禹锡被贬到朗州（湖南常德）担任司马，这时候的他正值而立之年，本该春风得意、步步高升，没想到却被赶出了朝廷政治中心，其苦闷是可想而知的。可是在《秋词》这首诗中，刘禹锡是怎么说的呢？

秋 词

自古逢秋悲寂寥(liáo)，我言秋日胜春朝。

晴空一鹤排云上，便引诗情到碧霄。

自古逢秋悲寂寥，我言秋日胜春朝。“寂寥”，意思是冷清、萧条。“言”，说。“春朝”，意思是春天。这两句诗是说自古以来“秋士悲”，文人笔下的秋天往往是肃杀、冷清、凄凉、令人伤感的，我却说秋天远远胜过春天。诗人在这里运用了对比的手法，把古人的悲秋和自己的颂秋进行对比，一反常态，表达了对秋天的赞美，抒发了积极乐观的思想感情。

晴空一鹤排云上，便引诗情到碧霄。这两句诗是说秋高气爽，晴空万里，一只仙鹤直冲云霄推开层云，便激发我的诗情飞向万里晴空。“排”，在这里是“排开、推开”的意思，形象地写出了仙鹤一飞冲天，仿佛冲破白云阻隔的气势，诗人对鹤飞冲天的意象加以描绘，展现了秋高气爽，万里晴空，白云飘浮的开阔景象。那凌云的白鹤似乎带着诗人的诗情直冲霄汉。在诗人眼里，鹤是不屈精神的化身，它给读者的感受，不仅是秋天的生机和色彩，更是一

种高昂的气概和高尚的节操。它表现了诗人奋发进取的豪情和豁达乐观的情怀。

全诗气势雄浑，意境开阔，融情、景、理于一炉，表现了诗人虽遭贬谪，但愈挫愈勇的豪壮情怀，以及积极乐观的思想感情。

练　习

1.“自古逢秋悲寂寥，我言秋日胜春朝”运用了什么手法，表现了诗人怎样的思想感情？

2.“晴空一鹤排云上”的“排”字有何妙处？

第七十六日

天地英雄气，千秋尚凛然

《三国演义》中，曹操和刘备青梅煮酒论英雄，曹操说：“天下英雄，惟使君与操耳！”这里所说的“使君”，就是刘备。刘备靠着自己的本事，带着张飞、关羽等人，在诸葛亮的帮助下和曹操、孙权三分天下，建立了蜀国，做了皇帝，成就一番霸业。

也就是因为这个，后代的很多人都很敬仰刘备，唐朝诗人刘禹锡也是其中一个。

刘禹锡是唐朝著名诗人，被称为“诗豪”，和唐宋八大家之一的柳宗元并称“刘柳”，和大诗人白居易合称“刘白”。传说刘禹锡和刘备一样，也是汉朝中山靖王刘胜的后代，如果是真的话，那么他和刘备就算是一家人了。所以他在游览参观纪念刘备的庙宇的时候，感慨很深，就写下了一首《蜀先主庙》，咱们今天就来读一读。

蜀先主庙

天地英雄气，千秋尚凛 (lǐn) 然。

势分三足鼎，业复五铢钱。

得相能开国，生儿不象贤。

凄凉蜀故妓，来舞魏宫前。

天地英雄气，千秋尚凛然。来到蜀先主刘备的庙前，感到他的英雄之气充满在天地之间，虽然已经过去了千年，仍然让我们这些后人肃然起敬。“英雄”，是成就事业的杰出人物。“千秋”，因为一年只有一个秋天，所以千秋就是千年。古人用春秋表示一年。当然，春秋还可以指年龄，比如“春秋几何？”就是问人岁数的客气用语。“凛然”的意思是使人肃然起敬。

势分三足鼎，业复五铢钱。先主刘备靠着自己的实力与曹操、孙权三分天下，效法汉光武帝恢复了汉朝，建立了自己的功业。“五铢钱”本来是西汉汉武帝时开始铸造使用的铜钱，后来王莽当皇帝时被废除了，东汉建立后，光武帝刘秀又恢复铸造使用，所以恢复了五铢钱，就是恢复了汉朝，兴复汉室的意思。

得相能开国，生儿不象贤。（刘备）得到了一个贤能的丞相诸葛亮，能够帮他开国立业，可惜生的儿子刘禅却不能效法学习贤良之人。“象贤”的意思是效法学习贤良的人。刘备的儿子刘禅被叫作“扶不起的阿斗”，刘备死后，虽然有诸葛亮这样贤良的人辅佐他，但他也没能建立像他父亲那样的功业，成为像他父亲那样的英雄。后来，蜀国灭亡，刘禅被抓到了魏国都城洛阳，被封为安乐公。有一次，司马昭请刘禅吃饭，在宴会上，特意安排歌妓们表演蜀国风情的歌舞，想看看刘禅的表现。结果刘禅怡然自乐。司马昭就问刘禅说：“你想念蜀国吗？”刘禅回答：“此间乐，不思蜀！”这就是成语“乐不思蜀”的由来，比喻乐而忘返或乐而忘本。

五铢钱

凄凉蜀故妓，来舞魏宫前。蜀国的歌妓们，在蜀国亡国后来到魏国的皇宫里继续跳舞，刘禅却乐不思蜀，真是让人感觉凄凉啊。这里的“故妓”指以前蜀国的歌妓，这时候其实也成为魏国的俘虏了。

这首诗前半部分歌颂刘备的伟大。后半部分是对刘禅的昏庸无能的嗟叹，也感叹刘备后继无人，导致蜀国灭亡，让人深思！

练　习

1.“天地英雄气，千秋尚凛然”这两句诗描绘了怎样的情景？它们在整首诗中起到了什么作用？

2.《蜀先主庙》这首诗的对比手法使用精妙，请结合诗歌内容简要分析。

第七十七日

从今四海为家日，故垒萧萧芦荻秋

《三国演义》中记载，东吴最后一个皇帝孙皓为了阻挡晋军将领王濬的进攻，在长江中设置了铁索、铁锥等障碍物，结果被王濬用火攻的方法一一破解。最后，王濬攻到石头城（今江苏南京）下，孙皓没有办法，只能向晋军投降。从此，三国鼎立的局面彻底结束，天下再次统一。

这个王濬是西晋名将，史书记载他博学多闻，容颜英俊，多谋善战，在消灭东吴的过程中立下汗马功劳，帮助晋朝完成了统一大业，被封为襄阳侯。而投降之后的孙皓，也被封为归命侯。

到了唐朝，诗人刘禹锡经过西塞山时，想起三国时孙皓曾派兵在这里驻防，又想到王濬灭掉东吴的历史，联想当时唐朝藩镇割据的局势，写下了这首感叹历史兴亡的《西塞山怀古》。

西塞山怀古

王濬楼船下益州，金陵王气黯然收。

千寻铁锁沉江底，一片降幡出石头。

人世几回伤往事，山形依旧枕寒流。

今逢四海为家日，故垒萧萧芦荻秋。

楼船

王濬楼船下益州，金陵王气黯然收。楼船是设有楼的大船，古代多用于作战。楼船船大楼高，远攻近战全都适合，是古代水战的主力战船。陆游的《书愤》中有“楼船夜雪瓜洲渡，铁马秋风大散关”的句子。益州是以蜀地成都为中心的地区，三国时属于蜀汉，蜀汉灭亡后王濬曾经担任益州刺史，他在这里建造楼船，准备讨伐东吴。

“金陵”就是现在的南京，南京在古代的时候有很多名字，比如建康、建业、石头城、江宁等。南京之所以叫金陵，和一个传说有关。据说春秋战国时期，楚王灭掉了越王之后，来南京一带巡视。他登上了狮子山，立即被眼前美丽的景色吸引了，不过没过多久，楚王就脸色大变，大臣们连忙问为什么。楚王说，这地方风景虽美，但是王气太盛，早晚会出新的帝王，夺了我的江山啊！这时候有一个巫师就给楚王出了个主意，说可以在狮子山上修一座陵墓，里面埋上黄金，用黄金来镇压王气，从此以后可以确保这里出不了帝王。于是楚王派人立即开工，挖地修陵埋黄金，从此，这地方就叫金陵了。

首联两句诗的意思是：王濬派人驾驶着楼船从益州顺流而下，金陵的帝王之气就暗淡地消散了。

千寻铁锁沉江底，一片降幡出石头。“寻”是古代的长度单位，八尺为寻。顺便说一下，“常”也是长度单位，是寻的两倍。所以，古文中的“寻常”，有时候指的是长度，是距离。这两句诗里所讲的就是开始所说的孙皓在长江中设置铁索、铁锥阻挡晋军，但王濬用火攻的方法熔断铁索，最终迫使孙皓投降。“幡”是一种旗子，“降幡”就是降旗。这两句诗的意思是：孙皓设置的千寻铁锁链被王濬用火烧断沉入了江底，他举着降旗走出石头城。

人世几回伤往事，山形依旧枕寒流。“山”指的是西塞山。“枕”是靠着的意思。“寒流”指秋天江水寒凉。这两句诗的意思是：人生在世，有多少叫人感伤的往事（比如人世盛衰、朝代兴替），西塞山始终紧靠着滚滚的长江寒水，千年不变。

今逢四海为家日，故垒萧萧芦荻秋。“四海为家”的意思是四海归于一家，指天下统一。“故垒”指西塞山以及自古以来作战工事的遗迹。苏轼在《念奴娇·赤壁怀古》中也提到“故垒西边，人道是，三国周郎赤壁”。“芦荻”，芦是芦苇，荻是和芦苇相似的一种植物。这两句诗的意思是：如今天下统一，这些古代遗留下的营垒在萧瑟的秋风中长满芦荻。

这首诗里，从王濬率领战船灭吴开始，引出金陵（南京）这样的地方即使有长江天险可以依靠，但是依旧不足为恃，阻挡不了王朝兴替。接着诗人联想到六朝兴废，抒发世事沧桑的感慨，最后点出反对藩镇割据、坚持国家统一的主题。这首诗历来受到人们的称赞，被称为“金陵怀古七律第一”。

练　习

1.“人世几回伤往事，山形依旧枕寒流”运用了什么手法，表达了怎样的思想感情？

2.《西塞山怀古》这首诗的主题是什么？

第七十八日

沉舟侧畔千帆过，病树前头万木春

贞元九年（公元 793 年），二十二岁的刘禹锡考中了进士，才华横溢的他得到了王叔文的赏识，并加入了王叔文的改革集团，改革失败后，刘禹锡开始了他长达二十三年的贬官生涯。

公元 826 年，刘禹锡接到圣旨，让他回洛阳。在途经扬州的时候，遇到了大诗人白居易。两人把酒言欢，在酒席之上，白居易写了《醉赠刘二十八使君》一诗送给刘禹锡："为我引杯添酒饮，与君把箸击盘歌。诗称国手徒为尔，命压人头不奈何。举眼风光长寂寞，满朝官职独蹉跎。亦知合被才名折，二十三年折太多。"诗里称赞了刘禹锡的才华，对刘禹锡贬官二十三年的坎坷遭遇、怀才不遇的命运表示了深切的同情。刘禹锡看到之后，也挥笔写下了这首《酬乐天扬州初逢席上见赠》，答谢白居易。"酬"在这里是以诗相答的意思。"乐天"就是指白居易，乐天是他的字。

酬乐天扬州初逢席上见赠

巴山楚水凄凉地，二十三年弃置身。
怀旧空吟闻笛赋，到乡翻似烂柯人。
沉舟侧畔千帆过，病树前头万木春。
今日听君歌一曲，暂凭杯酒长精神。

巴山楚水凄凉地，二十三年弃置身。刘禹锡曾经被贬到朗州、夔州等地担任地方官。夔州属于巴郡，朗州属于楚地，这两个地方在唐朝都属于边远荒凉的地方。“弃置身”指遭受贬官的诗人自己。这两句诗的意思是说：在巴山楚水这些凄凉的地方，我度过了二十三年被贬谪的时光。在这里可以看出诗人无限的辛酸和愤懑不平。

怀旧空吟闻笛赋。西晋时期，同为竹林七贤之一的向秀和嵇康是好朋友。嵇康因为反对司马家族的统治而被杀，后来向秀经过嵇康的旧居，正好听到旁边有人在吹笛子，这让他想起了之前和嵇康一起喝酒、一起高谈阔论的美好时光，于是就写了一篇《思旧赋》。刘禹锡在这里是借用这个典故来怀念自己已经去世的旧交王叔文、柳宗元等人。

到乡翻似烂柯人。南朝梁任昉在《述异记》中记载了一个故事：晋朝有个人叫王质，他拿着斧头到石室山上去砍柴，看见有几个童子在下棋、唱歌，于是就停下观看。其中的一个童子还给了王质一个像枣核一样的东西，王质含在嘴里，就不觉得饥饿了。过了一会儿，童子对王质说：“你为什么还不走呢？”王质才反应过来，起身要走，却发现手中的斧柄（柯）已经全都朽烂了。回到村里，王质才知道已过了上百年，与他同代的人都已经去世了。后来这座山就被称为烂柯山，在现在的浙江省衢州市。

颔联两句诗的意思是：怀念故友徒然吟诵闻笛赋，回来后发现自己倒好像就是斧柄烂掉的王质了。“翻”在这里是副词，反而。“翻似”可以理解为倒好像。诗人用这个典故表达自己遭贬二十三年的感慨，也借这个故事表达世事沧桑，人事全非，暮年返乡恍如隔世的心情。

沉舟侧畔千帆过，病树前头万木春。“帆”代指船。这两句诗的意思是：沉船的旁边有千艘船只驶过，病树的前头也有万木争春。诗人在这里描绘出千帆竞发、万木争春的富于生机的景象，“沉舟”“病树”比喻诗人自己，表现了诗人对仕宦升沉、世事变迁的乐观豁达襟怀。现在人们赋予这两句诗新的意义，常用它来说明新事物必将取代旧事物，社会总是向前发展的，未来肯定会比现在好的道理。

今日听君歌一曲，暂凭杯酒长精神。“歌一曲”指前面提到的白居易写给刘禹锡的那首诗。“长”的意思是增长、振作。这两句诗的意思是：今天听了你为我吟诵的诗篇，暂且凭借这一杯美酒振奋精神。这里有对友人关怀的感谢，也是和友人共勉，表现了诗人坚定的意志和乐观的精神。

全诗感情真挚，沉郁中见豪放，不仅反映了深刻的人生哲理，也具有很强的艺术感染力。

练 习

1. 运用用典的手法表现世事沧桑、人事全非，表达诗人对故友的怀念、对时间流逝的感慨的句子是：________________。

2. “沉舟侧畔千帆过，病树前头万木春”运用了什么写作手法？表达了诗人怎样的思想感情？

3. “沉舟侧畔千帆过，病树前头万木春”因富含哲理而被后世广为传诵，它蕴含着什么样的哲理？

第七十九日

旧时王谢堂前燕，飞入寻常百姓家

今天咱们从一个地方说起，这个地方叫“乌衣巷”。乌衣巷在南京的秦淮区，在靠近现在南京夫子庙的地方。它是中国自古以来最著名的街巷之一，为什么？一来是因为这里曾经住过很多的大人物，二来是因为唐朝刘禹锡写的一首诗《乌衣巷》。

乌衣巷

朱雀桥边野草花，乌衣巷口夕阳斜。
旧时王谢堂前燕，飞入寻常百姓家。

朱雀桥边野草花，乌衣巷口夕阳斜。“花”在这里是动词，开花的意思。这两句诗的意思是：以前兴旺发达、热闹非凡的朱雀桥边，现在长满了野草，开满了野花；夕阳西下，最后的阳光照着曾经豪门居住的乌衣巷口。热闹的地方，人来人往，是长不出草来的；相反，长满野草的地方，一定是比较荒凉、破败的地方。刘禹锡在诗歌的开篇就描绘了这样一幅荒凉的画面，是在为后面抒发感慨作铺垫。

旧时王谢堂前燕，飞入寻常百姓家。“王谢”是指东晋时期的两个大家族：王氏家族和谢氏家族。

王氏家族的代表人物是王导。王导起初和琅邪王司马睿是好朋友，后来西晋被灭掉后，他帮助司马睿当了皇帝，建立了东晋，于是成了一人之下万人之上的热门人物。当时流传着“王与马，共天下”的说法，就是说王氏家族和司马家族共同拥有天下，这就可以看出王氏家族的地位之高。

谢氏家族的代表人物是谢安。谢安四十多岁的时候才真正当官，他的成名战就是古代历史上著名的以少胜多的战争——淝水之战。这场战争，东晋以谢安为首的谢家人，领导几万人马打败了号称百万之众的前秦皇帝苻坚的兵马，不仅给东晋带来了几十年的安定和平，也给我们留下了“风声鹤唳”“草木皆兵”等成语。从此，谢氏家族的地位越来越高，成为一代豪门。

王谢两家都住在乌衣巷，据说他们当时都喜欢穿黑色的衣服，来显示自己尊贵的地位，于是，人们就叫这里为乌衣巷。两大豪门居住的地方，其繁华程度可见一斑。

这两句诗的意思是：以前王谢家族厅堂前筑巢的燕子，如今已经飞入寻常百姓家了。这说明了什么呢？说明了随着时间的流逝，繁华落尽，豪门落寞。这种物是人非的情境，怎么能让人不生出很多感慨呢？

刘禹锡的这首诗就是通过描写乌衣巷的冷落景象，来寄托自己的沧桑之感和对唐朝逐渐衰落的隐忧。

练习

1.“朱雀桥边野草花，乌衣巷口夕阳斜”展现了一幅怎样的画面，请简要描绘。

2.本诗抒发了诗人怎样的思想感情？

柳宗元篇

第八十日

千山鸟飞绝，万径人踪灭

一提起柳宗元，咱们自然就会想到他是“唐宋八大家”之一。想当年，柳宗元和韩愈因为对当时文人们的作文风气不满，发起并领导了古文运动。柳宗元致力于文章的写作，成就很高，是中国文学史上首屈一指的散文家，后来和宋朝的欧阳修、苏轼等人并列为唐宋八大家。其实，柳宗元不仅散文写得好，诗歌也写得很好，人们把他和刘禹锡并列，称他们为“刘柳”。今天，咱们就来读一首他的诗。这首诗的名字是《江雪》。

江　雪

千山鸟飞绝，万径人踪灭。
孤舟蓑笠翁，独钓寒江雪。

写这首诗的时候，柳宗元正在永州。永州在现在的湖南靠近广东的地方，唐朝的时候还没有被开发，很荒凉，很落后。那你也许就奇怪了，这么不好的地方，柳宗元去那里干什么呢？

这可不是他愿意去的，他是因为被贬官，被迫去那里的。柳宗元是个有理想、有抱负的人。他看到安史之乱后的唐朝很多方面都出现了问题，就想要和几个与自己志同道合的朋友进行改革，他们的领导者叫王叔文。可是，改革哪有这么容易，改革的措施对以俱文珍为首的宦官集团不利，他们联合朝臣反对改革。后来这些宦官把持朝政，就把改革的人都贬官到了偏远的地方。柳宗元先是被贬到了永州，后来又被贬到了更加偏远的柳州。

你想，柳宗元当时心里得多郁闷啊。自己为国家鞠躬尽瘁，可到头来不但没好果子吃，还被贬到这种偏远的地方！怎么排解郁闷呢？曹操说“何以解忧？唯有杜康”。李白说“五花马，千金裘，呼儿将出换美酒，与尔同销万古愁”。对很多人来说，喝酒是排忧解愁的好办法。但是对柳宗元来说，散心的好办法是出去游山玩水，顺便写写文章，写写诗。就是在这个时期，柳宗元写下了很多著名的作品，像《捕蛇者说》《永州八记》等，当然，也包括《江雪》这首诗。

千山鸟飞绝。“绝”的意思是无、没有。这句诗的意思是：所有的山中，鸟儿都飞光了，一只也不剩。

万径人踪灭。“径”是路、小路。“万径”指很多的路。这句诗的意思是：所有的小路上，一点人的踪迹也没有。

孤舟蓑笠翁，独钓寒江雪。“翁”是老头。“蓑笠翁”就是穿着蓑衣戴着斗笠的老头。蓑衣是什么呢？它是古时候的雨衣，起初是用野草编织成的，后来一般用棕编织，和斗笠配合使用，可以起到防雨的作用。这两句诗的意思是：在江上，只有一只小船，船上有个穿着蓑衣戴着斗笠的老翁，老人独自一个人在寒冷的飘着大雪的江上垂钓。

咱们把这四句诗放在一起仔细分析，就会感受到这样的一幅图画面：在一个漫天大雪的日子里，没有飞鸟，也没有人迹，一位孤独的老翁，在严寒之中钓鱼。

天地之间是如此纯洁而寂静，一尘不染，万籁无声；渔翁的生活是如此遗世独立，渔翁的性格是如此孤傲冷清。这寒冷的天气，不仅仅是现实中的天气，也是当时严酷的社会环境的写照。在寒雪中钓鱼的孤独渔翁，在这严酷的环境里展现出了坚强不屈、清高孤傲、凛然无畏的精神。咱们可以联想，诗歌里的渔翁，其实就是柳宗元自己的写照，他就是要借助这首诗，表达自己被打击被贬官之后的郁闷苦恼，表现自己虽然身在逆境之中，但坚强不屈、毫不畏惧、保持高尚节操、勇于斗争的精神。顺便说一句，有人说这是一首藏头诗，你把每一句的第一个字连起来读一下，看看是不是很贴合主题呢？

练　习

1.《江雪》描绘了一幅怎样的画面？请简要描述。

2.《江雪》这首诗表达了诗人怎样的思想感情？

第八十一日

共来百越文身地，犹自音书滞一乡

柳宗元因为永贞革新失败被贬到永州长达十年，之后，他短暂地回到过京城，不过还是没有得到重用，没多久又被贬官，这一次，被贬到了柳州，当了刺史，最后也死在了这里，享年四十七岁。当时和他一起被贬官的，还有他的几个朋友，刘禹锡被贬到了广东连州当刺史，韩泰被贬到了福建漳州做刺史，韩晔被贬到福建汀州做刺史，陈谏被贬到广东封州做刺史。他们是好哥们，这时候又是同病相怜，所以，有一天柳宗元登上了柳州的城楼，想起兄弟们，就写下了今天咱们读的这首《登柳州城楼寄漳汀封连四州刺史》。

登柳州城楼寄漳汀封连四州

城上高楼接大荒，海天愁思正茫茫。
惊风乱飐 (zhǎn) 芙蓉水，密雨斜侵薜 (bì) 荔墙。
岭树重遮千里目，江流曲似九回肠。
共来百越文身地，犹自音书滞一乡。

城上高楼接大荒，海天愁思正茫茫。“大荒”，指的是荒芜的边远地区。柳宗元和他几个朋友被贬去的地方，在唐朝的时候都没有经过开发，是偏远的蛮荒之地，所以柳宗元才会这样说：我登上柳州城上的高楼，看到的是辽阔的蛮荒之地，我内心的忧愁就像天一样宏大，像大海一样深沉，茫茫无际。

惊风乱飐芙蓉水，密雨斜侵薜荔墙。“飐”，是吹动的意思。“芙蓉”是荷花的别名，莲花、荷花、芙蕖、菡萏等都是指荷花。薜荔是一种植物，也叫木莲，可以爬到墙上去。这两句诗的意思是：疾风吹乱了水里的朵朵荷花，暴雨击打着墙上的薜荔。

岭树重遮千里目，江流曲似九回肠。“江流”，在这里指的是柳州的柳江。“九回肠”，司马迁曾经说“肠一日而九回”，表示愁肠九转，形容一个人内心非常愁苦，没有办法排遣。柳宗元这时候站在城楼上，看着远处一重重的岭树遮挡住了他望向千里之外的目光，这蜿蜒曲回的柳江，就像他身体里的愁肠一样难以排遣。

共来百越文身地，犹自音书滞一乡。“百越”，古代南方越人的总称。“文身”，当时百越有个习惯，就是披发文身，也就是披散着头发，身上刺刻着花纹图案。这两句诗的意思是：我们一起被贬官到这披发文身的百越偏远之地，就连想写封书信联系，也被艰难的路途阻隔。

这首诗里，柳宗元登上柳州城楼，看到城楼上的景象，触景生情，表现了对自己被贬官的悲愤以及对和自己同病相怜的朋友的怀念。

练　习

1. 文有文眼，诗有诗眼。本诗中最能体现诗人感情和诗歌主题的字是__________。

2. “共来百越文身地，犹自音书滞一乡”的意思是什么，这两句诗表达了诗人怎样的思想感情？

贾岛篇

第八十二日

只在此山中，云深不知处

在中国古代，有很多隐者。什么是隐者呢？就是隐居的人。这些人也叫隐士。真正的隐士，都是一些有才华的知识分子（读书人），因为各种各样的原因，不愿意卑躬屈膝地去讨好朝廷里的达官贵人们，不愿意当官，为了保持自己高尚的节操，就到乡野去隐居，过自己平淡的生活，比如著名的陶渊明，就“不为五斗米折腰”，去过“采菊东篱下，悠然见南山”的生活了；再比如宋朝的林逋，就在西湖边“以梅为妻，以鹤为子”，过着梅妻鹤子的生活。

今天咱们读的这首诗，叫《寻隐者不遇》，从题目上看，就知道是诗人去寻访一个隐者朋友，却没有碰到。诗人是谁呢？就是贾岛。

说到贾岛，咱们最熟悉的就是他关于“推敲”的故事了。当过和尚的贾岛有很多隐者朋友，有一次，他去见一个叫李凝的朋友，结果也没有见到，就写了首诗，叫《题李凝幽居》，其中有这样两句：“鸟宿池边树，僧敲月下门。”刚开始的时候，他想写的是“僧推月下门”，后来又想用“敲”字，到底哪个字好呢，自己思前想后，也拿不定主意。

第二天，贾岛骑着毛驴返回长安。在路上，他还在纠结到底“推”和“敲”哪个字比较合适。这贾岛骑着毛驴，一边吟哦，一边做着敲门、推门的动作，完全忘记了自己是在熙熙攘攘的长安街上。这时，正在京城做官的韩愈在仪仗队的簇拥下迎面而来。行人、车辆都纷纷避让，贾岛骑在毛驴上，比比画画，竟然闯进了仪仗队中。韩愈的手下还以为遇到了刺客呢，赶紧把他抓到了韩愈面前。

韩愈问贾岛为什么乱闯。贾岛就把自己写的那首诗念给韩愈听，说其中一句拿不定主意是用“推”好，还是用“敲”好。韩愈是诗人，是当时的文坛领袖啊，一听是这事，也很有兴致地思索起来。过了一会儿，他对贾岛说：“还是敲字好些。夜深人静的时候，一敲门，就有了声音，正好和‘鸟宿池边树’里的静相对应。静中有动，以动衬静，这多好啊。”贾岛听了之后连连点头。从此，两个人成了朋友。

蓝瑛《松下问童子》

好了，回到主题，咱们来读《寻隐者不遇》：

寻隐者不遇

松下问童子，言师采药去。

只在此山中，云深不知处。

松下问童子。在一棵松树下，我问小童子（你师父在吗？）。“童子”指的是儿童，这里应该是隐者的弟子或者学生。

言师采药去。“言”是说的意思。小童子说：“我师父采药去了！”

可以猜想，贾岛又问你师父到哪里采药去了？小童子说：**只在此山中，云深不知处**。就在这座山里，山上云雾缭绕，不知道在什么地方。云深说的是山上云雾缭绕。“处”的意思是地方，所在。

这首诗采用了寓问于答的手法，把寻访不遇的焦急心情描绘得淋漓尽致。诗里用白云比喻隐者的高洁，用苍松比喻隐者的风骨，隐者在白云苍松之间自由自在地生活，虽然诗人没有寻访到他，但更加衬托出诗人对隐者生活的羡慕和追求。

练习

1. 诗歌采用寓问于答的手法，描绘诗人寻访不遇的焦急心情的句子是：________________。

2. 本诗表达了诗人怎样的思想感情？

李贺篇

第八十三日

黑云压城城欲摧，甲光向日金鳞开

唐朝著名诗人李贺，字长吉。他是唐朝中期浪漫主义诗人，与李白、李商隐并称为“唐代三李”，后世称李昌谷。李贺的诗作想象极为丰富，经常引用神话传说，托古寓今，后人称他为“诗鬼”，是继屈原、李白之后，中国文学史上又一位颇享盛誉的浪漫主义诗人，有《昌谷集》传世。

李贺生活在唐朝中期，这时候藩镇割据，战争不断。唐宪宗派张煦为节度使，领兵前往征讨雁门郡之乱（振武军之乱），李贺听说后即兴赋诗鼓舞士气，作成了这首《雁门太守行》。

雁门太守行，是乐府曲名。“行”是歌行，一种诗歌体裁，著名的有《琵琶行》《兵车行》《燕歌行》等。“雁门”是地名，古代的时候是重要的关口。雁门关在现在的山西，这里自古是战略要地，兵家必争之地。

雁门太守行

黑云压城城欲摧，甲光向日金鳞开。
角声满天秋色里，塞上燕脂凝夜紫。
半卷红旗临易水，霜重鼓寒声不起。
报君黄金台上意，提携玉龙为君死。

黑云压城城欲摧，甲光向日金鳞开。“黑云压城”，比喻敌军攻城的气势。在这种气势的压迫下，城墙都要被摧毁了。“甲”是古代军人的铠甲。铠甲由一片片的甲片组成，这些甲片就像鳞片，在阳光下闪闪发光。这两句诗的意思是：（无数的敌人进攻过来）就好像黑云翻卷着压过来，像要把城墙摧毁；我们做好迎战准备，阳光照耀着将士们的铠甲，像金色鱼鳞般闪闪发光。这两句诗运用比喻、夸张手法，把敌军比作黑云，写出敌军人马众多、来势凶猛的状态；“城欲摧”表现了兵临城下的紧张气氛和危急形势。一个“压”字，把敌军人马众多，来势凶猛，以及交战双方力量悬殊、守军将士处境艰难等，淋漓尽致地揭示出来。在色彩运用上，“黑”字写敌人的猖獗；“金鳞”写铠甲闪光如金色鱼鳞，表现出我军将士雄姿英发、高昂迎战的状态。两相比照，表现出战争形势的紧迫。

角声满天秋色里，塞上燕脂凝夜紫。“角”，就是军中的号角。“燕脂”就是胭脂，红色的，是古代女性的化妆品。在这里，李贺用来形容惨烈的战争过后，土地被鲜血染成了红色，表现了战争的残酷。这两句诗的意思是：在这苍凉的秋天，军队的号角声响彻天地，被战士鲜血染红的土地在夜里看起来变成了紫色。这两句诗从听觉和视觉两方面渲染战场的悲壮气氛和战斗的残酷。

半卷红旗临易水，霜重鼓寒声不起。“易水”是位于现在河北省易县的一条河，这条河因为战国时期著名的刺客荆轲而出名。据说当年荆轲答应了燕太子丹的请求前往秦国刺杀秦王。临走的时候，大家在易水河边给荆轲送行，这时候荆轲唱了一首歌："风萧萧兮易水寒，壮士一去兮不复还！"声音苍凉悲壮，感动了在场的所有人。实际上易水距离雁门关很远，李贺只是借用易水的故事来渲染一种悲壮的氛围，表现将士们为国出征时抱着必死的决心。这两句诗的意思是说：红旗被秋风吹得都要卷了起来，将士们要悲壮地出征；天气很冷，下霜了，在这种天气下，战鼓发出的声音也比较低沉。

报君黄金台上意，提携玉龙为君死。"玉龙"是宝剑的名字。传说晋朝有个人叫雷焕，得到了一个玉匣，里面有两把宝剑，后来剑掉在水里，变成了龙。这两句诗的意思是：我们去作战是为了报答皇上的知遇之恩，愿意手拿玉龙宝剑为皇上战死。这两句诗赞颂了边关战士的战斗意志和誓死报效祖国的壮志豪情。

全诗意境苍凉，格调悲壮，具有强烈的震撼力和艺术魅力，是李贺的代表作之一。

练　习

1.从听觉和视觉两方面渲染战场的悲壮气氛和战斗的残酷的诗句是：________________。

2."黑云压城城欲摧，甲光向日金鳞开"运用了什么手法，渲染了什么氛围？

杜秋娘篇

第八十四日

劝君莫惜金缕衣，劝君惜取少年时

公元 833 年的春天，诗人杜牧在经过润州（也就是现在的江苏镇江）的时候，见到了一位女子。这位女子又老又穷，可是当杜牧和她一攀谈，才知道眼前的这位女子，竟然非同一般，于是提起笔来，给她写了一首长诗。是什么样的女子，有什么样的传奇经历，会让才子杜牧如此感动呢？

周朗《杜秋娘图》

女子叫杜秋，杜牧称她为杜秋娘。杜秋娘还真不是一般的女子，她集美貌与才华于一身，十五岁的时候，进入到镇海节度使李锜的府中，成了一名侍妾。后来李锜因为皇帝要削减他的权力，起兵造反，但兵败被杀。之后，杜秋娘作为叛臣的家属，被抓入皇宫为奴，没想到，却应了老子“祸兮，福之所倚；福兮，祸之所伏”的话，意外地获得了皇帝唐宪宗的喜爱，被封为秋妃。才貌双全的杜秋娘，这时候不仅是皇帝的爱妃，还是皇帝的私人机要秘书，常常和皇帝一起讨论国家大事，帮皇帝出谋划策。他们在一起度过了十几年的快乐时光，只可惜唐宪宗竟然不明不白地突然死了。之后唐朝陷入了混乱：继位的唐穆宗没几年就死了，然后唐敬宗没几年又被刺身亡。杜秋娘知道，三个皇帝的死都不是无缘无故的，这后面有一只黑手，就是当时专权的宦官们。于是，她和宰相宋申锡密谋，想要除掉宦官，拥立跟随自己长大的漳王李凑为帝。可惜，文官们的实力太差了，他们的计划还没有实施，就被太监们发现，结果李凑被贬为庶民。杜秋娘作为主谋，也只好返回家乡润州。据说这时候的杜秋娘无儿无女，住在道观里，早期还有当地的官员给她一些财物，到后来，就只能孤苦无依地过日子了，所以，杜牧见到她的时候，看到的是一个又老又穷的杜秋娘了。

据说，杜秋娘能够得到李锜和唐宪宗的喜爱，都和她写作的一首诗有关，这首诗，就是今天咱们要读的《金缕衣》。

金缕衣

劝君莫惜金缕衣，劝君惜取少年时。

花开堪折直须折，莫待无花空折枝。

劝君莫惜金缕衣。“金缕衣”是用金色丝线编织而成的衣服。后来用来比喻华丽贵重的东西。这句诗的意思是：劝你不要珍惜华丽贵重的金缕衣。

值得一提的是，在古代，还有一种“金缕玉衣”，是汉朝皇帝和高级贵族死后穿的殓服，它是把玉片用金丝穿连起来，做成人体的形状。为什么要这么做呢？因为古人认为玉是“山岳精英”，把金玉放在人的九窍（两眼、两耳、两鼻孔、口、尿道和肛门），人的精气就不会外泄，尸体就不会腐烂，就可以来世再生。最著名的是刘备的祖先中山靖王刘胜穿过的金缕玉衣。

金缕玉衣

劝君惜取少年时。“取”在这里是语气助词，表示动作的进行。少年时就是少年时光，这是人一生中最美好的阶段，自古以来劝人珍惜少年时光的诗词有很多，比如岳飞说“莫等闲，白了少年头，空悲切”，唐玄宗说“彼此当年少，莫负好时光”，等等。这句诗的意思是：劝你要珍惜这无限美好的少年时光。

花开堪折直须折，莫待无花空折枝。“堪”的意思是能，可以。“直须”的意思是就须。这两句诗是说：花儿盛开的时候能够折取就要及时折取，不要等到花儿凋谢没有花的时候再去折取空枝。

这首诗是劝告人们要珍惜少年时期的大好时光，要趁着青春年华，及时去做自己该做的事情，否则，等到韶光已去、青春不再的时候，就只能“老大徒伤悲”了。

练 习

1.“劝君莫惜金缕衣，劝君惜取少年时”表达了怎样的情感？

2.“花开堪折直须折，莫待无花空折枝”给我们什么启示？

许浑篇

第八十五日

溪云初起日沉阁，山雨欲来风满楼

咱们现在在形容冲突或战争爆发之前的紧张气氛的时候，经常提到一句话：山雨欲来风满楼。其实这句话，出自唐朝诗人许浑的作品《咸阳城东楼》（又叫《咸阳城西楼晚眺》），今天咱们就来读一下这首诗。

咸阳城东楼

一上高城万里愁，蒹葭杨柳似汀 (tīng) 洲。
溪云初起日沉阁，山雨欲来风满楼。
鸟下绿芜秦苑夕，蝉鸣黄叶汉宫秋。
行人莫问当年事，故国东来渭水流。

咸阳本来是秦朝的都城，但随着秦朝的灭亡，加上鲁莽的西楚霸王项羽的一把大火，从汉朝开始，这座曾经繁华的都市，慢慢地衰落下去，唐朝的时候，这里成了一个县城。

有一天，诗人许浑登上了咸阳城的高楼，登高望远，怀古思今，写下了这首诗。

一上高城万里愁，蒹葭杨柳似汀洲。我一登上咸阳高高的城楼，向远方望去，心里充满了无限的忧愁，远处那些蒹葭、杨柳，很像长江中的汀洲。“蒹葭”指芦苇，《诗经》中有“蒹葭苍苍，白露为霜”的句子。“汀洲”是水中小洲。诗人许浑本来是润州人，也就是现在的江苏镇江人，所以在西北会想到长江。那么这里的愁，也可以理解为乡愁，是思念家乡的愁苦。

溪云初起日沉阁，山雨欲来风满楼。诗人自己注释道：“南近磻(pán)溪，西对慈福寺阁。”意思是说这个地方南边靠近磻溪，西边正对着慈福寺的楼阁。于是诗人看到了这样的一片景象：在磻溪上飘起了云彩，太阳照着慈福寺的阁楼，快要落山了；大风吹来，满楼风声，估计暴雨马上就要来了。

鸟下绿芜秦苑夕，蝉鸣黄叶汉宫秋。在夕阳的照耀下，飞鸟落到长着绿草的秦朝的宫苑里，秋蝉也在挂着黄叶的汉朝的宫殿中鸣叫着。因为秦和汉两个朝代的都城都在这里，所以诗中这样说。

行人莫问当年事，故国东来渭水流。“行人”是过客，指古往今来的征人游子，也包括诗人在内；“故国”指秦汉故都咸阳。“渭水”现在叫渭河，它是黄河最大的支流。旁边还有条泾河，成语“泾渭分明”就是从这里来的。这两句诗是说：游子们不要去询问当年秦朝汉朝时期繁华的事情了，咸阳这座古城还在，但是繁华已经随着渭河水流走了。

写这首诗的时候，大唐王朝已经处于风雨飘摇之中，日渐衰败了，诗人登上高楼，看到眼前的云、日、雨、风、绿芜、黄叶等种种景物，就用笔勾勒出一个萧条凄凉的意境，他借秦苑汉宫的荒废，抒发了对家国衰败的无限感慨。全诗情景交融，景中寓情，凄美的景中有悲苦的情，意境苍凉而又雄阔高远，被认为是唐人登临诗篇之佳作。

练　习

1.“溪云初起日沉阁，山雨欲来风满楼”描绘了怎样的景象？

2.结合全诗，分析诗人“愁”的原因。

朱庆餘篇

第八十六日

妆罢低声问夫婿，画眉深浅入时无

一说到科举考试，人们总是会想到它有多难，有多严格，但实际上，科举考试也是在不停发展的，在刚刚开始的时候，它有很多不完善的地方，甚至可以说，有很多的漏洞可以钻。

《明人考试图横轴》

比如说唐朝的科举考试，那时候的考试试卷是不密封的，也就是说，阅卷老师（主考官）可以看到考生的籍贯、姓名，可以很清楚地知道这张试卷是谁的。要是主考官的亲戚、朋友、学生之类的人参加考试，会不会很容易就得到高分被录取呢？当然会了！所以，在那时候，怎么让主考官知道自己、了解自己甚至喜欢自己，就是一件非常重要的事情了。于是，当时的考生们会把自己写得好的诗歌提前给主考官或者跟主考官关系好的朝廷中的大人物送去，让他们能够提前认识自己、了解自己、赏识自己，到了考试的时候，自然就可以得到照顾被录取了。这种考生们写作的为了增加考中的把握或知名度，特意向达官贵人、社会名流投寄的诗文，就叫作行卷诗。

唐朝人写的行卷诗很多，举不胜举，其中有一首非常著名，就是朱庆馀写的《近试上张水部》。

近试上张水部

洞房昨夜停红烛，待晓堂前拜舅姑。

妆罢低声问夫婿，画眉深浅入时无？

这首诗是临近考试的时候，朱庆馀写给水部郎中张籍的。张籍是唐朝著名诗人，因为得到韩愈的推荐中了进士，也成了韩愈的大弟子，他的乐府诗与王建齐名，并称“张王乐府”。后来，张籍又和白居易、元稹等人关系密切，所以在当时很有名气，也算是文坛上的大人物了。这也是朱庆馀给他写诗的原因。

洞房昨夜停红烛。“洞房”是新婚夫妇居住的卧房。在古代结婚的时候，有一个习俗是点燃两根红色的蜡烛一直到天明。咱们平时说的洞房花烛夜，就是跟这有关。“停”在这里的意思是停留，也就是不熄灭。这句诗的意思是：昨天晚上，洞房里的红烛一直燃烧。

待晓堂前拜舅姑。“晓”的意思是天亮。“舅姑”指公公婆婆，也就是丈夫的爸爸妈妈。古人称呼丈夫的父亲叫舅，丈夫的母亲叫姑。这句诗的意思是：等到天亮的时候要到厅堂上拜见公婆。

新娘子见公婆，总是有些紧张的，为了给公婆留下好印象，所以也要好好化个妆，让自己漂亮一些。

妆罢低声问夫婿。“夫婿”就是自己的丈夫。这句诗的意思是：化完妆后小声地问自己的丈夫。

画眉深浅入时无。古代的时候女子用一种叫作“黛”的青黑色的颜料来画眉，画的时候要注意颜色的浓淡，也就是颜色的深浅。“入”的意思是符合。“时”是指当时的风尚时宜。“无”是个疑问词，相当于“吗”。这句诗的意思是：你看看我画的眉毛，颜色的深浅符合时宜吗？

这首诗表面上写的是一个刚刚结婚的新娘为了博得公婆的欢心，梳妆打扮之后小声征询丈夫的意见。实际上，这是诗人把自己比作新娘，把张籍比作夫婿，把主考官比作公婆，把自己的诗文比作画好的眉毛。他是借着这些比喻，希望获得张籍的赏识，让张籍向主考官推荐自己，帮助自己顺利通过考试，考中进士。

当然，最后朱庆馀成功了。

练　习

“妆罢低声问夫婿，画眉深浅入时无？”反映了诗人什么样的心理？

第八十七日

云边雁断胡天月，陇上羊归塞草烟

很多人都听过一首歌，名字叫《苏武牧羊》，歌中唱道：苏武留胡节不辱，雪地又冰天，苦忍十九年，渴饮雪，饥吞毡，牧羊北海边，心存汉社稷，旄落犹未还。

歌里所说的苏武是谁呢？咱们先来说说苏武的故事吧！

苏武是西汉时期的人，他奉汉武帝的命令持节出使匈奴，可是中间出了点变故，他被扣留在了匈奴。匈奴的单于对苏武威逼利诱，希望他投降，苏武都没有答应。于是匈奴就把苏武关在了一个地窖里，想把他饿死。不过苏武靠着吃雪和毡毛，竟然坚持了好几天都没有死。那时候的匈奴人还是比较愚昧的，以为苏武是神，就放弃了害死他的想法。

不过，匈奴人并不想放苏武回汉朝，他们又想出了个办法，让苏武到北海去牧羊。

匈奴人给苏武的羊都是公羊，他们对苏武说："如果公羊有了奶，就把你放了！"意思就是如果公羊能够生出小羊来，就放苏武回去。不过，苏武并没有绝望，他手持汉节，在湖边牧羊，饿了就抓老鼠、挖草根吃，冷了就跟羊群挤在一起睡觉取暖，就这样过了好多年。

后来，苏武的一个朋友李陵投降了匈奴，司马迁就是因为给李陵辩解而受到宫刑的。李陵来劝苏武也投降，苏武义正词严地拒绝了他。又过了几年，汉武帝死了，汉昭帝即位后汉朝和匈奴的关系有了缓和。汉朝想把苏武要回来，匈奴人说苏武已经死了。汉朝的人并不信，表示我们皇上在上林苑里打猎时射下来一只大雁，大雁的腿上有一封信，说是苏武在北海放羊呢！匈奴人没有办法，只好把苏武送回了汉朝。到这个时候，苏武在匈奴待了十九年，这十九年里，他一直坚持自己的气节，始终不投降，回来后受到了朝廷的表彰，也在中国历史上成了被人称赞的英雄人物。

唐朝末年，诗人温庭筠来到了苏武庙游览，想起苏武的事迹，写下了这首《苏武庙》。

苏武庙

苏武魂销汉使前，古祠高树两茫然。

云边雁断胡天月，陇上羊归塞草烟。

回日楼台非甲帐，去时冠剑是丁年。

茂陵不见封侯印，空向秋波哭逝川。

温庭筠是晚唐时期的诗人、词人，本来名叫温岐，字飞卿。在诗歌方面，他和李商隐并称为"温李"，在词的创作方面，温庭筠是花间词派的代表人物，他和韦庄并称为"温韦"。温庭筠非常有才华，可以说琴、棋、书、画样样精通。据说，他参加考试的时候，从不打草稿，把两只手交叉在一起，交叉八次，就可以写出一首诗，当时的人给他起了个外号叫温八叉，也叫温八吟。

苏武魂销汉使前，古祠高树两茫然。“魂销”形容百感交集，内心激动。“汉使”是指汉朝的使者。“茫然”在这里是渺然久远的样子，指古祠也就是苏武庙和高大的树木都年代久远了。这两句诗的意思是：当年苏武见到来接他的汉朝使者内心激动百感交集，现在古老的祠庙、高大的树木苍凉肃穆年代久远。

傅抱石《苏武牧羊图》

云边雁断胡天月，陇上羊归塞草烟。大雁有传递信息的功能，也就是我们常说的鸿雁传书。“雁断”的意思也就是苏武被匈奴扣留之后，和汉朝的通信断了。“胡”本来是对北方少数民族的称呼，在这里指匈奴。“陇上”是丘垄之上。这两句诗的意思是：大雁飞翔，消失在匈奴领地的月色之中，和汉朝的音信早已断绝；傍晚时分苏武从丘垄之上放羊回来，面对着一片塞草荒烟。

回日楼台非甲帐，去时冠剑是丁年。“甲帐”是汉武帝修建的，据说里面装饰着各种各样的奇珍异宝，是用来给神居住的。“冠剑”，戴着帽子佩带宝剑，指苏武出使匈奴时的装束。“丁年”的意思是成丁之年，壮年。苏武出使匈奴时大约四十岁，正值壮年。这两句诗是说：回国时（苏武看到）皇宫中的亭台楼阁还在，但甲帐已经不在，自己出使时戴冠佩剑器宇轩昂正值壮年。

茂陵不见封侯印，空向秋波哭逝川。“茂陵”是汉武帝的陵墓，这里指汉武帝。“封侯印”，苏武回国后，汉宣帝封他为关内侯，食邑三百户。这时候汉武帝已经死了，所以再也看不见这一情景了。“秋波”，秋水。“哭逝川”是指《论语》中所说的“子在川上曰：‘逝者如斯夫，不舍昼夜’”，后来形容感叹时光流逝，一去不返。这两句诗的意思是：汉武帝长眠于茂陵之中，再也看不到苏武被封侯挂印了，空对着秋水哭诉时光流逝一去不返。

这首诗表达了诗人对苏武所怀的敬意，热情地赞扬苏武的民族气节，寄托着诗人的爱国情怀。

练 习

1. 试简要分析“苏武魂销汉使前，古祠高树两茫然”的作用。

2. “茂陵不见封侯印，空向秋波哭逝川”运用了哪些修辞手法？抒发了诗人怎样的情感？

杜牧篇

第八十八日

商女不知亡国恨，隔江犹唱后庭花

在咱们中国的历史上，有三个“后主”特别出名。一个是“蜀后主”刘禅，一个是“南唐后主”李煜，还有一个是“陈后主”陈叔宝。

咱们今天主要了解“陈后主”陈叔宝，他是南朝四个朝代中陈朝的后主。这家伙在文学方面、音乐创作方面都不错，但当了皇帝之后，每天吃喝玩乐，以为有长江天险的存在敌人打不过来，没想到隋朝的杨广（后来的隋炀帝）就是厉害，打陈朝比切西瓜还容易。陈后主只好投降。陈后主投降进入隋朝后，依旧沉湎酒色，醉生梦死，让人感慨陈朝灭亡的必然。

今天咱们读的这首诗，就是唐朝杜牧写的针对陈叔宝的咏史诗《泊秦淮》。

泊秦淮

烟笼寒水月笼沙，夜泊秦淮近酒家。
商女不知亡国恨，隔江犹唱后庭花。

烟笼寒水月笼沙，夜泊秦淮近酒家。夜晚的雾像烟一样，笼罩着寒冷的秦淮河水，月光笼罩着河中的沙洲。我晚上在秦淮河边停下船，旁边靠近一个酒家。

商女不知亡国恨，隔江犹唱后庭花。歌女们不知道什么是亡国之恨，隔着遥远的江面，还在唱着陈后主写的《玉树后庭花》这种靡靡之音。“商女”就是卖唱的歌女或者歌伎。

《玉树后庭花》是陈后主自己写的歌曲，被称为“亡国之音”，为什么呢？咱们看看歌词。

玉树后庭花

丽宇芳林对高阁，新妆艳质本倾城。
映户凝娇乍不进，出帷含态笑相迎。
妖姬脸似花含露，玉树流光照后庭。
花开花落不长久，落红满地归寂中。

想当年，隋朝的军队已经到了长江北岸，而陈后主陈叔宝竟然还在花天酒地，吃喝玩乐，他自己的歌曲中都说不长久，这可能就真的预示着国家要灭亡了吧？把这首《玉树后庭花》说成是亡国之音，还是很有道理的。

杜牧当年来到秦淮河畔，看着眼前的灯红酒绿，看着达官贵人们过着花天酒地、醉生梦死的生活，自然而然就想到了陈后主。陈后主亡国了，可是唐朝人并没有从陈后主的经历中吸取教训，于是杜牧就用咏史诗的形式，抨击达官贵人们的生活状态，也对大唐王朝的国运表示出深切的忧虑。

练 习

1. 诗中借古讽今，抒发对统治者醉生梦死、不顾国家安危的愤慨和忧虑的句子是：____________________。

2. 请简要赏析“烟笼寒水月笼沙”中的两个“笼”字，它们有什么样的表达效果？

第八十九日

东风不与周郎便，铜雀春深锁二乔

在今天的河北省邯郸市，有一座铜雀台，它与金凤、冰井二台并称“三台”，是汉末曹操击败袁绍后所建。当时聚集在曹操身边的文人常在铜雀台饮酒欢宴、写文作诗，可以说，铜雀台是“建安文学”的发祥地之一。

咱们今天读的诗就跟铜雀台有关，是杜牧写的一首咏史诗，名字叫《赤壁》。

赤 壁

折戟 (jǐ) 沉沙铁未销，自将磨洗认前朝。

东风不与周郎便，铜雀春深锁二乔。

折戟沉沙铁未销。“戟”，是古代的一种武器，《三国演义》中的吕布就是骑赤兔马，手持方天画戟。这句诗的意思是：折断的戟埋没在长江边的泥沙里，被挖出来时已经生满了铁锈，有些难以辨别了。

自将磨洗认前朝。我把它拿过来，仔细清洗，认出了这是三国时期赤壁之战时遗留下来的武器。“将”在这里是拿起、拿着的意思。“前朝”，过往的朝代，这里指赤壁之战发生的时期。

东风不与周郎便。“周郎”就是周瑜，他年轻有为，事业早成。赤壁之战打败曹操名扬天下的时候，周瑜只有二十四岁，东吴人称他为周郎。这里所说的“东风”是指在赤壁之战时，孙刘联军用的是火攻的计策，风是个重要的客观条件。诗人在这里做了个假设：如果当年没有东风给周瑜提供便利的话，情况就可能是另一个模样了！

赤壁之战是发生在公元 208 年的一场战役。当时曹操统一了北方，就想趁机消灭孙权、刘备等人，统一全国。于是他率领二十万大军（号称八十万）南下。这时，孙权手下大约有三万人，加上刘备手下的两万人，孙刘联军一共五万人，双方实力悬殊。可是，曹操的军队大部分都是北方人，不熟悉水上作战，于是曹操就用铁链把大船都连起来，让士兵们能够如履平地。这时候，周瑜的部下黄盖就建议用诈降加火攻的方法和曹操作战。没想到曹操果然上当了，黄盖来“投降”的那天正好刮东南风，风助火势，先是烧了曹操的战船，然后大火又蔓延到岸上，烧掉了曹操的军营。曹军烧死的、淹死的、被吴军杀死的，再加上因为水土不服生病死的，损失了一大半。

赤壁之战是我们中国历史上著名的以少胜多的战争，曹操失败以后，实力受损，再也没有能力统一全国了，于是，三足鼎立的局面就形成了。

铜雀春深锁二乔。没有东风会变成什么情况呢？到来年春天的时候，恐怕吴国的两大美女，也就是孙策的夫人大乔、周瑜的夫人小乔就会被曹操俘虏到铜雀台里归曹操所有了！

杜牧自己曾经研究过兵书，自认为是文武全才的人物，只可惜生不逢时，怀才不遇。他在诗中讥讽周瑜的成功是侥幸的，其实就是为了抒发自己心中那种生不逢时、怀才不遇的愤愤不平之情。

练　习

1.“折戟沉沙铁未销，自将磨洗认前朝”在全诗中的作用是什么？

2.“东风不与周郎便，铜雀春深锁二乔”表达了怎样的思想感情？

第九十日

天阶夜色凉如水，卧看牵牛织女星

牛郎织女的故事，是我国的四大民间传说之一，其他的三个是“梁山伯与祝英台”“孟姜女哭长城”和“白蛇传”。牛郎织女的故事有很多版本，最常见的是下面这个：

织女是玉皇大帝的外孙女，名叫张七姐。玉皇大帝跟前的金童喜欢上了织女，玉皇大帝知道了之后非常生气，就想杀掉金童。这时候，太上老君向玉皇大帝求情，于是金童被贬到了人间，投胎转世到了牛员外家，被叫作牛郎。牛郎七岁时父母都死了，只能和哥哥嫂子过日子。他的嫂子是个恶毒的女人，每天都虐待牛郎。太白金星知道后，觉得牛郎太可怜了，就报告了玉皇大帝，玉皇大帝又让金牛星下凡，转世投胎成了一头牛，来到牛郎家，和牛郎做伴。从此以后，牛郎白天放牛，晚上也和牛住在一起。就算这样，恶毒的嫂子也不想放过牛郎，想在饭菜中下毒毒死他，好在有老牛的保护，才算是躲过了一劫。哥哥实在看不过去了，于是就提出分家，牛郎没有要其他的家产，只带着老牛离开了。后来，牛郎在人间受苦的期限到了，就和老牛一起回到了天上。在天河岸边，牛郎看到几个仙女在洗浴，悄悄偷走了织女的衣服。织女着急地四处寻找，发现是被牛郎拿走了。两人再次见面，旧情复燃。玉皇大帝终于同意让他们两个人结婚，可是他们又犯了两个错误：一是没有去拜谢王母娘娘，二是结婚后织女耽误了织布的工作。王母娘娘很生气，就在玉皇大帝面前说他们的坏话，于是玉皇大帝就派托塔李天王去捉拿二人。被捕后，玉皇大帝要处死他们，好在有太上老君求情，最终的“判决”是让牛郎、织女永远分离不能再见。后来，太白金星等人为他们求情，玉

郭梁《牛郎织女图》

皇大帝才允许他们每年农历七月七日见一次面。

因为有牛郎织女的传说，七月七日这一天，就成了一个节日：七夕节，又叫女儿节、乞巧节。有许多诗人写下了关于这个节日的诗歌，杜牧的《秋夕》就是其中一首。

秋　夕

银烛秋光冷画屏，轻罗小扇扑流萤。

天阶夜色凉如水，卧看牵牛织女星。

银烛秋光冷画屏。“银烛”就是白色的蜡烛。因为银子的颜色是白色，所以就这么叫了。“秋光”指秋天的月光。按照传统的说法，秋天是农历的七、八、九三个月。“画屏”就是绘有图案的屏风。这句诗的意思是：白色蜡烛的微光，在秋天的晚上，照着绘有图案的美丽的屏风。

轻罗小扇扑流萤。“轻罗小扇”是轻巧的丝质团扇。“团扇”也叫合欢扇，是一种圆形有柄的扇子，一般是用丝、绢、绫罗之类的丝织品制作的，它代表着团圆友善、吉祥如意。“流萤”指飞动的萤火虫。萤火虫一般出现在草丛冢间那些荒凉的地方。从这句诗中我们可以看出，诗人描写的主人公应该是一位女子，确切地说应该是一位孤独的宫女，她挥动着轻罗小扇扑打着在空中飞舞的萤火虫。我们也可以推断出，这位宫女居住的地方没有其他人，她一个人孤独寂寞而且无聊，只好用扑打萤火虫来打发时间。

天阶夜色凉如水。这里的“天阶”并不是天上的台阶，而是指皇宫里用汉白玉做成的台阶。这句诗的意思是：夜色渐深，皇宫中的台阶凉得像水一样。

卧看牵牛织女星。这位多愁善感的宫女，躺在床榻上，凝望着天上的牵牛星和织女星……她想起牛郎织女的故事，然后又想到自己的实际情况：

身处皇宫之中，孤独、寂寞，自己如果能够像牛郎织女那样该多好啊！

这首诗描写了一名孤单的宫女，在秋天的夜晚乘凉，寂寞无聊的时候，仰望天河两侧的牛郎星和织女星，心生遐想，委婉含蓄地表现出她内心的哀怨和期望。

练 习

1.“银烛秋光冷画屏，轻罗小扇扑流萤”描绘了一幅怎样的画面，试简要描述。

2.“天阶夜色凉如水”运用了什么修辞手法，有什么样的表达效果？

陈陶篇

第九十一日

可怜无定河边骨，犹是春闺梦里人

整个唐朝，实际上是和战争结合在一起的，从始至终，它都没有停止过战争。战争，虽然在某种程度上让唐朝变得强大，但也给参加战斗的将士和他们的家属带来了痛苦。咱们今天就来读一读这首《陇西行》，了解战争给人们带来的苦难。

陇 西 行

誓扫匈奴不顾身，五千貂锦丧胡尘。
可怜无定河边骨，犹是春闺梦里人。

这首诗的作者是陈陶，在洪州（江西南昌）西山隐居，自号三教布衣。他虽然没有亲临战场奋勇杀敌，但对战争的理解却非常深刻。

誓扫匈奴不顾身。“匈奴”本是生活在我国北部的游牧民族，从战国到秦汉以至于魏晋，它和中原王朝的战争几乎没有中断过。消灭匈奴，在西汉时期甚至可以说是边疆战士们的最高理想，名将霍去病的一句“匈奴未灭，何以家为”，到现在听起来还让男儿们热血沸腾！“顾身”的意思是顾及身体，顾及生命。这句诗是说：誓死扫除匈奴，奋不顾身。

五千貂锦丧胡尘。“貂锦”本意是貂裘锦衣，汉朝时的羽林军都穿着貂裘锦衣，这里指边疆战士穿着的战袍。羽林军本是皇帝的侍卫禁军，其中的将士可以说都是精锐，所以这里的貂锦也指装备精良的精锐部队。“丧胡尘”指的是与胡人作战丧生。胡尘在很多诗词里经常出现，它可以指胡地的尘沙，也可以指胡人的兵马前进扬起的灰尘。像陆游在《秋夜将晓出篱门迎凉有感》中就有“遗民泪尽胡尘里，南望王师又一年”。这句诗的意思是：五千名英勇的精锐士兵丧生于胡尘之中。

可怜无定河边骨。“无定河”在现在的陕西，它穿越沙漠、草地、黄土戈壁，因为河流经常改道，行踪不定，水量不定，深浅不定，清浊不定，因而被称为无定河。这句诗的意思是：可怜无定河边战士们的尸首都成了白骨。

犹是春闺梦里人。“春闺”，本指女子的闺房，这里指出征将士们的妻室。这句诗是说：他们还是少妇梦中思念的亲人。

这首诗前两句描写的是战士们在边疆激战的场景：五千精锐奋不顾身地冲向敌人，他们立誓要扫灭匈奴，只可惜，最终全都壮烈牺牲。战争的残酷，全都跃然纸上。然而，他们已经化为白骨的残酷现实远在家乡的妻子并不知道，他们仍然出现在妻子的梦中，妻子依然期盼着丈夫早日回来，在梦中向丈夫倾诉着自己的思念之情。在这里，我们能够感受到震撼心灵的悲剧力量：战争给百姓带来的痛苦和灾难早已降临，但身处其中的人却还被蒙在鼓里，还对未来充满着美好的憧憬。当有一天，残酷的现实击碎妻子的美梦的时候，那是一件多么悲哀的事情啊！诗人在这里，把无定河边的累累白骨和春闺之中的美梦进行对照，情景悲惨，震人心魄，也表现了诗人对战死者及其家人的无限同情。

练习

1.“五千貂锦丧胡尘”中“貂锦”指什么？这里采用了什么修辞手法？

2.“可怜无定河边骨，犹是春闺梦里人”表达了诗人怎样的情感？

李商隐篇

第九十二日

身无彩凤双飞翼，心有灵犀一点通

唐代诗人李商隐最受人关注的，就是他的无题诗。绝大多数情况下诗歌都是有题目的，为什么会出现无题诗呢？人们认为有两种原因，一种是诗的内容敏感，不便于写题目，这时诗歌的内容也会比较委婉、隐晦，不直接说明诗人的意图。还有一种就是诗人也没想好题目，干脆就弄个无题了，这种情况现代诗比较多。

李商隐的无题诗，大多数都属于第一种情况，这也给咱们这些后代的读者，留下了丰富的想象空间，你要问这首诗写的是什么？估计李商隐会说“你猜，你猜，你猜猜猜”。

今天咱们就来猜猜李商隐的一首《无题》，看看这首诗写的到底是什么！

先上诗：

无　题

昨夜星辰昨夜风，画楼西畔桂堂东。

身无彩凤双飞翼，心有灵犀一点通。

隔座送钩春酒暖，分曹射覆蜡灯红。

嗟余听鼓应官去，走马兰台类转蓬。

顾闳中《韩熙载夜宴图》

昨夜星辰昨夜风，画楼西畔桂堂东。这两句诗交代了时间、地点以及天气情况。时间：昨天夜里。地点：画楼的西边，桂堂的东面。天气情况：有风，且估计是微风，狂风就不浪漫了。此地正在进行一场酒宴，有酒有肉，有歌有舞。

身无彩凤双飞翼，心有灵犀一点通。诗人在这里看到了一个人，应该是个女人。因为他说："我即使身上没有长出凤凰的翅膀，不能飞到你身边，但是咱们的两颗心却像灵犀一样点点相通。""凤凰"是咱们中国传说中的一种神鸟，被称为"百鸟之王"，雄的叫凤，雌的叫凰。但是从秦汉时期开始，因为龙成了帝王的象征，代表男性，凤凰就渐渐被统一雌化了，代表皇后、妃子等女性。所以，也就有了龙凤呈祥的说法。

"灵犀"，古人认为犀牛是有灵的神兽，也认为犀牛角中有白纹，如线直通两头，感应灵敏。后来用来比喻两心相通。

隔座送钩春酒暖，分曹射覆蜡灯红。“送钩”是古代喝酒时的一种游戏。分为两组，把玉钩藏在手里，暗地里一个接一个地传递，最后猜一下玉钩在谁手里，如果猜不中，就罚酒，有点像现在的击鼓传花。

“射覆”也是一种喝酒时的游戏，是把东西藏在一个器物的下面，让人猜，猜不中也要罚酒。古代喝酒时的游戏很多，比如还有投壶、行酒令等。

这两句诗是说：昨晚咱俩在酒宴上隔着座位传送玉钩，春酒格外温暖，在灯火通明的蜡烛下，咱们还玩了射覆的游戏，真是开心啊！分曹，是分组的意思。

嗟余听鼓应官去，走马兰台类转蓬。可惜的是天亮的鼓声响起了，我不得不起身回到官府工作去，快马加鞭来到兰台，就类似随风飘走的飞蓬一样。“兰台”是皇宫中藏书的地方，这里指秘书省，是李商隐的工作场所。

读完了这首诗，基本可以确定这是首爱情诗。诗中描写了李商隐对一位女子爱慕的心理活动，刻画了爱情受阻隔的苦闷和彼此心灵契合的喜悦。当然，也有人说这不是爱情诗，那就继续猜好了！

练　习

1. 点名欢聚的时间和地点的诗句是：____。

2. 请简要赏析“身无彩凤双飞翼，心有灵犀一点通”。

第九十三日

夕阳无限好，只是近黄昏

如果你到西安旅游，去过大雁塔之后，千万别忘了去它附近的一个地方——乐游原。乐游原作为旅游胜地，到现在已经有两千多年的历史了。唐朝的时候，乐游原是长安城的最高点，站在原上，可以眺望整个长安城，是登高览胜的最佳地点，所以每当三月三上巳节、九月九重阳节，京城里的男男女女们都喜欢到这里来玩，当然，其中也会有很多的诗人，其中一个，就是晚唐时期大名鼎鼎的李商隐。李商隐来到这里游玩散心，写下了著名的《登乐游原》，今天咱们就来读读这首诗。

登乐游原

向晚意不适，驱车登古原。
夕阳无限好，只是近黄昏。

李商隐为什么要来乐游原呢？因为“**向晚意不适**”，所以“**驱车登古原**”。“向晚”就是傍晚。“意不适”的意思是心绪不畅，也就是心里不舒服。李商隐“傍晚的时候心情不舒畅”，这是为什么呢？

这就需要咱们来了解一下李商隐这个人了。李商隐生活的那个时代，正好是历史上著名的牛李党争的时候。当时朝廷里有两个党派，一个是以牛僧孺为首的牛党，一个是以李德裕为首的李党，他们各自形成集团之后，相互之间争夺权力，互相倾轧。一方上台了，另一方的人就肯定要倒霉：有的被贬官，有的甚至丧命。这种争斗持续了几十年，历史上就叫作牛李党争。既然有争斗，自然就有人要受苦，要倒霉。那这个跟李商隐有什么关系呢？

李商隐少年时期就才华横溢，十九岁的时候，因为文章写得好，得到了当时一个叫令狐楚的大人物的赏识，这位令狐大人还让自己的孩子跟李商隐交往，大约是想让李商隐好好教教他们吧。令狐楚是牛党里的重要人物，李商隐得到了他的赏识后，受到了关照，不管是学习上还是事业上都得到了实惠，所以，在二十五岁的时候，他就考中了进士。这样，在别人眼里，李商隐就是牛党的人了。过了一年，李党里的一个著名人物王茂元看上了李商隐，觉得这小伙子不错，有才华，就把他招到自己手下做了掌书记，还把女儿嫁给了他。身为李党中重要人物的女婿，在别人看来，李商隐似乎又成了李党的人。

这一来可不得了啊，牛党的人就觉得李商隐是个忘恩负义的小人，是个贪慕富贵的叛徒！而李党的人也没有接纳李商隐，因为李商隐的这个岳父大人跟牛党的人老是有各种各样的联系，所以，李商隐也不会得到李党的真正信任。因此李商隐虽然满腹才华，少年得志，但是一直遭到排挤，郁郁不得志。

这就是李商隐“向晚意不适”的原因。心里不舒服怎么办呢？按照咱们一般人的想法，就是出去玩玩，散散心。很明显，李商隐这时候也是这种想法，于是他“**驱车登古原**”。“驱车”的意思是乘车或驾车。李商隐坐着车登上了乐游原。

登上乐游原看到了什么呢？**夕阳无限好**。夕阳灿烂，风光无限美好。眼前是美丽的风景，这下心情该好了吧？不，李商隐想到的，是这夕阳虽然美好，只是已经接近黄昏，日薄西山了。按照他的话说，是“**只是近黄昏**”。

他为什么会有这样的想法呢？这里面有两个原因：一个是这时候他空有才华，满怀理想抱负，却不能实现，只能借助诗歌来抒发岁月蹉跎、人生失意的悲伤；另一个原因是跟他忧国忧民的情怀有关。咱们都知道，安史之乱之后，唐朝逐步走向衰落，尤其是李商隐生活的晚唐时期，更是江河日下。像李商隐这样有才华、有理想抱负的人，怎么能不忧国忧民呢！正好，这时候的皇帝唐武宗还算是个有能力的皇帝，有一段时间，曾经取得了很大的成就，让人看到了唐朝复兴的希望，所以李商隐的“夕阳无限好”，也可以指大唐王朝这时候的景象。可是，唐武宗刚刚取得了一些成就，就开始变了，他宠爱王才人，荒废朝政，还请来道士给自己炼丹，教自己修仙，希望能够长生不老，即使这些道术让自己生病了也不悔悟。稍微有些见识的人都知道，皇帝这样折腾，那就离死不远了啊！李商隐自然更能够看透这些，所以，他说“只是近黄昏”，这近黄昏的，是皇帝，更是大唐王朝。也就是说，这两句诗中还表现了他对大唐帝国日渐衰落的预感。

这首诗语言明白朴实，没有用典故，没有用修辞，可以说是毫无雕饰，却感喟深沉，富于哲理，意境苍凉悲壮，意蕴深邃。

练　习

1. 点名登古原的时间和原因的句子是：______________________________。

2. 请简要分析“夕阳无限好，只是近黄昏”所表达的情感和哲理。

第九十四日

可怜夜半虚前席，不问苍生问鬼神

韩愈说：“世有伯乐，然后有千里马。”马是这样，人也一样。这个世界上，有多少有才华的人因为没有遇到伯乐，没有让他自我发展、自我表现的机会和途径，最终默默无闻，郁闷而死的啊！这个其实还不是最痛苦的，最痛苦的是伯乐有了，也发现了千里马，但是伯乐身边的小人却不让伯乐使用千里马，甚至要害千里马！咱们今天就来说说西汉贾谊的故事。

贾谊的故事，咱们从唐代李商隐的《贾生》说起吧！

贾　生

宣室求贤访逐臣，贾生才调更无伦。
可怜夜半虚前席，不问苍生问鬼神！

诗中的主人公有两个，一个是汉文帝，一个是贾生，也就是前面说的贾谊。

汉文帝算是咱们中国历史上的明君，他当皇帝的时代，西汉社会稳定，发展得很快，和后来的汉景帝一起，他们那个年代被称为“文景之治”。他不仅是个好皇帝，还是个大孝子，《二十四孝》里面有个关于他的故事，叫作“亲尝汤药”。就是这样的一个好皇帝，在对待人才方面，也有很糊涂的时候，比方说他对待贾谊这件事。

贾谊是西汉时期著名的辞赋家，他很小的时候就因为才华出众而出名了。十八岁的时候，因为擅长写文章，他在家乡名气很大，大家都称赞他。汉文帝听说了贾谊这个人，就把他请到朝廷中来，让他担任博士、太中大夫等官职。贾谊也想充分发挥自己的才华，为国家做贡献。他向皇帝提了很多建议，汉文帝也非常认可。不过，他的这些建议伤害到了当时很多大臣的利益，于是，大臣周勃、灌婴等人就排挤他，处处说他的坏话。皇上没办法，就贬他的官，让他离开京城到长沙王那里给长沙王做太傅，也就是相当于长沙王的老师。所以后代的人就叫他贾长沙、贾太傅。过了很久，皇上又想起了他，就把他叫回京城。贾谊以为自己的机会又来了，就兴冲冲地回到京城，来到皇宫里，本想和皇帝讨论下国家大事，没想到，皇上不问他国家大事，而是问他关于鬼神的事情，贾谊很失望。后来，皇上又让他担任梁怀王的太傅，可惜，好景不长，有一次，梁怀王出了意外，从马上掉下来摔死了！贾谊觉得自己作为老师，没有照顾好学生，导致学生死亡，非常内疚，再想想估计自己的前途也已经完蛋了，十分郁闷，竟然把自己郁闷死了！这一年，他才三十三岁。

那李商隐为啥要写这首诗呢？因为李商隐也觉得自己是个才子，而且李商隐的人生道路也不平坦，一直也没有什么真正的伯乐来发现他，栽培他。他觉着自己跟贾谊有很多相似的地方，所以，就借写贾谊的事情，来表现自己的遭遇，抒发自己怀才不遇的郁闷。另一方面，汉文帝只知道问鬼神，李商隐时的皇帝也好不到哪里去，只知道求佛问道寻求长生不老。这种方法，叫作“借古讽今”。

好，咱们简单学习下这首诗吧：

宣室求贤访逐臣。“宣室”是帝王所居正室。逐臣，贾谊被派到地方上给诸侯王做太傅，相当于是被放逐了，所以这里的“逐臣”就是指贾谊。这句诗的意思是：汉文帝在宣室求问被贬谪的贤臣贾谊。

贾生才调更无伦。写《史记》的司马迁也很喜欢贾谊，他把屈原和贾

谊放在一起，写了一篇《屈原贾生列传》，贾生这个称呼，也就由此而来。“才调”指才华、品德。这句诗的意思是：贾谊的才华和格调那是无与伦比的。

可怜夜半虚前席。“前席”，汉朝人都是席地而坐的，两个人谈话时，专心倾听的一方不自觉地向前移动位置，叫作前席。“虚”，在这里是徒然的意思。这句诗的意思是：两个人谈到深夜，谈话非常融洽热烈，汉文帝情不自禁挪动双膝靠近他。

不问苍生问鬼神。可惜他问的问题不是关于天下百姓的疾苦，而是问世间有没有鬼，有没有神！“苍生”指百姓。

如果你是贾谊，会是怎样的一种心情呢？

练　习

1.“可怜夜半虚前席，不问苍生问鬼神”表达了诗人怎样的情感态度？

2.如何理解《贾生》一诗中“可怜”一词的含义？

第九十五日

嫦娥应悔偷灵药，碧海青天夜夜心

咱们今天来读一首跟月亮有关的诗，名字叫《嫦娥》，作者是李商隐。

嫦 娥

云母屏风烛影深，长河渐落晓星沉。
嫦娥应悔偷灵药，碧海青天夜夜心。

据说嫦娥是帝喾的女儿，她长得非常美丽，后来嫁给了后羿。后羿是尧统治天下时期的神箭手。那时候天上突然出现了十个太阳，于是天下大旱，寸草不生，老百姓有饿死的有热死的。这时候后羿就出来了，他拿出自己的弓箭，射掉了九个太阳，只留下了一个。留下的这个太阳直到现在还照耀着咱们，给咱们温暖。

后来后羿到王母娘娘那里要来了长生不老药，吃了这种药就可以成仙。嫦娥就趁后羿不在的时候，偷偷地吃下了，吃完之后，就飞了起来，一直飞到了月亮上，成了神仙，可是，她再也不能回去见后羿了。

云母屏风烛影深。“云母”是一种矿物，晶体透明，有光泽，古代常用来装饰窗户、屏风等物。这句诗的意思是：透明的云母屏风被燃烧中的烛火投下深深的影子。

费以耕、张熊《梅月嫦娥图》

长河渐落晓星沉。“长河”就是银河。传说中是天上的一条大河，牛郎织女就被它给隔开，一年才能见一次。实际上它是天空中一条明亮的星光带，根本没有水，不是河。“晓星”指启明星。这句诗的意思是：银河渐渐西移，早上的星星（启明星）也逐渐隐没了。

嫦娥应悔偷灵药。“灵药”就是前面说的后羿从王母娘娘那里要来的长生不老药。这句诗的意思是：嫦娥应该会后悔偷吃了长生不老的灵药吧。

碧海青天夜夜心。“碧海”在这里指天空碧蓝好像大海。“夜夜心”指飞到月亮上的嫦娥每个夜晚都感觉寂寞愁苦。这句诗的意思是：从此只能夜夜一个人在广寒宫里，独自面对碧海青天来思念人间了。

这首诗虽然名叫《嫦娥》，但是诗人李商隐在诗里蕴含的意思到底是什么，有很多说法。有的说这是一首悼亡诗，有的说这是讽刺私奔的人，也有的说这是李商隐追慕高洁却不能，只好借诗歌来感伤自己孤寂苦闷的身世。到底是什么，就要你去认真想一想了！

练习

1.“云母屏风烛影深，长河渐落晓星沉”描绘了一幅怎样的画面？

2.请分析本诗塑造的嫦娥形象。

第九十六日

春蚕到死丝方尽，蜡炬成灰泪始干

李商隐的诗叫《无题》，其实并非真的无题，很多时候大概是各种各样的原因不能写出明确的题目，给后人留下了很多的谜团。

无　题

相见时难别亦难，东风无力百花残。
春蚕到死丝方尽，蜡炬成灰泪始干。
晓镜但愁云鬓改，夜吟应觉月光寒。
蓬山此去无多路，青鸟殷勤为探看。

相见时难别亦难，东风无力百花残。“东风”在这里指春风。“东风无力”，是说春天快结束了。春天快结束的时期，古代叫“暮春”。这两句诗的意思是：相见的机会很难得到，分别的时候就更加感到难分难舍。暮春的东风变得没有了力气，各种花儿都饱经摧残，已经凋谢。

春蚕到死丝方尽，蜡炬成灰泪始干。很多人认为这两句诗是赞扬老师的，实际上这是后世的借用，这两句诗的原意是写爱情的。春蚕直到生命的最后一刻，才停止吐丝；蜡烛要燃烧到最后，蜡滴才会停止。背后的意思是说：我满腹的情思像蚕丝一样，直到死亡才停止，就像烛泪长流，把自己烧成灰也毫无怨言。“丝”字一语双关，和“思”谐音。“泪”表面是烛泪，实际上是自己思念的眼泪。

晓镜但愁云鬓改，夜吟应觉月光寒。清晨照镜子的时候，担心自己乌黑的鬓角是不是会改变颜色（变得花白）；夜里吟诗的时候，应该会感觉到月光的寒气。

蓬山此去无多路，青鸟殷勤为探看。“蓬山”就是蓬莱山，传说是神仙居住的地方。在这里指思念的人居住的地方。“青鸟”是传说中的神鸟，是专门为西王母也就是传说中的王母娘娘寻找食物和送信的。

这两句诗的意思是：这里距离神仙居住的蓬莱山应该没有多少路，给王母娘娘传信的青鸟应该会替我常常打探消息吧！

总之，这首诗是一首哀婉的爱情悲歌，其中的感情可以说是刻骨铭心，值得我们好好体会。

练 习

1. 诗人借春蚕和蜡烛为喻，表达对爱情至死不渝的执着和奉献的诗句是：________________________________。

2. 请分析“蓬山此去无多路，青鸟殷勤为探看”一句中“蓬山”和“青鸟”的象征意义。

第九十七日

何当共剪西窗烛，却话巴山夜雨时

公元851年，西川节度使柳仲郢(yǐng)邀请李商隐随自己去蜀地任职。李商隐接受了参军的职位，只身来到了蜀地，而他的妻子则留在了长安。身在蜀地的李商隐思念妻子，就写下了《夜雨寄北》这首诗。因为蜀地在南，长安在北，所以叫寄北，也就是写诗寄给北方的人。

夜雨寄北

君问归期未有期，巴山夜雨涨秋池。

何当共剪西窗烛，却话巴山夜雨时。

君问归期未有期。您问我何时回家，我回家的日期还定不下来。“君”是对人的尊称，相当于现代汉语中的“您”，这里指诗人的妻子王氏。“归期”指回家的日期。这里两个“期”字连用，一问一答，一扬一抑，表达了诗人思念家人却欲归不得的愁苦之情。诗人在这里采用了对比的写法，把“问归期”的满怀希望和“未有期”的无限失望作对比，突出表现了思念无边的沉重和悲怆以及想见又不能见的苦涩和无奈。

巴山夜雨涨秋池。此刻巴山的夜雨淅淅沥沥，雨水涨满了秋天的池塘。“秋池”指秋天的池塘。这里的“涨”字用得很好，动词的使用富于动态，既写出了巴山夜雨涨满秋池的景象，又表现了诗人愁思的绵绵深长。而且这一句表面是写景，实际上也暗含了诗人孤灯听雨、长夜难眠的离情别绪，这种感情，也像这秋雨一样，绵绵密密，涨满了秋池。一个“秋”字，点明了季节，秋夜寒雨的环境，烘托了人物的心情，渲染了一种孤身在外的凄凉气氛。

何当共剪西窗烛。什么时候我才能回到家乡，在西窗下我们一边剪烛一边谈心。“何当”的意思是何时将要，什么时候。这个词体现了诗人想要回家见妻子的心情，突出今夜的心境苦闷、孤寂和内心的相思之苦。

却话巴山夜雨时。“却话”的意思是回头说，追述。到时候我再对你说今晚在巴山我听着绵绵夜雨，是多么寂寞，多么想念你！“巴山夜雨”在诗中出现了两次，第一次写实，第二次是想象会面时对此时情景的描述，两次出现，时空交替，也构成了音调和章法的回环反复。诗人通过想象与妻子团聚，在西窗之下共剪蜡烛，向妻子诉说巴山夜雨时想念家人的情景，让今日的愁苦夹杂着渴望团聚时的欢乐。诗人用想象未来团聚时的欢乐来反衬今夜离别的相思之苦。今夜的苦又是未来秉烛夜话的材料，增添了重聚时的欢乐。在时间和空间的回环对照中，把深挚的思念之情表达得曲折细腻又含蓄隽永。

这首诗中，诗人用朴实的语言，表现了对妻子的思念之情。

练　习

1. 诗人借景抒情，把归期未定的无奈和思念之情融入凄凉景色之中的诗句是：________________________。

2.“君问归期未有期，巴山夜雨涨秋池”中，“涨”字有何妙处？

第九十八日

此情可待成追忆，只是当时已惘然

李商隐的代表作还有下面这首《锦瑟》。

锦　瑟

锦瑟无端五十弦，一弦一柱思华年。
庄生晓梦迷蝴蝶，望帝春心托杜鹃。
沧海月明珠有泪，蓝田日暖玉生烟。
此情可待成追忆，只是当时已惘然。

“锦瑟”是什么意思呢？就是装饰精美的瑟。瑟是中国古代的一种乐器。最早的时候瑟有五十根弦，所以李商隐这里说“**锦瑟无端五十弦，一弦一柱思华年**”。到了后代，瑟基本上是二十五根弦，据说也有二十三或二十四弦的。所以李商隐就用了“无端”这个词。“华年”的意思是美好的年华岁月。这两句诗的意思是：锦瑟为什么会有五十根弦呢？一弦一柱都让我想起逝去的美好的年华岁月。

刘贯道《梦蝶图》

庄生晓梦迷蝴蝶，望帝春心托杜鹃。“庄生”就是庄子，这句里面用了个庄子的故事。据说，庄子有一天做梦，梦到了自己变成了一只蝴蝶，在天上飞啊飞，非常开心，都忘记自己是庄子了。可惜没过多久梦就醒了，庄子还是庄子。所以他就发出了个疑问：到底是我变成了蝴蝶呢，还是蝴蝶变成了我呢？

“望帝”叫杜宇，是远古时代蜀国的国王。他做国王时对百姓很好，后来，还把王位让给了自己的大臣，自己到山里去隐居了。后来他死了，仍然放心不下自己的百姓，就变成了杜鹃鸟，也叫布谷鸟，在春天的时候，不停地鸣叫，用它那凄厉的声音，提醒百姓要按时种植庄稼了。

这两句诗里，借用了两个典故：以前庄子在拂晓时做梦梦到自己变成了蝴蝶，古代的望帝也因为关心自己的百姓，变成了提醒百姓春天到来的杜鹃鸟”。

沧海月明珠有泪，蓝田日暖玉生烟。传说在南海中，有一种生物叫“鲛人”，像鱼一样在水里生活，还会织布。如果他们哭了的话，那眼泪就会变成珍珠。“蓝田”是陕西的一个县，在这个地方，自古以来就出产美玉，蓝田玉与和田玉、独山玉、岫玉一起被称为中国四大名玉。

这两句诗的意思是：在苍茫的大海上，月明之夜，鲛人的眼泪变成了明珠，蓝田美玉在天气好的时候生出像烟雾一样的东西，显得更加玲珑剔透，更加美丽。

此情可待成追忆，只是当时已惘然。这种感情还能再去回忆吗？只可惜当时我心中一片茫然。

李商隐的诗歌向来是以难懂出名的，这首诗也被认为是他最难懂的一首，不知道他到底想要写什么，不过他自己对这首诗很看重，放在了自己文集的首位，从我的角度来讲，更愿意相信，这首诗是对美好青春的回忆，回忆中，也许真有一段逝去的美好的青春故事！

练 习

1. 诗中运用典故，寄托诗人对理想的追求和对现实的哀伤的句子是：________________。

2. 本诗表现了诗人怎样的思想情感？

郑畋篇

第九十九日

玄宗回马杨妃死，云雨难忘日月新

之前咱们读过李商隐和杜牧写的咏史诗，今天再来读一首郑畋 (tián) 写的咏史诗——《马嵬坡》。

一说到马嵬坡，人们自然而然就会想起杨贵妃。当年安史之乱，唐玄宗慌忙逃离京城向西逃跑，来到马嵬坡这个地方的时候，军队突然发生了叛乱，随行将士处死宰相杨国忠，并强迫杨玉环自尽，史称“马嵬驿兵变”。

马 嵬 坡

玄宗回马杨妃死，云雨难忘日月新。

终是圣明天子事，景阳宫井又何人。

玄宗回马杨妃死，云雨难忘日月新。“回马”指唐玄宗后来从蜀地返回长安。“云雨”一词本来是宋玉在《高唐赋》中叙述楚王与巫山神女之间感情之事的，后来指男女恋情。“日月新”指唐玄宗的儿子唐肃宗当了皇帝，换了皇上，有中兴的希望。这两句诗的意思是：唐玄宗从蜀地返回京城，可美丽的杨贵妃已经死了，之前两人的深情难以忘怀，大乱已定，山河重整，日月更新。

终是圣明天子事，景阳宫井又何人。“景阳宫井”和陈后主陈叔宝有关。话说陈叔宝当了皇帝之后不理朝政，每天就喜欢花天酒地吟诗作对。陈后主宠爱贵妃张丽华。史书记载，张丽华才貌双全，她发长七尺，黑亮如漆，光可鉴人，而且脸若朝霞，肤如白雪，目似秋水，眉比远山，美若天仙。更难得的是，张丽华还很聪明，能言善辩，记忆力特别好。大臣们送上的奏章，别人都记不住，张丽华却能够一一叙述出来，一点都不会遗漏。陈后主非常喜欢她，甚至到了国家大事也“置张贵妃于膝上共决之”的地步，大小事情都听张丽华的。后来，隋朝的军队攻入了都城，陈后主在无奈之下带着宠妃张丽华、孙贵嫔躲在景阳宫的一口井中。不久，有隋军士兵向井里窥视，并大声喊叫，井下无人应答。士兵扬言要往井里扔石头，这才听到有人求救，于是士兵抛下绳索往上拉人。他们觉得非常沉重，本来以为是后主这个胖子太重了，等到把人拉上来，才吃惊地发现，原来一根绳索上“串”着陈后主、张丽华以及孔贵嫔三人。

这两句诗的意思是：唐玄宗赐死杨贵妃终究是圣明天子做的事情，如果像景阳宫里的陈后主一样带着宠妃们躲进井里，那就只能做亡国之君了。

在这首诗里，诗人对唐玄宗既有肯定、同情，也有讽刺。唐玄宗在兵变发生时，赐死杨贵妃，平息兵变，让局势得到转机，确实可以说是“圣明”。在回京城经过马嵬坡的时候，他对杨贵妃念念不忘，一往情深，也算是个有情有义的人。但诗人把唐玄宗和昏庸的亡国之君陈后主放在一起进行对比，实际上是委婉地说出“圣明”的唐玄宗也就比陈后主强一点而已，里面充满了讽刺意味。

练 习

1.“云雨难忘日月新”一句有何寓意？

2.诗人在诗中对唐玄宗处理江山、美人问题上的做法是什么态度？

秦韬玉篇

第一百日

苦恨年年压金线，为他人作嫁衣裳

我们常常听说“为他人作嫁衣裳”这句话，它被用来比喻空为别人辛苦忙碌，自己得不到一点好处。那你知道这句话是怎么来的吗？

这句话其实出自唐朝诗人秦韬玉写的《贫女》一诗，今天咱们就来读读这首诗。

贫　女

蓬门未识绮 (qǐ) 罗香，拟托良媒益自伤。

谁爱风流高格调？共怜时世俭梳妆。

敢将十指夸针巧，不把双眉斗画长。

苦恨年年压金线，为他人作嫁衣裳。

蓬门未识绮罗香，拟托良媒益自伤。“蓬门”是用蓬草编扎的门，指的是穷人家。这和“柴扉”的意思很接近，像“应怜屐齿印苍苔，小扣柴扉久不开”，柴扉是用木柴做成的门，也是穷人家用的。“绮罗”是华贵的丝织品。它是有钱人才能使用的，所以这里指富家女子奢华的衣服。“拟”的意思是打算。“益”的意思是更加。这两句诗的意思是：穷人家的女子身穿布衣不知道绫罗绸缎是什么气味，（已到出嫁的年龄）想要托个好媒人（寻门好亲事），内心却更加感伤。

说到“媒人”，我们顺便来了解一下。在古代，讲究的是“父母之命，媒妁(shuò)之言”，男女要结婚必须要有媒人。媒人在婚姻嫁娶中起着牵线搭桥的作用。做媒人的一般都是女性，所以又叫媒婆。不过，媒婆虽然重要，但在古代的地位却不高，她们在古代被列入“下九流”。

谁爱风流高格调？共怜时世俭梳妆。“风流”指意态娴雅。“高格调”是很高的品格和情调。“怜”在这里的意思是喜欢。“时世”指当世，当今。这两句诗的意思是说谁真正喜爱风流儒雅的高尚品德和情调？当今世上的人都喜欢追求时髦，只有贫女保持俭朴的妆容。

敢将十指夸针巧，不把双眉斗画长。“十指”指双手。“斗”在这里的意思是较量，比赛。这两句诗是说，贫女敢于夸耀自己双手灵巧针线活做得精美绝伦，不愿意和别人争妍斗艳把眉毛画得细长。

苦恨年年压金线，为他人作嫁衣裳。“苦恨”的意思是非常懊恼。“压”本是刺绣的一种手法，这里是刺绣的意思。“压金线”就是用金线绣花。这两句诗的意思是：令人懊恼的是一年到头压按金线不停地刺绣，到头来只是给别人制作华丽的嫁衣。

这首诗表面上写的是一个未嫁贫女的独白，她在倾诉自己抑郁惆怅的心情。诗人赞扬了贫女不羡慕绫罗而俭梳妆、不学社会上时髦轻浮的东西而爱劳动的优秀品德。但实际上，贫女的形象，又为何不能是身处社会下层，有才华却又怀才不遇的读书人的象征呢？他也许在某些官员的手下，日夜不停地辛苦工作、出谋划策，可到最后，功劳却和自己没有关系，荣誉和自己也没有关系。如果从这一方面来看，这首诗又流露出诗人怀才不遇、寄人篱下的悲愤之情。

练　习

1.“谁爱风流高格调，共怜时世俭梳妆”表达了诗人怎样的情感？

2.请结合诗句，分析贫女的形象特点。

练习答案

【第一日】

1. 傍晚（薄暮） 东皋 望

2. 描绘了一幅“山家秋晚图”。层层树林都染上秋天的色彩，重重山岭都披覆着落日的余晖。牧人驱赶着牛群返回家里，猎人带着许多猎物回归家园。

3. 表达了诗人在现实中感到孤独无助，找不到知音的苦闷情感。他只能追怀古代的隐士，寻找心灵的慰藉，表达了他对隐士生活的向往之情。

【第二日】

1. 诗人自己 蝉

2. “无人信高洁”指诗人认为自己是清白无辜、高尚纯洁的，但是没有人相信他，表达了诗人的孤独与无助。“谁为表予心”表明即使没有人相信，诗人也不会放弃自己的信念和追求，体现了诗人的坚定信念和追求公正的决心。

【第三日】

1. 王勃、杨炯、卢照邻、骆宾王

2. 城阙辅三秦，风烟望五津

3. “辅”意为辅佐、护卫，形象地描绘了三秦大地护卫着长安的景象，突出了长安城的雄伟气势，使诗歌开篇意境开阔。“望”字将相隔千里的京城和蜀地联系起来，在心理上拉近了两地的距离，“五津”既然可望，那就不必为离别而忧伤，这使整首诗的情感更加深沉和丰富了。

4.“海内存知己，天涯若比邻”运用了夸张、对偶的修辞手法，语言形象而凝练，饱含深情且寓含哲理。诗句抒发了诗人对友人的真挚情感和离别之意，但感情基调并不伤感低沉，反而昂扬乐观、积极向上，给人以莫大的安慰和鼓励。

【第四日】

1. 回首过去，看不到古代的贤主；展望未来，看不到当世的明君。

2.《登幽州台歌》直抒胸臆，诗人通过描绘自己的内心感受，直接表达了对人生和社会的感慨，表达了自己报国无门的忧伤心绪。在语言风格上，诗人运用了长短参差的楚辞体句法，形成了沉郁悲壮的诗歌氛围。

【第五日】

1. 少小离家老大回，乡音无改鬓毛衰

2. 情感：回到家乡的喜悦和物是人非的感伤。原因：喜悦于久别回乡，又闻乡音；感伤于离家太久，早已物是人非，家乡后辈都以“我”为“客”了。

【第六日】

1.D 本题考查把握诗歌的意象、情感、写作手法的能力。A 项，该诗用“兰叶”“桂华”等意象借物抒怀，与实写虚写无关。B 项，诗歌中的“兰叶”“桂华”并没有“不畏强暴，生机勃勃”的特点。C 项，从“草木有本心，何求美人折”能够看出本诗表达了诗人遭贬谪后恬淡、从容、超脱的襟怀。

2. 这两句诗表达了诗人对于不慕名利、追求自我价值的高尚情操的追求和坚守，表明诗人会像兰花、桂花一样坚守本心。

【第七日】

1. 海上生明月，天涯共此时

2. 诗人在诗中借月怀人，表达了诗人对亲人深深的思念之情。

【第八日】

1. 孔子曾梦到自己坐在两个柱子中间接受别人的祭奠，如今梦中场景成真，不仅孔子受到后人的顶礼祭奠，孔子的思想也得到弘扬。诗人为孔子梦想成真感到欣慰，表达了对孔子深深的敬仰，对孔子思想的认同，其中也蕴含着对孔子逝去的哀思。

2. 本诗塑造了一个志向坚定、为实现道德信仰坚持不懈、努力奔波的孔子形象。哪怕生不逢时，哪怕自己会如麒麟一般遭到捕杀，孔子也坚定地宣传自己的思想，致力于为苍生谋福。

【第九日】

1. 葡萄美酒夜光杯，欲饮琵琶马上催

2. 这两句诗表现了将士们视死如归的勇气，表现了他们置生死于度外的旷达与豪迈。

【第十日】

1. “欲穷千里目，更上一层楼”告诉我们：要想看得更远，就要站得更高。无论你做什么工作，干什么事业，想要成功，就要更加努力！

2. 一轮落日挨着连绵起伏的群山渐渐西沉，滔滔黄河在落日的映照下，波涛滚滚地向东而去，流入大海。

【第十一日】

1. 皇恩、朝廷的恩泽

2. 这句诗通过描绘一座孤城被万丈高山环绕的景象，表达了边疆的荒凉和孤寂，同时也透露出戍边将士的豪情和坚韧。

【第十二日】

1. 春眠不觉晓，处处闻啼鸟

2. 诗人春宵梦酣，醒来就听到鸟儿们欢快的叫声，感受着春天的生机勃勃，心中油然生起喜悦之情和对自然春光的喜爱之情。但昨夜雨疏风骤，诗人想起有不少花儿被风雨打落，心中又难免生起淡淡的惋惜之情。

【第十三日】

1. 这两句诗语言朴素自然，用词生动形象。一个“合”字，形象地表现了绿树环抱相拥的情态，突出了村边绿树的繁茂；一个“斜”字，生动地刻画出村外青山绵延伸向远方的情景，画面感极强。这两句诗远近结合，描绘了一幅美丽的山村田园风光图，读来恬淡亲切。

2. 被朋友邀请的乐趣；欣赏自然风光，享受自然之美的乐趣；与朋友聚会，一起喝酒谈论农事的乐趣。

【第十四日】

1. 旷野无边无际，放眼望去，远处的天显得比近处的树木还要低。江水清清，高挂在天上的明月，倒映在澄澈的江水中，和人相亲相近。

2. 诗人羁旅在外，他的“愁”是仕途失意的愁，也是思念家乡的愁。

【第十五日】

1. 通过野云、无城郭、雨雪、大漠等意象，突出刻画了边疆的空旷凄凉、艰苦险恶，表现了从军生活的艰苦，为下文的抒情作了铺垫。

2. 这两句诗运用了对比的表现手法，无数士兵战死荒野，皇宫内却在品尝葡萄享乐。表达了诗人对统治者穷兵黩武、草菅人命的抨击。

【第十六日】

1. 海日生残夜，江春入旧年

2. 蕴含的哲理是：新生事物必须从陈旧的母体中脱胎而出，旧事物中孕育着新的生机。

【第十七日】

1. “忽见陌头杨柳色”一句承上启下，女子盛装打扮登上了翠楼，由看到路边的杨柳春色而联想到与丈夫的分离，进而引发少妇的悔恨之情。

2. 这句诗反映了当时社会重视功名、崇尚武勇的现象。许多男子为了追求功名而离家远行，妻子与丈夫分离，只能在闺中思念丈夫，慨叹时光的流逝。

【第十八日】

1. 只要　李广

2. 这两句诗使用了互文的修辞手法，意思是秦汉时的月亮，秦汉时的边关。

3.“万里长征人未还”表达了诗人对边塞将士的赞美和敬意，同时也表现出诗人对战争的反思和对和平的向往。“但使龙城飞将在，不教胡马度阴山”是诗人想象若有名将镇守边关，定不让敌人侵犯唐朝，语带讽刺，表达了诗人对朝廷用人不当和将帅腐败无能的不满，也饱含着对祖国的热爱之情。

【第十九日】

1.洛阳亲友如相问，一片冰心在玉壶

2.“寒雨连江夜入吴”通过描绘凄清的寒雨和满江的夜色，渲染了一种离别的黯淡气氛，为全诗奠定了凄凉伤感的基调。

3.“一片冰心在玉壶”这句诗运用了比喻的修辞手法，生动形象地表现了诗人坚守高洁、清白的品格的志向。冰心在玉壶中，冷而洁，象征着诗人坚持操守、洁身自好的品格。

【第二十日】

1.“独在异乡为异客”用“独”和“异”两个字，渲染出诗人在异乡作客时生疏不适的孤独感，表达了诗人对家乡和亲人的深深思念之情。

2.语言方面：这首诗语言朴素无华而自然晓畅，通过简单质朴的语言表达了深沉的思乡之情。情感方面：这首诗情感真挚动人，诗人通过对比和想象等手法，将自己的思乡之情表达得淋漓尽致。

【第二十一日】

1.烽火台上燃起的一道孤烟在广阔的沙漠上冲天而起，蜿蜒曲折的黄河上一轮圆日即将落山。

2.“征蓬”对“归雁”，“出”对“入”，“汉塞”对“胡天”。诗人选择“征蓬”“归雁”的意象，说自己像随风而去的蓬草一样飞出“汉塞”，像振翅北飞的“归雁”一样进入“胡天”，句式工整，音韵和谐，营造出孤独飘零的意境，暗示诗人因为被排挤出朝廷而产生的激愤和抑郁之情。

3.从炼字的角度来看，“直”字表现孤烟的劲拔，展现出雄浑壮阔之美；“圆”

字刻画出落日的形状，给人以亲切感和苍茫感。这两个字精准地描绘了沙漠景象的平旷雄奇，展现了诗人对边塞风光的独特感受。

【第二十二日】

1. 这首诗描绘了鹿柴幽静的景色：天快黑的时候，一座人迹罕至的空山，偶尔有几声人声，一片古木参天的树林，一缕缕幽暗的阳光，照在青苔上面。

2.“空山不见人”直接描述了山的空旷无人,这是从视觉上写“空”。山中寂静无声，偶尔有人的声音在回荡，这是从听觉上写“空”。诗人通过将视觉和听觉相结合，描绘出一个空寂、幽深的山林景象，营造了诗歌“空”的氛围。

【第二十三日】

1. 深林人不知，明月来相照

2. 这些景物描绘出一幅清静幽远的月夜幽林的静寂图景，夜静人寂，融情景为一体，蕴含着一种特殊的美。

3. 这两句诗表达了诗人渴望超脱尘世、与自然和谐相处的情感。诗人身处深林之中，无人知晓，唯有明月相伴，这种情境并不让诗人感到孤独寂寞，反而感到宁静与满足。

【第二十四日】

1. 诗人在诗中借世人只见贵时西施的美,表达了对势利小人的讽刺;借西施做“吴宫妃”的骄纵,表达对那些由于偶然机遇得到恩宠就颐指气使、盛气凌人的人的讽刺;借效颦的东施，表达对博取别人赏识而故作姿态、矫揉造作的人的讽刺。

2. 整个天下的人们都看重美色，像西施这样的美女怎么可能长时间处于卑微的地位呢?

【第二十五日】

1. 渭城朝雨浥轻尘，客舍青青柳色新

2. 这两句诗表现了诗人与友人的深情厚谊，表达了诗人对眼前相聚时光的珍惜之情，以及与朋友离别的依依不舍之情。

3. ①情感真挚深沉：诗中表达了对友人即将远赴安西的深深忧虑和不舍，情感真挚，动人心弦。②意象生动鲜明：诗中的意象如“朝雨”“柳色”等，不仅描绘了送别时的环境，还增强了诗歌的画面感，使读者仿佛身临其境。③情感与哲理相结合：诗人在表达离别之情的同时，也通过“西出阳关无故人”等句，传达了人生无常、离别难免的哲理。这种情感与哲理的结合，使诗歌具有了更深的内涵和更广泛的共鸣。

【第二十六日】

1.B “深入中原”理解有误，“边土”指的是边疆。

2. 这两句诗运用了对比的手法，将士兵的生死存亡与将领的骄奢淫逸进行对比，表达了诗人对士兵命运的深深同情，以及对将领纵情声色的讽刺与批判。

【第二十七日】

1. 峨眉山月半轮秋

2. 诗人连用了五个地名，给人一种空间迅速转换的感觉，让人感受到一幅千里蜀江行旅图，既体现出了舟行江中的速度之快，也抒发了诗人对友人的思念之情和对家乡的眷恋之情。

【第二十八日】

1. 仍怜故乡水，万里送行舟

2. 乘舟顺流而下，两岸连绵起伏的群山像画卷一样伴随小舟而行，它们在广阔的原野处消失了，浩浩荡荡的长江水，奔涌向前，流入了广阔无际的原野。

3.D 尾联写故乡之水不远万里送自己行舟远游，表达了诗人离开故乡时的依依不舍之情。

【第二十九日】

1. 床前明月光，疑是地上霜

2. 诗人在寂静的夜晚，仰望天上的明月，生发了对故乡、对亲人深深的思念之情。

诗歌表达了诗人的思乡之情。

【第三十日】

1. 故人西辞黄鹤楼，烟花三月下扬州

2. 表达了诗人对友人的深情厚谊和离别时的依依不舍之情。

【第三十一日】

1. 这两句诗借用了姜太公钓鱼、伊尹梦舟日边的典故，表达了诗人对有朝一日得到明主赏识的期望，以及对实现自己抱负的渴望。

2. 这两句诗通过“停”“投”“拔”“顾”四个连续的动作，生动地反映了诗人内心情感的变化，表现了诗人内心的苦闷与迷茫。

3. 这两句诗启示我们，在人生的道路上会遇到各种困难和挑战，但只要我们坚定信念、勇往直前，就一定能够战胜困难，实现自己的理想。

【第三十二日至第三十四日】

1. 杨贵妃

2. 运用了比喻和拟人的修辞手法。诗人将杨贵妃的衣裳比作天上的云彩，将她的容颜比作盛开的花朵，通过比喻的手法突出了杨贵妃的美丽。同时，诗人还运用拟人的手法，赋予“云”和“花”以人的情感和想象，形象而生动地描绘杨贵妃的容颜之美。

3. 对比手法。通过与汉宫中的赵飞燕对比来突出杨贵妃的美貌。赵飞燕是汉代著名的美女，但即使她倚仗新妆，也无法与杨贵妃相比。这种对比进一步突出了杨贵妃的天然国色和无与伦比的美貌。

【第三十五日】

1. 外城的北面横亘着青翠的山峦，波光粼粼的流水绕着城东潺潺流过。

2.“班马鸣”的作用是以动衬静，进一步烘托出离别的气氛。诗人和友人挥手告别后，只剩下马儿的嘶鸣声在空气中回荡，这种寂静中的声音更显得离别之情深沉和悠长。

【第三十六日】

1.“不尽”写出了秋风的绵绵不断，也写出了思妇的思念之情无穷无尽；“总是”则强调了思妇对远方亲人的思念之情始终如一，不因时间、地点、环境的变化而改变。这两个词共同营造出一种深沉、悠长的意境，表达了思妇对远方亲人的深深思念和无尽期盼。

2. 这首诗的主题思想是表达思妇对远方征人的思念之情。诗人通过描绘秋夜长安城内的景象和思妇的心理活动，生动地展现了战争给人民带来的痛苦和思念之情。同时，诗人也借思妇之口表达了对和平生活的向往和对战争的厌恶之情。

【第三十七日】

1. 天姥连天向天横，势拔五岳掩赤城

2.“飞”字通过夸张的手法，生动地表达了诗人梦游路上的急切、兴奋、轻快、神往的心情，描绘了诗人一夜之间飞越镜湖的景象，展现了诗人的豪情壮志。

3. 表达了诗人对权贵的蔑视和对个性自由的追求。

【第三十八日】

1. 意象有杨花和子规。“杨花”即柳絮，“子规”是杜鹃鸟的别名，其鸣声异常凄切动人。这些意象的作用是点明时令（暮春），烘托凄凉冷落的气氛，为后文抒情做铺垫。

2. 诗人运用了拟人的手法，将明月人格化，赋予了明月以人的情感。明月成了诗人的信使，将诗人的愁绪传递给友人。这种拟人化的手法使得诗句更加生动形象，情感更加真挚动人。

【第三十九日】

1. 君不见黄河之水天上来，奔流到海不复回

2. 这两句诗的意思是：老天爷生下我这样的人才肯定是有用的，金钱用光了也还可以再赚回来。表达了诗人对自己才华的自信和对未来的乐观态度，表现了诗人积极向上的精神风貌。

【第四十日】

1. 愁

2. 这两句诗描绘了长风万里、秋雁南飞的壮阔景象，表达了诗人面对自然美景时的豪情壮志和豁达情怀。同时，也暗示了诗人与友人即将分别，借此景象抒发离愁别绪的感慨。

3. 诗人通过比喻的手法，将无穷的烦恼比作不尽的流水，生动地表达了诗人内心的苦闷和无奈。

【第四十一日】

1. 这句诗用了比喻的修辞手法。“浮云”比喻蒙蔽君王的奸邪小人，“日”比喻君王，“浮云蔽日”的意思是奸邪的小人们蒙蔽了皇上，陷害贤良。

2. 这两句诗表达了诗人对君王被奸邪所蒙蔽的忧虑，以及对贤者包括自己不得任用的愤懑。

【第四十二日】

1. “轻”字一语双关，既描绘了船行之轻快，形象地表达了船在三峡水急滩险的背景下快速行驶的特点，同时也指出了诗人内心的轻松愉快，表现了诗人对于自己艰难的人生路途终于苦尽甘来的感慨。

2. 本诗表达了诗人历经磨难、绝处逢生的喜悦之情。

【第四十三日】

1. 故乡

2. 晴川历历汉阳树，芳草萋萋鹦鹉洲

3. 诗人用一“愁”字准确地概括日暮时分登临黄鹤楼的心情，把“日暮”“烟波”之景与“乡愁”之情相交融，由景生情，融情于景，表达了诗人萦回无尽、百感茫茫的思乡之情。

【第四十四日】

1. 颈联描绘的是一幅空灵幽静的画面。寺后的青山焕发着日照的光彩。鸟儿自由自在地飞翔欢唱；潭水清澈，天地和自己的身影倒映在水中，心中的尘世俗念顿时被涤除。

2. 诗歌描写日照山林、曲径通幽、花木葱茏、山水空明、钟磬声声等景色，营造了一种清幽雅致的意境；禅房环境的清幽雅致、山光水色的清明空灵，正与诗人除去杂念、追求禅意的心境相契合，达到“物我合一”的境界；“曲径通幽”蕴含了人生道路曲折、漫长，需要人们不断探索的哲理。由此巧妙地将景、情、理融为一体。

3. “空”字既表达了诗人内心的明净无尘，也暗示了诗人对尘世喧嚣的厌烦和对隐居林泉、寄情山水的生活的向往。同时，“空”字还与上句的“悦”字相呼应，形成了寓情于景、融情入景的表达技巧，使得整首诗更加和谐统一。

【第四十五日】

1. “凌”有升、登之意，表现了诗人不怕困难，勇攀高峰的决心和壮志，充满乐观、豪迈之情，用词精准，言简义丰。“小”在此处是“矮小”的意思，它不仅形象地写出泰山巍然高耸的气势，同时表达了诗人攀登绝顶、俯视一切的雄心和气概。

2. 这两句诗表达了诗人不怕困难、敢于攀登绝顶、俯视一切的雄心和气概。

【第四十六日】

1. 国破山河在，城春草木深

2. 这两句诗表达了诗人对战争的厌恶之情和对家人的思念之情。

3. 这两句诗描绘了满头白发、愁苦不堪的诗人形象，形象地表达出了诗人难以排遣的忧国思家之情。

【第四十七日】

1.《石壕吏》中的老妇人是一个勇敢、坚强、富有同情心和爱国心的妇女形象。她面对官吏的抓捕，毫不畏惧，挺身而出，为保护家庭和国家做出了牺牲。她的形象展示了古代妇女的智慧和勇气，也反映了当时社会的苦难和妇女的悲惨命运。

2. 本诗表达了诗人对人民疾苦的深切同情和对和平生活的渴望。

【第四十八日】

1. 这两句诗运用了对比的艺术手法，将京城的繁华与李白的憔悴相对比，突出了李白的孤寂和落魄。这种对比不仅增强了诗歌的感染力，也表达了诗人对李白遭遇的同情和关切。

2. 本诗中的李白才华横溢但命途多舛，尽管身处困境，依旧充满豪情壮志，不放弃对理想的追求。

【第四十九日】

1. 这两句诗运用融情于景（寄情于景、移情于景、间接抒情）的手法，既写景，也点明时令，更融入了感情。在苦苦思念胞弟的诗人眼中，今晚（白露）以后霜更白了；本来到处一样明亮的月亮，可偏是故乡的更为明亮。在自然景物描写中融入了浓厚的主观感受，是诗人深切思念家乡和亲人的真情实感的自然流露，景随情变，让人动容，因而成为千古传颂的名句。

2. 这两句诗描绘了一幅荒凉冷寂的边塞图，极力渲染了悲凉的氛围，突出了诗人对弟弟的深切思念和对战争的厌恶，同时也为后面的抒情议论作了铺垫。

【第五十日】

1. 这两句诗表达了诗人对诸葛亮壮志未酬、身死军中的深切惋惜和无限感伤，同时也抒发了自己功业未就的深沉感慨。

2. 诗歌开篇通过描绘“柏森森”的景象，展现了武侯祠的历史悠久和寂寞荒凉。同时也用“柏”的意象衬托出诸葛亮的形象，表达了诗人对他的崇敬之情。

【第五十一日】

1. 何时眼前突兀见此屋，吾庐独破受冻死亦足

2. 这两句诗描绘了一幅乌云密布、风雨欲来的画面。作用是为下文写诗人屋破漏雨蓄势，从而衬托出诗人暗淡愁惨的心境。

3. 运用了夸张的修辞手法，形象地写出了秋雨的密集和连绵不断，从而突出了诗人生活的困苦和内心的愁苦。

【第五十二日】

1. 漫卷诗书喜欲狂

2. 诗人听到官军收复蓟北的消息后，激动得泪流满面，体现了诗人强烈的爱国情怀和对和平生活的向往。

3. 诗人想象自己穿越巴峡和巫峡，再经过襄阳，最终抵达洛阳，让人感受到一幅飞奔疾驰的画面，好像瞬间诗人就到达了家乡，喜悦与迫切之情跃然纸上。

【第五十三日】

1. 这两句诗暗示了唐玄宗的御马玉花骢的雄骏神气，同时也表达“如山”的画工都难以描摹其真貌，为后文曹霸将军的出场作了铺垫。

2. 这两句诗运用了夸张和对比的手法。“真龙”比喻曹霸将军所画的马如同天龙下凡，形象地描绘了曹霸将军所画之马的神奇雄峻和生动逼真。而通过与“凡马”进行对比，突出了曹霸将军画马的高超水平。诗句语言生动，形象鲜明，具有强烈的艺术感染力。

【第五十四日】

1.“群山万壑赴荆门”中“赴”字使用了拟人手法，化静为动，将群山万壑的气势表现得生动而雄浑，仿佛它们奔赴荆门一样，突出了王昭君生长之地的雄奇景象，为下文写王昭君的遭遇作铺垫。

2. 这句诗通过想象王昭君在月夜下魂归故里的情景，表现了王昭君的孤独和哀怨。杜甫借古抒怀，借王昭君的遭遇含蓄地表达了自己的人生感慨。

【第五十五日】

1. 诸葛亮。

2. 诗人通过赞美诸葛亮的功绩和忠诚，表达了对他的敬仰和钦佩之情。

【第五十六日】

1.“坼”意为分裂，形象地描绘了吴楚两地被洞庭湖分隔开来的景象；“浮”则表现了天地日月都仿佛在水中浮动一般，突出了洞庭湖的壮阔和浩渺。这两个动词的运用，增强了诗歌的形象性，展现了诗人对自然景色的赞叹之情。

2. 表达了诗人举目无亲、年老多病、只能以舟为家的孤独和无奈。

【第五十七日】

1. 艰难苦恨繁霜鬓，潦倒新停浊酒杯

2.“无边”“不尽”运用了夸张的手法，不仅描绘了眼前景象的壮阔，还传达了诗人韶光易逝、壮志难酬的感怆。

【第五十八日】

1.“落花时节”表面上是写两人相逢的季节，但同时也暗喻着大唐帝国由盛转衰的局面，象征着国运的衰落和人生的凋零。

2. 杜甫通过对比过去与李龟年密切的交往与而今无奈的重逢、对比江南美景与落花时节的悲凉、对比开元盛世的繁华与现今国运的衰落，抒发了诗人对时世变迁的感慨和对人生无常的哀怨。

【第五十九日】

1. 马上相逢无纸笔，凭君传语报平安

2.“龙钟”是形容泪水沾湿的样子，形象地表现了诗人因思乡之情而泪流满面的情景。这句诗表达了诗人对故乡和亲人的深深眷恋。

【第六十日】

1. 这两句诗运用比喻的修辞手法，以梨花喻冬雪，新奇贴切，既表现了边塞特有的奇异壮丽的风光，又写出了诗人的惊喜之情，诗句生动且富有感染力。

2. 运用对偶、夸张的修辞手法，描绘了边塞冰天雪地、阴云重重的景象，烘托了诗人的离愁别绪，为下文送别作铺垫。

【第六十一日】

1. 本诗表达了诗人对故乡的眷恋，以及对国事的忧虑和对战乱中人民疾苦的深深关切。

2. 诗人运用想象的手法想象故园菊在战场旁开放，表达了对故乡亲人的思念，更寄托了对饱经战乱的人民的同情和对和平的渴望。

【第六十二日】

1. 一是以景衬情，通过描绘秋夜泊舟的场景来抒发诗人的孤愁情怀；二是运用对比手法，如冷暖对比、动静结合等，增强了诗歌的艺术表现力；三是语言简练，意象生动，情感真挚，使得整首诗充满了艺术感染力。

2. 诗人通过勾画月落乌啼、霜天寒夜、江枫渔火、孤舟客子等景象，营造了一个寂静、凄清的氛围，从侧面烘托出了诗人漂泊在外的愁思和对国家前途的忧虑。

【第六十三日】

1. 春天京城中处处飘飞着花瓣，寒食节的东风吹拂着御柳。这展现了春日繁花似锦、生机勃勃的美丽图景。

2. 虽然寒食节禁火，但公侯之家却受赐可以点蜡烛。这反映了当时社会的阶级差异和权贵们的特权，表现了诗人对时政的讽刺。

【第六十四日】

1. 描绘了一幅行人暮夜投宿、主人风雪晚归的风雪夜归图。

2. 表达了诗人旅途中的艰辛和内心的孤独之情，同时也透露出诗人对贫寒百姓的同情和对家乡的思念。

【第六十五日】

1. 这两句诗描绘了小草生长在幽静的山谷中，上面有黄鹂在枝叶茂盛的树上鸣叫的场景。诗人借幽草、涧边、黄鹂、深树等意象，创设出了一种孤寂、闲适的意境，表露了诗人安贫乐道的高尚气节。

2. 这两句诗描绘了傍晚雨急，潮水上涨，荒野渡口无人，只有一只小船悠闲地横在水面的景象。这既写出了诗人闲适自在的心情，又隐含了一种不在位、不被任用的无奈、忧虑、悲伤的情怀。

【第六十六日】

1. 这两句诗所展现的画面是：在一个月黑风高的夜晚，大雁飞得很高，单于趁着夜色悄悄地逃跑。这两句诗通过描绘月黑雁飞的景象和单于夜逃的行动，生动地勾勒出了边塞战场的紧张氛围和敌军的狼狈相。

2. 这两句诗表达了诗人渴望建功立业、决战到底的思想感情。这两句诗通过描绘将士们在大雪天中追逐逃敌的英勇形象，展现了他们威武的气概和奋勇的精神。同时，也表达了诗人对将士们的赞美和敬仰之情。

【第六十七日】

1. 回乐烽前沙似雪，受降城外月如霜

2. 本诗寓情于景，以景写情，一、二句的景，如霜的月光和月下雪一般的沙漠，正是触发征人乡思的典型环境，为最后一句抒发思乡之情作了铺垫。情景交融，让人感受到一种苍凉旷远的意境，感受到其中深沉的思乡之情。

【第六十八日】

1. 谁言寸草心，报得三春晖

2. 这两句采用比兴手法：儿女的孝心像小草一样微弱，母爱如春天阳光一样温暖和煦，儿女怎报答得了呢？诗人在这里直抒胸臆，讴歌母爱的无私和伟大。

【第六十九日】

1. 描绘了杨花和榆荚在晚春时节漫天飞舞的景象。杨花和榆荚虽然没有艳丽的色彩和芬芳的香气，但它们以轻盈的姿态和洁白的色彩，在春风中翩翩起舞，如同雪花般漫天飞舞，为晚春增添了一抹别样的美丽。

2. “斗”字运用了拟人的修辞手法，赋予了花卉以人的斗志和活力，形象生动地描绘了晚春时节各种花卉竞相开放、争妍斗艳的美丽景象，使得整句诗更加生动、形象。

【第七十日】

1. 颔联表达了诗人虽然年老又遭贬，但仍念念不忘为国效力，体现了诗人无怨无悔、甘愿奉献的精神。

2.“横”“拥”两字分别从广度与高度两个层面形象生动地描绘了自己贬谪途中大雪阻路、马难前行的艰苦情景，同时委婉含蓄地表达了自己深感前途渺茫的愁思。

3. 表达了诗人对朝廷的忠诚和对自己被贬谪的怨懑之情。

【第七十一日】

1. 这两句诗揭示了野草生命力顽强，大自然生生不息的规律。这启示我们在逆境之中、在困难之中也要顽强拼搏、奋发向上。

2. 这两句诗展现的画面：野花野草蔓延着侵占古道，在阳光下，碧绿的青草连接到荒城。

【第七十二日】

1.C 由“牛困人饥日已高”可知，时间不是“清晨”。

2. 这首诗的主题是反映社会现实的苦难和人民生活的艰辛，通过卖炭翁的遭遇，揭示了当时社会的黑暗和不公。

3.“翩翩”一词，生动地描绘了宫使们得意扬扬、招摇过市的形象，与卖炭翁的贫困和无奈形成了鲜明的对比，进一步突出了当时社会的阶级矛盾和不公。

【第七十三日】

1. 唐玄宗和杨贵妃。

2. 起开篇点题的作用。它既揭示了唐玄宗的好色本质，也预示了全诗将要讲述的悲剧故事。

3. 这首诗的主题是唐玄宗和杨贵妃之间的爱情故事，以及由此引发的政治悲剧和人民的苦难。诗人通过揭示唐玄宗的荒淫无度和杨贵妃的悲惨命运，批判了荒淫无度的宫廷生活。

【第七十四日】

1. 这两句诗描绘了西湖早春莺歌燕舞、生机勃勃的景象。黄莺争先恐后地飞到向阳的树上唱歌啼鸣，新来的燕子忙着衔泥筑巢。这些景象表达了诗人对西湖早春景色的喜爱和赞美之情。

2.“乱”字形象地描绘出春天百花齐放、争奇斗艳的景象。“浅”字生动地描绘出初春小草刚刚抽出嫩芽的情态，突出春草生机盎然的特点。这两句诗诗人抓住了“乱花”“浅草”，写出了花的繁多、草的柔嫩，突出了春的妩媚动人；又以“渐欲”“才能”描绘了春的发展变化，突出了春天欣欣向荣的趋势和勃勃生机，让读者感受到西湖早春的无限魅力。

【第七十五日】

1.这两句诗运用了对比的手法，将古人的悲秋与诗人自己的颂秋进行对比。表现了诗人虽遭贬谪，但愈挫愈勇的豪壮情怀，以及积极乐观的思想感情。

2.“排”，在这里是“排开、推开”的意思，形象地写出了仙鹤一飞冲天，仿佛冲破白云阻隔的气势，让人感受到秋天的生机和豪情，感受到鹤作为不屈精神的化身所表现出来的高昂的气概和高尚的节操。

【第七十六日】

1.“天地英雄气，千秋尚凛然”这两句诗描绘了刘备作为一代英雄的威严和气势，即使在千年之后仍然令人敬畏。它们在整首诗中起到了开篇立意的作用，为后文对刘备的赞美和蜀汉历史的回顾奠定了基调。

2.诗人在诗中将刘备的英明与刘禅的平庸进行对比，将蜀汉的兴盛与亡国进行对比，通过这种对比表达了对刘备的英雄形象的赞美和对蜀汉亡国的惋惜。

【第七十七日】

1.这两句诗运用了对比的手法，将人世盛衰、朝代兴替的历史变换，与大自然（西塞山）的永恒不变相对比，表达了对物是人非、国家兴亡的感慨。

2.《西塞山怀古》借古讽今，诗人通过对六朝遗迹西塞山的凭吊，联想到中唐藩镇割据、政局险恶的境况，表现了反对藩镇割据、坚持国家统一的主题。

【第七十八日】

1.怀旧空吟闻笛赋，到乡翻似烂柯人

2. 这两句诗运用了比喻的修辞手法，“沉舟”“病树”比喻遭遇贬谪的诗人自己，“千帆”“万木”比喻锐不可当的新生力量和未来的希望，表现了诗人对仕宦升沉、世事变迁的乐观豁达襟怀。

3. 这两句诗蕴含着新事物必将取代旧事物，社会总是向前发展的，未来肯定会比现在好的哲理。

【第七十九日】

1. 以前兴旺发达、热闹非凡的朱雀桥边，现在长满了野草，开满了野花。夕阳西下，最后的阳光照着曾经豪门居住的乌衣巷口。

2. 本诗通过今昔对比，描绘乌衣巷如今的冷清景象，抒发了诗人对人生多变的沧桑之感和对唐朝逐渐衰落的隐忧。

【第八十日】

1.《江雪》这首诗描绘了一幅寂静而凄凉的冬日江景。大雪覆盖着江面和山峦，所有的鸟儿都因寒冷而飞走，所有的道路都因积雪而无人行走。在这寒冷的江面上，只有一位老翁独自垂钓。

2. 诗人在诗中既表达了自己被打击被贬官之后的郁闷苦恼，也表现了自己虽然身在逆境之中，但坚强不屈、毫不畏惧、保持高尚节操、勇于斗争的精神。

【第八十一日】

1. 愁

2. 这两句诗的意思是：我们一起被贬官到这披发文身的百越偏远之地，就连想写封书信联系，也被艰难的路途阻隔。表达了诗人对自己被贬官的悲愤以及对好友的关怀和思念之情。

【第八十二日】

1. 松下问童子，言师采药去

2. 本诗表达了诗人寻访隐者不遇的怅惘之情，以及对隐士生活的羡慕和追求。

【第八十三日】

1. 角声满天秋色里，塞上燕脂凝夜紫

2. 这两句诗运用比喻、夸张手法，把敌军比作黑云，表现敌军人马众多、来势凶猛的状态；“城欲摧”夸张地表现了交战双方力量悬殊、守军将士处境艰难。渲染了战场的紧张氛围和危急形势。

【第八十四日】

1. 这两句诗表达了诗人对珍视青春时光的呼吁。诗人以金缕衣作为象征，告诫人们不要过分迷恋物质享受，而要珍惜青春年华，把握时间，追求更有意义的生活。

2. 当美好的事物出现时，要及时把握机会，不要错过时机。如果等到机会逝去，再想回头就来不及了。

【第八十五日】

1. 这两句诗描绘了暴雨即将来临的情景：磻溪上飘起了云彩，照着慈福寺阁楼的太阳就要落山了；大风吹来，充斥着整个阁楼，估计暴雨马上就要来了。

2. 诗人登上咸阳城楼，面对萧瑟的秋景，思乡之情涌上心头，这是诗人产生“愁”的原因之一。同时，诗人又想起了历史上的兴亡之事，感叹江山依旧而物是人非，这是诗人产生“愁”的另一个原因。

【第八十六日】

诗句含蓄而生动地刻画了诗人向主考官打听情况时忐忑不安的心理，表现了诗人面临考试的不安和期待的心情。

【第八十七日】

1. 这两句诗的作用是开篇点题，点明诗人凭吊的对象。同时，“魂销”二字表现了苏武在异域度过漫长岁月后骤然见到汉朝使者的激动心情，为全诗奠定了感情基调。

2. 这两句诗运用了借代、用典的手法，“茂陵”运用了借代手法，代指汉武帝；“哭逝川”借用了《论语》的典故。这些表达技巧共同抒发了诗人对汉武帝不能看到苏武封侯的遗憾和惋惜之情，以及对苏武忠君报国的赞美和敬仰之情。

【第八十八日】

1. 商女不知亡国恨，隔江犹唱后庭花

2. 两个“笼”字将轻烟、淡月、寒水、细沙四种景物结合在一起，融为一体，勾画出秦淮河两岸朦胧冷清的景象，渲染了一种悲凉的气氛，寄托了诗人忧愁和伤感的情绪。

【第八十九日】

1. 这两句诗借古物兴起对前朝人物和事件的感叹，为后文的议论作铺垫。

2. 如果东风不给周瑜提供便利的话，那么赤壁之战的胜负也许就会改写。诗人讥讽周瑜的成功是侥幸的，表达了生不逢时、怀才不遇的愤愤不平之情。

【第九十日】

1. 一个秋天的夜晚，银白色蜡烛发出微弱的光，照着绘有图案的美丽的屏风。一位孤独的女子挥动着轻罗小扇扑打着在空中飞舞的萤火虫。

2. 这句诗运用了通感和比喻的修辞手法，将夜色比作凉水，表示夜已深沉，寒意袭人，形象地描绘出秋夜的寒意和寂静，为后文的情感表达作了铺垫。

【第九十一日】

1. “貂锦”指将士，这里采用了借代的修辞手法。

2. 这两句诗采用了虚实结合的写作手法，把现实中的累累白骨和春闺之中的美梦场景相结合对比，表达了诗人对战死者及其家人的同情和对和平的渴望。

【第九十二日】

1. 昨夜星辰昨夜风，画楼西畔桂堂东

2. 第一句说希望自己可以长出五彩凤凰一样的翅膀，飞到爱人身边，写出了相思之切。第二句说我们的心意就像有灵的犀牛一样相通，这是写相知之深。诗句表达了诗人相思的苦恼和心心相印的欣慰，这种矛盾微妙的心态被刻画得细致入微、惟妙惟肖。

【第九十三日】

1. 向晚意不适，驱车登古原

2. 这两句诗表达了诗人对夕阳美景的赞美，同时也透露出诗人对时光易逝、人生无常的感慨。诗句表达了美好事物总是短暂的哲理，提醒人们要珍惜当下。

【第九十四日】

1. 这两句诗表达了诗人对汉文帝不顾百姓疾苦，只关心鬼神的迷信行为的批评和讽刺。

2. “可怜”意为可惜、可悲。贾生明明有卓越才能却不被君主正确重用，诗人表达了对贾生遭遇的同情和对汉文帝行为的批评，同时也传达了对人才被埋没的愤懑和不满。

【第九十五日】

1. 这两句诗描绘了一幅深夜寂静、烛光幽暗的画面。云母屏风上的烛影逐渐深沉，银河（长河）也慢慢消失，晨星在黎明的曙光中沉没。

2. 在本诗中，嫦娥是一个孤独、寂寞的女神。她因为偷吃了灵药而被迫升天，与人间隔绝，只能在碧海青天中度过无尽的夜晚。

【第九十六日】

1. 春蚕到死丝方尽，蜡炬成灰泪始干

2. “蓬山”象征着恋人的住处，而“青鸟”则象征着传递消息的使者。诗人用这两个象征来表达自己对恋人的深深思念和无法相见的无奈。

【第九十七日】

1. 君问归期未有期，巴山夜雨涨秋池

2. “涨”字既生动形象地描绘了巴山雨水注秋池的夜雨景象，又流露出了诗人因思念妻子而愁思深重的内心情感，用词准确、富于动态感。

【第九十八日】

1. 庄生晓梦迷蝴蝶，望帝春心托杜鹃。

2. 本诗表现了诗人对逝去岁月的怀念和感伤。

【第九十九日】

1.“云雨”指唐玄宗和杨贵妃之间的爱情，“日月新”则象征着国家进入新的统治。尽管国家得以保全，但他们之间的爱情唐玄宗难以忘怀，暗示了唐玄宗在赐死杨贵妃后，内心充满了痛苦和悔恨。

2. 诗人对唐玄宗既有肯定、同情，也有讽刺。诗人肯定了唐玄宗在兵变发生时，赐死杨贵妃，平息兵变，让局势得到转机的做法，但这种做法也仅仅比昏庸的亡国之君陈后主强一点而已。

【第一百日】

1. 这两句诗表达了诗人对当时社会风气的批判和对贫女命运的同情。

2. 贫女的形象特点：出身贫寒，生活艰苦；内心美好，追求高尚品格和独特气质；命运悲惨，难以出头。